동유럽 크로아티아 작가
스포멘카 슈티메치의 전시 비망록

크로아티아 전쟁체험기

스포멘카 슈티메치(Spomenka Štimec) 지음

크로아티아 전쟁체험기

인 쇄 : 2021년 10월 8일 초판 1쇄

발 행 : 2021년 10월 18일 초판 1쇄

지은이 : 스포멘카 슈티메치(Spomenka Štimec)

옮긴이 : 장정렬(Ombro)

펴낸이 : 오태영(Mateno)

출판사 : 진달래

표지디자인 : 노혜지

신고 번호 : 제25100-2020-000085호

신고 일자 : 2020.10.29

주 소 : 서울시 구로구 부일로 985, 101호

전 화 : 02-2688-1561

팩 스 : 0504-200-1561

이메일 : 5morning@naver.com

인쇄소 : TECH D & P(마포구)

값 : 13,000원

ISBN : 979-11-91643-09-1 (43890)

동유럽 크로아티아 작가
스포멘카 슈티메치의 전시 비망록

크로아티아 전쟁체험기

스포멘카 슈티메치(Spomenka Štimec) 지음
장정렬(Ombro) 옮김

진달래 출판사

LA KROATA MILITA NOKTOLIBRO

verkita de Spomenka Štimec

tradukita de Jang Jeong-Ryeol(Ombro)

『크로아티아 전쟁체험기』(Kroata Milita Noktlibro, Pro Esperanto, Vieno, 1993년)는 일본어판(1993년), 독일어판(1994년), 프랑스어판(2004년), 중국어판(2007년), 아이슬란드어판(2009년), 스웨덴어판(2014년)으로 번역 출간되었고. 이번에 한국어판(2021년)이 나왔다.

차   례

저자 소개

　스포멘카 슈티메치(Spomenka Štimec: 1949~)는 현대 에스페란토 문학의 가장 감성이 풍부한 작가로 알려져 있다. 작가는 1949년 자신이 태어난 크로아티아에 현재 살고 있다. 1964년 학창시절에 에스페란토를 배우고, 자그레브대학교(언어학 전공)를 졸업하면서 프랑스어와 독일어 교원 자격증을 취득했다. 졸업 후 1972년~1994년까지 Internacia Kultura Servo(국제문화서비스)라는 문화단체를 설립 운영하면서 국제인형극페스티벌을 조직하고, 자그레브 TV와 공동작업(번역)에 참여하고, 1995년부터는 크로아티아에스페란토연맹 사무국장으로 활동하는 등 전문 활동가로 일하였다.

　그녀는 에스페란토 작가로 등단했다. 1983년부터 세계에스페란토작가협회 사무국장 업무도 겸직했고, 나중에 에스페란토학술원 회원이 되었다. 에스페란토로 쓴 첫 작품은 사랑과 이별을 그린 『내부 풍경 위의 그림자』(Ombro sur Interna Pejzaĝo)이다. 그 뒤 자신의 세계 여행 경험을 에세이『일본에서 부치지 못한 편지』(Nesenditaj Leteroj el Japanio)(에스페란토원작, 중국어 번역판, 일본어 번역판 출간)로 출간했다. 에스페란티스토의 눈과 마음으로 세상을 분석한 에세이『내 기억의 지리』(Geografio de Mia Memoro), 단편소설집『이별 여행』(Vojaĝo al la Disiĝo) 등이 있다.

　연극으로 공연된 작품도 둘 있다. -하나는 안트베르펜에서 열린 세계에스페란토대회에서 공연된 『손님맞이』(Gastamo)와, 베이징에서 열린 세계에스페란토대회에서 공연된 『태풍 속에 속삭인 여인』(Virino Kiu Flustris en Uragano)이다. 세계 여행을 마친 뒤, 그녀는 자신이 사는 나라와 고향 자그레브에서 독립전쟁을 겪으면서 당시의 그곳 에스페란티스토들의 삶을『크로아티아 전쟁체험 일기』(Kroata Milita Noktolibro, 1993년)를 펴내 전쟁 참상을 알렸으며, 이 책은 독일어판(1994년), 일본어판(1993년), 프랑스어판(2004년), 중국어판(2007년), 아이슬란드어판(2009년), 스웨덴어판(2014년)으로 번역 출간되었고. 이번에 한국어판이 나왔다.

그녀는 자신의 문학적 감수성을 1966년 『중유럽의 가정 - 테나』(Tena-Hejmo de Mezeŭropo)를, 2002년에는 독일 태생의 공연배우가 자그레브에서 와서 살게 된 일대기를 그린 『틸라』(Tilla)를, 2006년 세계 유명 화가와 에스페란티스토의 삶을 그린 전기작품『호들러』(Hodler)를 통해 표현했다. 단편작품들은『보물』(Trezoro)이라는 단편소설 안톨로지에 실리고, 『독서 시작』(Ek al Leg')문선집에, 에스페란토 학습서『에스페란토 나라로의 여행』(Vojaĝo al Esperanto-lando)(Boris Kolker 편저)에, 또 단편 소설집 『세계들』(Mondoj)에 실렸다.

그녀는 에스페란토 강사로 일하며, 에스페란토 공동교재의 집필자이기도 했다. 에스페란토 학술원 회원인 그녀는 서울의 단국대학교, 미국 하트퍼드(Hartford)와 샌프란시스코에 소재하는 대학교들에서 강의를 맡기도 했다. 스포멘카 슈티메치 작가의 상세정보는 https://www.esperanto.hr/spomenka.htm를 통해 알 수 있다.

저자 서문

존경하는 대한민국 독자 여러분께!

저의 조국 크로아티아에서 인사드립니다. 제 모국어는 크로아티아어입니다. 1987년에 독자인 여러분의 나라를 방문했을 때 저는 유고슬라비아 연방 자그레브에 살았습니다. 저는 이사하지도, 떠나지 않았습니다. 저는 여전히 자그레브시에 지금도 살고 있습니다.

그러나 조국 크로아티아는 1918년부터 유고슬라비아 연방에 속해 있다가 1991년에 유고슬라비아에서 분리 독립을 얻었습니다. 그 분리 독립은 간단히 진행된 것이 아니라, 아주 피비린내의 전쟁으로 점철되었습니다. 여러분이 손에 들고 있는 이 책은 그 전쟁 이야기입니다.

저는 그 전쟁의 와중에 국제어 에스페란토에 연관된 사람들에게 무슨 일이 일어났는지 기록했습니다.

한국의 이전 세대는 피의 전쟁을 경험했다고 들었습니다. 오늘날의 세대는 이 경험을 모릅니다.

1987년 제가 서울에 있을 때, 누군가로부터 한글로 된 흰색 글귀가 새겨진 녹색 티셔츠를 선물을 받았습니다. 『용비어천가』 제2장의 '불휘 기픈 남ᄀᆞᆫ(뿌리 깊은 나무)'라는 글귀입니다. 내가 한국을 방문한 당시에는 여러분의 나라는 국제적으로 많이 알려지지 않아, 여러분 나라를 "가장 비밀이 많은 나라"로 불렸습니다.

자그레브에 폭탄이 떨어졌을 때 옷장에 둔 그 티셔츠는 이미 오래되어 상당히 색이 바랬습니다. 지난 1994년 3월 그 전쟁의 막바지에 나는 이 책의 역자인 장정렬씨와 이 책의 번역판 출간을 의논한 적이 있었습니다. 그때 저는 이런 내용의 글을 편지로 썼습니다.

...우리가 이렇게 만나지 않아도 됨도 저는 압니다. 하지만 이렇게 만나게 되었습니다. '조용한 아침의 나라' 대한민국에서 역동적으로 생활하시는 독자인 여러분은 지금 크로아티아 전쟁체험을 적은 이 책을 펼쳐 보고 있습니다.
크로아티아 나라에 대해 독자가 궁금한 점은 뭔가요?

1987년 단국대학교에서 한 학기 강의하던 그때로부터 5년이 채 지나기도 전에 이곳, 유럽의 자그레브, 제가 사는 집 위로 폭탄을 실은 군용기들이 날아다녔습니다. 저는 한국작품 『훈민정음』과 『한국수필소설민담』을 꽂아둔 제 서재를 놔두고 지하 대피소로 피난해야 했습니다.
그런 전쟁을 체험한 저는 대한민국에서도 분단된 휴전선으로 인해 이산가족이 되고 실향민이 된 분들이 자신의 가족을 찾아뵙고 세배할 수 없고, 조상 선영도 찾아볼 기회마저 빼앗긴 고통을 더 깊이 이해할 수 있게 되었답니다.
저의 서울 방문은 국제어 에스페란토 덕분이었습니다. 국제어 에스페란토는 이 책을 쓴 계기를 마련해 주었습니다. 저는 에스페란토 창안자 자멘호프가 시작한 에스페란토문화를 제가 배워 익힌 에스페란티스토로서 인류인주의 관점에서 이 책을 썼습니다. 저는 이 책의 여러 곳에 에스페란티스토들의 삶과 운명을 써두었습니다. 이 책은 에스페란티스토들의 절망과 희망을 말하고 있습니다.

이 책 내용 중 일부가 부분적으로 유럽 10개 국어로 발표되기도 했습니다만, 동양에서는 일본어 번역판에 이어 한국어판은, 제가 아는 한, 제 작품이 한국어로 처음 출간되지 않나 싶습니다. 이 책 『크로아티아 전쟁체험기』는 한 번도 한국의 아름다움과 친해진 적이 없는 사람들에 대해, 유럽의 20세기 마지막 10년에 전쟁 사이렌이 울리는 상황에서 인간답게 살아남기를 노력하는 사람들에 대해 말하고 있습니다.

또한, 저는 장정렬 씨에게도 깊은 감사를 드립니다. 역자 장정렬 씨는 1993년 빈에서 에스페란토로 발간된 제 책을 한국어로 옮기는데 수고를 아끼지 않았습니다....

그 전쟁의 포탄이 터진 지 벌써 30년이 되었습니다. 지금 우리는 전쟁으로부터는 벗어나, 평화롭게 살고 있습니다.

그러나, 오늘날 우리나라의 가장 중요한 문제는 지진입니다. 크로아티아에서는 2020년 3월에 진도 5.5의 대지진이 닥쳤고, 같은 해 12월 29일에는 진도 6.2의 더 큰 강진이 닥쳤습니다. 그 두 차례의 대재앙은 그 뒤에도 여진이 더 자주 발생했습니다. 지난 9월 23일 밤에만 해도 흔들림이 감지되었습니다. 지진은 코로나 바이러스보다 더 나쁜 영향을 미치고 있습니다. 이해가 될까요? 여러분의 나라는 우리가 사는 땅에서 멀리 위치해, 아마도 여러분은 우리나라가 지진으로 인해 정말 파괴되어 있음을 제대로 알고 있지 못하고 있습니다.

그 힘든 날들이 어떠했는지 경험해 보시겠습니까?

이 작품 『크로아티아 전쟁체험기』를 출간해 주신 진달래 출판사 오태영(Mateno) 대표에게도 감사의 인사를 드립니다.

미지의 독자 여러분, 맑은 가을날에 책을 읽으십시오.
고맙게도 이 책을 읽는다면, 우리가 좀 더 나은 세계를 만드는 것에 동참하게 됩니다.

대신, 전쟁은 경험하지 마십시오.

스포멘카 슈티메치
자그레브, 2021년 9월 24일

편집자의 말

"같은 나라와 같은 도시에서 태어난 자연인인 우리의 아들딸을 서로 차별하는 상호 이질감을 나는 아직 어렸을 때인데도 나의 고향인 폴란드의 비아위스토크에서 슬픈 마음으로 바라보았습니다. 그때 나는 몇 년의 시간이 흐르면 모든 것은 변할 것이고 그와 같은 이질감은 개선되겠지 하는 꿈을 가지게 되었습니다. 그러나 실제로 몇 년이 흘렀지만, 내가 아름답게 꿈꾸던 것과는 전혀 다른 참혹한 광경을 보게 되었습니다. 내가 태어난 곳이기도 한 그 불행한 도시의 거리마다 폭도들이 자신들과는 언어가 다르다며, 종교가 다르다며 그런 이유로 평화롭게 살아가던 주민들에게 짐승만도 못한 행동인 도끼와 쇠몽둥이를 휘둘러, 그 잔인무도한 작자들이 그곳 주민들을 때려죽였으며, 남녀노소를 가리지 않고 닥치는 대로 그 주민들을 두 눈이 못 보이게 해버렸습니다. 나는 이 연설 자리에서 저 천인공노한 비아위스토크 대학살에 대해 상세히 언급하고 싶지 않습니다. 그러나 여기 모인 에스페란티스토 여러분에게 이 말씀만은 드리고자 합니다.

우리가 극복해야 할 민족 간의 벽은 잔인할 정도로 높고도 두텁다는 것입니다. 비아위스토크뿐만 아니라 여타 다른 많은 도시에서 자행된 야만적 학살이 러시아 민족에게 책임이 없음을 여러분은 알고 있습니다. 왜냐하면, 러시아 민족은 결국 잔인하거나, 피에 굶주린 민족이 아니기 때문입니다. 그 계속되는 학살 책임이 타타르인들과 아르메니아인들에게 없음도 여러분은 잘 알고 있습니다. 왜냐하면, 이 두 민족은 평화를 사랑하는 민족이며, 다른 민족을 강제로 지배하려고도 하지도 않습니다. 대신 그 두 민족이 진정 바라는 것은 자신들이 평화롭게 살도록 가만히 놔두라는 것입니다.

이제 우리는 바로 그 증오해야 할 책임이 온갖 악랄한 방식으로 거짓말과 중상모략과 인위적으로 민족과 민족 간의 잔인한 증오를 만들어 내는 그 범죄 집단에 있음을 명백히 알고 있습니다.”
- 라자로 루도비코 자멘호프의 '제2차 세계에스페란토대회 (1906년, 제네바)의 연설문' 중에서 / 에스페란토판 서문

80년대 대학에서 최루탄을 맞으며 평화에 대해 고민한 나에게 찾아온 희망의 소리는 에스페란토였습니다.

피부와 언어가 다른 사람 사이의 갈등을 풀고 서로 평등하게 의사소통하며 행복을 추구하는 새로운 이상에 기뻐하며 공부하였습니다. 세월이 흘러 직장을 은퇴하고 에스페란토 원작 소설을 읽으며 즐거움을 누리다가, 나아가 사회공헌 활동을 해보고자 하는 마음에 출판사를 차리면서 다양한 에스페란토 관련 책과 일반인들의 시집, 수필집을 펴게 되었습니다.

전쟁은 경험해서는 안 되는 일이기에, 예방책으로 남이 넘볼 수 없는 국내외적 실력을 쌓아야 합니다. 사서 읽어주신 모든 분께 감사드립니다.   오태영 작가(출판사 대표)

01. 베오그라드에서의 이별

이모는 저널리즘을 연구하고 싶었다. 그런 연구는 수도 베오그라드에서만 가능했다. 베오그라드로 떠나기에 앞서, 이모를 위한 대단한 환송회가 열렸다.

1948년이었다. 제2차 세계대전 직후라서 여전히 쿠폰[1]만으로 배급받아 생활하기에, 뭔가를 살 수 있는 여유란 전혀 없었다. 환송회에서는 누군가가 값나가는 침대 이불 천을 잘라 옷을 만들어 이모에게 선물했다. 할머니는 공부하러 떠나는 그 이모에게 자신이 쓰시던 여성용의, 둘째손가락에 끼우던 둥근 장식 돌이 박힌 큰 반지를 선물로 주셨다. 그 반지가 어찌어찌해서 2차 대전에서 살아남았다. 할머니는 '별은 행복'이라고 쓴, 별 모양이 달린 금목걸이도 선물로 주셨다. 몇 년 뒤, 이모의 행복이 담긴 그 별은 이모가 어느 노동 부대에 근무하면서 자신이 쓰던 사물함에 두었다가 도둑맞았다.

5년 뒤, 그 이모가 이모부와 함께 자신들의 졸업장을 들고 고향으로 돌아왔다. 당시 대학생들은 졸업과 동시에 자신의 일자리가 받았지만, 이모의 졸업년도이던 그해에 큰 변화가 있었다. 그해 밀로반 질라스(Milovan Djilas)[2]라는 정치가는

---

1) *역주: 배급표
2) *역주: 밀로반 질라스(1911~1995). 유고슬라비아 정치가, 작가. 유고슬라비아 공산당 간부를 지냈으나 나중에는 마르크스 이론을 거부하고 스탈린을 비롯한 공산주의 지도자들을 위선자라고 비난하는 등 동유럽의 대표적인 공산주의 반대자가 되었다. 『위선자들』 등 저서가 있다.

대학교를 비롯한 모든 고등교육기관을 없애는 정책을 채택해 버렸다. 대학 졸업반인 학생들은 그나마 졸업할 수 있게 배려했지만, 그들에게는 일자리도 주어지지 않았다.

이모부는 군대 복무하러 입대해야 했다. 임신한 채 이모는 동사무소에 일자리를 갖게 되었다. 그때 태어난 아기가 사냐였다. 꿈이라는 뜻이다. 그 당시 꿈도 많았다. 그때 아기는 자신의 아빠를 세르비아 사람이라고 말할 필요가 있었을까?

"남편 고향이 고스피치에요." 이모는 틀림없이 그렇게 말했을 것이다. 그 지명은 모든 다른 것을 말하고 있었다.

그 얼마 뒤, 수도 베오그라드에 일자리가 났다는 소식이 있었다. 다시 이모와 이모부는 이삿짐을 꾸리기 시작했다. 사냐는 초등학교 입학 나이 때까지 리카에 계시는 할머니 댁으로 보내졌다. 사냐의 남동생도 마찬가지로 할머니가 손수 키우셨다. 수도 베오그라드에서 저널리스트로서 살아가는 이모는 언제나 바빴다.

6살 된 사냐가 초등학교에 입학하러 부모가 사는 서울에 왔을 때, 사냐는 사귄 여자친구들로부터 새 소식을 들어야 했다.
"여기에 늑대 살아?"
"아니, 여기는 사람이 더 무서워."

그때까지 사냐가 살던 추운 지방에서는 늑대가 위험의 대상이었지만, 도시에서는 정반대로, 또 다른 위험이 도사리고 있었다.

사냐의 외할아버지는 내게도 외할아버지이다. 나의 둘째 할아버지는 오스트레일리아에서 돌아가셨다. 나는 그 할아버지에 대해 아는 바 없다.

사냐의 둘째 할아버지는 야도브노(Jadovno) 토굴에서 돌아가셨다. "야드(Jad)" 는 크로아티아 말로 '슬픔'을 의미한다. 세르비아말도 뜻이 같다. 제2차 대전 때 사냐의 둘째 할아버지는 투옥되셨다.

그분의 아들은 감옥에 매일 음식을 가져다드렸다. 그런데 어느 날, 그 음식을 받을 사람이 없었다. 죄수들을 전부 죽여, 야도브노 라는 토굴에 그 시신들을 집어넣고 석회로 덮어버렸다고 했다.

나는 탁자 밑의, 두꺼운 천 뒤에서 그 무서운 이야기를 유심히 들었다.

"그 할아버지는 왜 돌아가셨어요?"

나는 궁금해 큰 소리로 물어보았다.

"넌 다른 방에 가서 놀아. 어린애가 참견할 일이 아니야!"

내가 좀 더 잠자코 있었더라면, 더 많은 사실을 알 수도 있었을 텐데. 나는 그 비밀 이야기에서 쫓겨났다. 그 때문에 나는 더는 상세한 내용을 알 수 없었다.

세르비아 사람이라는 이유로 그분은 살해되었다. 크로아티아 독립국가의 우스타샤[3]가 지배하던 시대에 일어난 일이다.

우리 가족이 한 번도 크게 규칙을 말하지 않았지만, 우리 집안에서는 크로아티아 출신의 아이들과 세르비아 출신의 아이들은 연중 휴일의 대부분을 함께 보내는 규칙이 있었다. 우리는 그 규칙을 정말 좋아했고, 어린아이들은 다른 쪽의 아이들이 우리 집에 다시 찾아오려면 우리가 100일을 더 자야 하는지, 자주 묻곤 했다. 100일이란 그 당시 아이들에겐 영원한 것으로 여겼다.

가족이 서로 친하게 지내며 컸다는 것을 오늘에야 이해할 수 있다.

대도시 베오그라드 시민들은 타 도시 사람보다 상대적으로 잘 살고 있어, 어릴 때부터 부모들은 아이들과 자주 시간을 내지 못해도 아이들에게 그 보상으로 뭐든 아낌없이 사 주었다.

---

3) 주: Ustasa:역사적으로 민족독립국가인 "깨끗한" 크로아티아를 완전히 민족적이면서도 역사적 영토에 건국을 주요 목표로 1932년에 만들어진 정치조직의 구성원을 말한다. 그 조직의 해석에 따르면, 보스니아와 헤르체코비나는 크로아티아에서 분리될 수 없는 영토로 인식하고, 회회 교도들도 자국민이라고 한다. 그들에 따르면, 유고슬라비아가 망하는 것이 그 목표에 가장 빨리 도달하는 방법으로 인식한다. 그리고 현재 이 "우스타샤"라는 의미는 아주 극단주의적, 호전적 크로아티아인을 말한다.

여름, 6월 말이면, 정원의 까치밥나무가 왕성해 있을 때면 베오그라드 친척이 우리를 찾아왔다. 우리는 무릎까지 올라오는 스타킹을 신고 있었다. 더웠다. 까치밥나무 열매로 할머니는 잼을 만들었다. 집 근처에 까치밥나무가 무성한 독특한 오솔길이 있다. 그 오솔길을 아이들은 "동포애와 통일의 길"로 이름을 지었다. 자그레브와 베오그라드를 연결하는 국도가 그렇게 불렸으니, 우리도 장난스럽게 이름을 붙였다. "동포애와 통일"이라는 말은 사회주의 유고슬라비아가 건국되면서 채택된 중요한 강령이다. 즉, 우리는 모두 같은 형제요, 우리는 통일을 위해 노력해야 한다.

동포애와 통일의 개념을 우리는 까치밥나무 오솔길에 적용했다. 그 까치밥나무 오솔길에는 나중에 세상으로, 그렇게 배운 관점을 넓히면서 '조화로운 세계'에 관한 구절을 덧붙였다. "동포애와 통일" 길 옆의 다른 길에 송이가 더 큰 까치밥나무가 자라고 있어, 우리는 그 송이를 몰래 따먹기도 했다.

크로아티아에서 커온 우리가 간혹 베오그라드를 방문하기도 했다. 한 번 방문하는데 비용이 너무 많이 들었다. 그러나 그런 여행이 이루어질 때마다 우리는 아주 즐거웠다. 이모는 이질녀의 손을 잡고 베오그라드를 구경시켜 주었다. 그 이질녀가 바로 나였다. 젤레니 베나쯔라는 구역이 있었다. 그 구역의 뜻은 "푸른 화관(花冠)"이라니 즐겁지 아니한가? 나는 화관들이 많이 있는 도시에서 자랐다. 바라주딘에는 유명 묘지가 있고, 화관은 장례 풍습과 관련이 있었다.

중심도로, 푸른 신호등.
이모는 큰 도로에서 길을 건널 때, 잠시 땀에 젖은 나의 작은 손을 놓아 주었다. "가자!" 이모는 걸어갔다. 나는 이모처럼 앞으로 건너가지 못했다. 나는 자동차가 너무 무서웠다. 자동차가 너무 많았다. 이모는 가다가 다시 돌아와 내 손을 잡고 저 차들이 지금 멈추어선 이유를 설명해 주었다. 건널목에서의 푸른 신호등은 자동차에 붉은 신호등이다. 나는 차들이 계속 달리지 않고 그곳에 멈춰 설 것을 믿지 않았다. 그 차들은 그만큼 빨리 달려왔다. 시골 아이라, 나는 불신에 대한 교훈은 벌써 알고 있었다.

베오그라드 이모 댁에서 내가 가장 좋아한 물건은 카펫이다. '나도 부자가 되면 이런 것을 꼭 사야지!' 나는 그 파란 카펫 위에서 다짐했다. 그러나 나는 아직도 그런 것을 살 만큼 부유하지 못하다. 카펫은 예술이었다. 나는 공장의 생산과정에서 잘 못 처리되어 저렴하게 파는 값싼 카펫 위에서 어린 시절을 보냈고, 그때 나는 카펫을 통해 예술과 만났다. 파란 카펫 위에는 하얀 새들이 둥지를 만들어 놓은 나뭇가지가 많이 그려져 있었다. 카펫 가장자리에 예술가 -부야클리야(VUJAKLIJA)- 의 이름이 수를 놓은 것이 보였다. 나는 그 예술가를 점차 좋아했다. 그 예술가의 본명은 라자루스 부야클리야였다. 마치 라자루스 루도비코 자멘호프처럼.
내 동생은 서울 베오그라드의 특산물(피타 젤랴니차, 피타

오드메사)을 너무 많이 먹는 바람에 배탈이 나기도 했다. 그리고는 그 유명 카펫에 음식물을 토하기도 했다. 우리는 그 오물을 치우러 청소기를 가져왔고, 동생을 그 자리에 눕혔다. 오늘날 같으면 누군가가 증오의 목소리로 이렇게 말했을지도 모르겠다. "세르비아 예술품을 더럽힌 크로아티아 구토물." 나는 내 가장 소중한 기억의 일부로 부야클리야의 카펫을 평생 기억할 것이다. 그 카펫 기억은 나와 함께 아무 흠 없이 자랐다. 그 카펫에는 크로아티아에서 온 우리가 함께 보낸 휴가 때의 어린 시절의 물건이 여럿 놓여 있었다. 할머니의 부엌에서 가져온 그 물건들의 먼지를 나는 걸레로 털어내는 지루한 일을 하고 있었다. 나는 그 먼지를 털 때 그 물건들이 싫어 보였다. 그러나 내 다음 차례로 다른 사촌이 걸레질할 차례가 되면, 그 물건들이 정말 아름답게 보였다.

젊은 귀부인을 그린 초상화와 장밋빛의 램프
지난 세기의 작품이 우리 집에 있었다. 누가 이것을 스위스 빈에서 가져 왔을까? 그 램프는 거울 앞에 있고, 방에도 그런 장밋빛 램프가 두 개 더 있다. 아무도 그 램프를 켠 적은 없다. 그 램프 안에는 심지를 움직일 수 있는 작은 바퀴가 달려 있었다. 램프에는 공작 깃 두 개가 세워져 있었다.

한때 이모가 그 램프를 친정에서 베오그라드로 가져가도 된다는 허락을 받았다. 그때 이미 그 공작 깃들은 그 램프에서 보이지 않았다.

베오그라드로 가 그 램프를 다시 볼 수 있음은 지난 과거와의 재회를 의미했다. 램프에 그려진 귀부인은 조금도 늙지 않았다. 그 귀부인은 사랑받으며 살고 있었다. 모두가 그 귀부인을 아주 좋아했다. 사냐는 내게 이런 말을 가끔 했다. 베오그라드에 지진이 발생했을 때, 사냐는 그 램프만 손에 들고 엘리베이터로 뛰어갔다고 했다. 장밋빛 램프를 들고 엘리베이터로 뛰어간 장면을 생각해 보라! 우리는 웃었다. 사냐는 유용한 덮개 생각을 하지 않았기 때문이었다.

나는 우리 가족의 그 램프에 정이 갔다. 내가 전철 전동차 안에서 전쟁을 끝내려면 베오그라드를 폭격해야 한다는 충격적인 폭언을 들을 때, 나는 그 도자기 램프에 그려진 고상한 귀부인의 얼굴이 떠올랐다. 베오그라드, 그것은 여전히 우리 가족의 장밋빛 램프다.

그 사냐가 첫아들을 낳았단다. 아기 이름은 루카. 루카는 벌써 걸어 다닌단다. 그러나 크로아티아에 사는 우리는 아무도 루카 얼굴을 보진 못했다. 사냐는 루카를 거울 앞에 데려가, 그 아이에게 가르쳐 준다.
"이 사람은 루카이고요. 이것은 램프이고요. 이것은 탁자이고요. 이건 재떨이고요."
그 아기는 우리 공동의 크로아티아 가문의 역사가 배여 있는 그 가재도구에 둘러싸여 세르비아 말을 배운다.
루카가 걸음마를 배울 때 붙잡고 일어선 탁자는 할아버지의 여동생 소유였다. '그분은 어느 성(城)에서 그걸 샀을까?

언제?'

그분이 별세하자, 베오그라드 이모가 그것을 물려받았다. 그 탁자는 새로운 거주지에 가려고 트럭에 실려 500km나 여행하게 되었다. 한때 그 탁자의 오른쪽 서랍에 쌍안경이 들어있었다. 내가 베오그라드에 갔을 때, 나는 그 쌍안경을 만져보려고 그 탁자의 맨 위 오른쪽 서랍을 바라보기를 좋아했다. 그 탁자 위에는 나의 증조모 초상화가 걸려 있었다. 증조모는 검은 모자를 쓰고, 늙은 모습이다. 증조모의 아들 야코브 소체르가 독일 뮌헨으로 유학 가, 미술을 전공하였는데, 가죽에 유화로 어머니 초상화를 그렸다고 했다. 그렇게 세월이 흘렀건만, 초상화 속 할머니를 여전히 기리고 있다. 베오그라드로의 여행은 어떤 의미에서는 크로아티아에 사신 증조모를 만나 뵈러 가는 길이기도 했다.

야코브는 나중에 측량기사가 되어, 뮌헨에서의 미술 공부는 끝내 성과를 내지 못했다. 그는 미술작품을 틀에 넣어 보관하는 습관이 있다. 그러나 베오그라드에 있는 증조모 초상화에는 틀이 없다. 그 가죽 그림에도 틀을 만들기로 이모에게 약속했던 그 예술가는 약속을 못 지킨 채 돌아가셨다.

벽의 증조모 초상화 옆에는 암갈색 접시가 걸려 있었다. 그 접시 표면에는 그림이 그려져 있다. 수십 년이 지난 그림이라 모습은 흐릿하다. 베오그라드에 가면, 나는 그 접시 앞에 서서 접시가 주는 메시지를 풀어보려고 헛되이 노력해 보곤 했다.

포도나무 잎 모양의 주조 재떨이. 회색 재떨이다. 이 재떨이에는 무슨 꽃이 각인되어 있었던가. 에델바이스인가? 그 재떨이는 증조부가 쓰시던, 대나무로 만든 다리로 된 작은 탁자 위에 놓여 있었다. 그 작은 탁자를 내가 선물로 받는 것에는 성공했다. 증조부께서 담배 피울 때 쓰던 그 탁자는 우리끼리는 "라우크티시" 4)로 불렀다. 증손 자녀 중에 내가 맨 위의 손녀라, 할머니는 내가 애걸복걸하며 선물로 요청하자, "그럼, 네가 그렇게 간청하니," 할머니는 말씀하셨다. 그리고 나는 간청했다.

하지만 그 작은 탁자에 놓였던 그 재떨이를 베오그라드로 그만 이모가 가져 가버렸다.

우리가 그곳에서 다시 만났을 때, 그 재떨이는 작은 탁자 위에 놓여 있었다. 벌써 오랫동안 그 작은 탁자와 재떨이는 서로 만나지 못하고 멀리 떨어진 채 있다.

베오그라드에 나는 1991년 9월에 간 적이 있다.

이미 전쟁으로 대포가 천지를 뒤흔들고 있었다. 나는 이란에서 베오그라드로 귀환했다. 당시에는 베오그라드 – 테헤란 항공노선이 아직 운행되고 있었다. 그러나 베오그라드 – 자그레브 항공노선은 더는 운행되지 않았다. 그 노선의 양 목적지가 서로 적이 되어버렸다. 그들 사이에 전쟁지역이 펼쳐졌다. 이모부는 공항까지 나를 만나러 마중 나와 주셨다. 우리는 뭔가 절차를 기다리는 일단의 남자들을 스쳐 지나갔다.

---

4) 주: 독일말로는 Ranchtisch로 불림

그 사람들의 맨 앞이 보였다.

"저 사람들 저기서 뭘 사려고 줄 서 있나요? 기름을 사 나요?"

이모부는 한참 뒤, 말해 주었다.

"아냐, 자원 입대자들이야."

내 머리에는 아직도 이스파한의 진황색과 청록색의 둥 근 지붕들이 높다랗게 서 있었다. 나는 겨우 물어보았다.

"자원 입대자들이라뇨?" 그러나 나는 재빨리 이해했다. 크로아티아와 싸우러 남자들이 줄을 서 있었다. 나는 그들 중 한 사람의 손을 바라보았다. 그 사람은 담뱃갑에서 담배 한 개비를 손으로 꺼내고 있었다. 그들은 나중에 손에 총을 들 것이다. 헬리콥터가 우리 위를 날았다. 나는 그 남자들에 게 향했던 눈길을 돌려, 이모부를 쳐다보았다. 이모부에게서 는 전쟁은 더는 없었다.

이모부는 뭔가를 말하려고 했지만, 어떻게 시작할지 몰랐 다. 또 다른 헬리콥터 2대가 우리 위를 날아갔다.

"저 헬리콥터들은 전쟁터에서 부상자들을 데려오고 있어." 어." 베오그라드의 헬리콥터에는 크로아티아인이 쏜 총에 맞 은 부상자들을 싣고 간다.

"아주 상황이 나빠졌어. 어제는 바라주딘에도 총격전이 벌어졌다더군."

우리나라 북부 도시 바라주딘Varaždin은 나의 고향이다. 부모님. 에스페란토 초급과정 제1과('Kolombo estas birdo(비둘기는 새다), Leono estas besto(사자는 동물이다)’)를 내가 배우던 곳이다. 바라주딘은 내가 지금 곁에 두고 있는 그 재떨이와 탁자의 다음 이야기이다.

베오그라드에서 크로아티아로 가는 교통편은 없었다. 그곳에서는 헝가리로 빙 둘러 돌아가야만 하는 교통편만 있었다.

내가 베오그라드의 이모 댁에 도착했을 때, 텔레비전에는 그 이모부가 살았던 도시 크로아티아 고스피치를 보여주고 있었다. 그곳에서 크로아티아 측에서 6명의 세르비아인을 사형시켰다고 했다. 그렇게 "TV 베오그라드"는 알리고 있었다. 이모부는 하얀 상자에서 작고 둥근 약을 하나 꺼내 드시면서, 아무 말씀은 없었다.

나는 반세기 전에 이모부의 아버지가 갇힌 그 감옥에 전해질 수 없었던 밥그릇 생각이 내 머리에 떠올랐다. 나는 손에 하얀 상자도 들고 있지 않았다. 우리 부모는 아직 바라주딘에 계신다. 어제 총격전이 벌어진 곳에.

이모부의 탁자에는 내가 아주 좋아하는 세르비아 특산품이 가득 놓여 있었다.

"깜박 잊고 제 잠옷을 시트 밑에 두었네요. 그건 다음에 방문할 때 가져가겠어요."

이모부 가족도 나의 낙관주의를 좋아했다. 아무도 울지 않았다. 루카조차도 아직 태어나지 않아 울지 않았다. 그 아기는 아직 울 줄 모른다. 어제 나는 루카를 임신한 사냐와 함께 사바-산책길로 조금 걸었다. 루카는 여전히 사냐의 편안한 엄마 배 속에 있었다. 사냐는 그 루카의 출산을 앞두고 있다. 우리는, 베오그라드에 도착하기에 앞서, 자그레브를 지나가는 사바강5) 강 물결을 함께 바라보았다.

내가 베오그라드를 떠나온 뒤로는 베오그라드로 전화도 편지도 할 수 없었다. 그러고 헝가리를 통해 크로아티아로 속달로 부쳐온 어느 편지에 생후 몇 개월 된 루카의 사진이 들어있었다. 우리는 모두 즐겁게 그 아이의 두 눈을 멍하니 바라보았다. 크로아티아의 어느 친척도 만나 본 적이 없고, 얼굴을 모르는, 그 아기의 아빠 얼굴을 그려 보려고 했다. "증오하지 않는 우리는 얼마나 다행인가?" 어느 편지에서 이모는 용기 있게 쓰고 있었다.

할머니 90회 생신 때 우리는 베오그라드 친척에게 초청장도 발송하고 음식도 준비했다. 베오그라드 친척은 우리 집의 장중한 거실에 온 손님들이 어디에 앉아 있는지 알았다. 그들은 우리 각자가 마신 컵을 통해서, 우리 가족의 접시 가장자리에 놓인 화환을 상상했을 것이다.
"그리고 디저트로는 이모의 과일 파이입니다."
사냐는 금세기 초에 제작된 과일 파이 담는 접시를 곧 볼 것이다. 과일 파이의 나머지 조각을 모두 먹었을 때, 그 바탕

---

5) *역주: 사바강(세르비아어: Сава, Sava, 크로아티아어: Sava)은 유럽 중남부의 슬로베니아, 크로아티아, 보스니아 헤르체고비나, 세르비아를 흐르는 강이다. 도나우강의 주요 지류로, 길이는 990km이다. 슬로베니아 북부의 알프스산맥에서 발원하여, 슬로베니아 국토 중앙부를 통과한다. 크로아티아 북부 중앙부를 가로질러가며, 크로아티아 수도 자그레브를 지난다.

에 그려진 버찌도 보게 될 것이다.

내가 베오그라드를 떠났을 때, 이모부는 나를 버스정류소까지 동행해 주며, 내가 버스 좌석에 앉는 모습과 국경선 넘어 크로아티아로 떠나가는 내 모습을 바라고 보고 있었다. 나는 이모부에게 웃었다. 이모부는 그런 웃음에 답하지 않았다. 이모부는 오랫동안 작별하듯 나만 바라보고 있을 뿐이다.

또 베오그라드로 폭탄 투하가 필요하다고 누군가 강조하는 이때, 나는 그 이모부의 작별 눈길을 다시 그려 본다.
"그 도시에서 폭탄이 투하된다면, 그땐 사냐야, 도자기 램프는 생각하지 마라. 루카를 데리고 어서 대피소로 뛰어가거라."

우리, 여기, 국경선 너머에는, 네가 살아있다는 소식을 기다린다.

02. 크로아티아 군신 '악마 마르스' 이야기

1990년대 초, 유럽은 동부에서 흔들리면서, 국제 사회에서 이전에는 이름을 듣지 못했던 민족들에 대한 뉴스를 텔레비전 시청자들에게 갑자기 보여주었다. 그런 민족들의 이름은 언어학 지도와 〈Etnismo〉6)" 와 같은 잡지에서나 더러 볼 수 있었지만 많은 사람에게는 마치 옛 역사책에서 나온 것처럼 생소했고, 다른 대륙에 사는 사람들은 그들에 대해 다쯔인7)이나 아시리아인이라는 낱말들보다 더 낯선 것이었다.

텔레비전 뉴스를 보면서 사람들은 불안감을 감추지 못했다. 동유럽의 국가 이름에서 사회주의라는 낱말이 잘려나가고 그 뒤, 레닌 동상을 끌어 내렸고, 붉은 별이 그려진 국기가 구멍이 나고, 대의명분에 이름을 숨긴 채 살아온 민족들은 자기 고유의 낡은 옛 문장(紋章)을 끄집어냈다. 그 민족들은 옛 깃발을 흔들고 옛 정치구호들을 실현하고, 자기 민족의 정체성을 무척 갈구했다. 그 민족들에게 수십 년, 수백 년간 자기 고유의 정체성을 못 갖게 한 것은 누구의 죄인가? 민족마다 자신의 주변을 둘러보고, 곧장 자신의 이웃 민족을 그 주범이라고 단정했다. 그 이웃 민족 때문에 우리가 낯선 지도 위에 살게 되었다고 하면서.

---

6) 주: 민족문제를 다루는 에스페란토어 잡지
7) 역주: 다뉴브강 아래에 사는 슬라브족의 일종

이웃 민족에 대한 증오감은 술의 지게미를 탐욕적으로 먹고 있었다.

텔레비전에서는 바로 옆 나라의 대통령이 어느 위엄을 갖춘 자리에서 위협적인 말을 우리에게 그대로 보여주고 있었다.

"다른 방법이 없다면, 그땐 무력으로."

공산주의 체제에서 오랜 세월 파시즘에 대항한 싸움과 관련해서나, 신문 기사에서 범죄에 사용된 도구를 뜻하던, 그 "무력"이라는 말을 하면서, 대통령은 마이크에서 고개를 옆으로 조금 돌렸다. 그 때문에 그의 말은 제대로 전달되지 못했다. 그러나 그 위협하는 말을 모두 들을 수 있었다. 무기가 급히 정의의 수단이 되어버렸다. 그리고 정의에 대한 해석은 여러 가지였다. 그 해석들은 합의점을 찾지 못하고 충돌했다.

그렇지 않으면, -그렇지 않으면.

유고슬라비아는 내가 사는 나라 이름이었다. 유고슬라비아는 지중해나 남동유럽, 또는 발칸반도의 나라로 불려왔다. 발칸이라는 말은 은유적으로 퇴보와 관련된 불가리아의 산 이름에서 만들어졌다. 크로아티아는 유고슬라비아 내 6개 공화국 중의 하나다. 나는 이제 크로아티아 공화국 국민이 되었다.

크로아티아 사람들은 자신들을 Hrvatska(흐르바트스카)라고 부른다. 크로아티아어가 내가 배운 언어 이름이다.

시골서 도시로 전학 온 나는 교실에서 수업시간표를 처음 적을 때, 교과목을 이렇게 간단히 적었다. ⟨mat, geogr, hist, hrv⟩ 즉 수학, 지리, 역사, 흐르바트스키. "흐르바트스키(Hrvatski)"는 크로아티아어를 뜻했다. "hrv"를 재빨리 쓰게 되면 "krv"로 된다. "krv"는 피다. 황급히 나는 그 '피'라는 말을 지웠다. 나는 우리 언어를 깨끗이 간직하고 싶었다.

제2차 세계대전 후 유고슬라비아에서는 "크로아티아"라는 낱말은 공식적으로 특별히 환영받지 못했다. 세르비아어와 비슷한 크로아티아어는 공식적으로 복합적 이름을 가지고 있다. 즉 세르보-크로아티아어나 크로아트-세르비아어, 즉 크로아티아어 또는 세르비아어, 혹은 세르비아어 또는 크로아티아어. 내용으로 보면 그 언어 개념들은 합성어의 첫 낱말에 따라 변한다. 실제로 우리나라에서는 이 언어를 "크로아티아어"로 부른다. 공식적으로 "크로아티아"라는 낱말은 쇼비니즘 냄새가 나고, 유고슬라비아 공통성을 묻어 버리게 된다. 그 안에는 크로아티아가 나치 독일과 협력하던 크로아티아 독립국가이었을 때인 제2차 세계대전 때의, 역사적으로 불행한 시대가 한 겹 깔려있다.

학교에 다니면서 "크로아티아(croatia)"라는 이름을 건전지 제조 공장과 보험 관련 회사 이름에서 처음으로 나는 알았다. 뒤에 "크로아티아트란스(croatiatrans)"라는 회사가 생겼다. 그 회사는 수많은 버스 차량을 보유해, 크로아티아를 넘나드는 장거리 운수 회사였다. 내가 에스페란토를 배울 때, 그 "트란스(trans)"라는 말은 "크로아티아트란스"처럼 가까웠고, 쉽게 이해가 되었다.

"크로아티아"라는 낱말 어근은 어원학적으로 탐구된 적은 한 번도 없다. 그러나 그렇게 많은 대학살 뒤인 지금 크로아티아, 즉 "흐르바트(Hrvat)"라는 말 속에는 전쟁이 숨어 있음이 분명하다. 마치 형제(frato)라는 말이 그러하듯이, 전쟁은 'brat'이고 형제(frat)-전쟁(brat)이듯이, 형제와 전쟁 이 두 낱말이 우리를 가득 채우고 있었다.[8]

『크로아티아 신(神) 마르스』는 크로아티아어로 된 주요 문학작품 중의 하나다. 그 작품은 1922년 크로아티아 작가 미노슬라브 크를레자(Miroslav Krleza)에 의해 출간되었다. 크로아티아 작가란 보통, 크로아티아에서 출생하여 크로아티아어로 글을 쓰는 사람을 일컫는다. 유고슬라비아 작가란 크로아티아 작가보다 더 광범위하고, 전국적 의미가 있다. 크를레자는 후자에 속한다.

마르스는 전쟁의 신이다. 로마인에게, 또 고대 로마인에게도 그렇다. 크로아티아 신 마르스는 제1차 세계대전 뒤 크로아티아의 문학 배경에 자주 나왔다. 그 배경은

---

8) 주: 동포 : 제2차 세계대전 후 유고슬라비아는 공식적으로 수십 년 동안 유고슬라비아 내의 민족들에게 평화 공동체를 위해 동포애를 강조하는 정책을 써왔다. 새 정부는 이것도 공산주의 냄새가 난다며 그런 개념도 없애 버렸다.

그 신에게 어울렸다. 그러나 그 신은 이젠 책과 역사에서 현실로 다시 돌아왔다. 그 신은 제2차 세계대전 중에도, 반세기가 지난 지금 더 잘 무장해서, 수십 년 동안 휴식하다가 다시 나타났다. 마르스라는 신은 영웅적 존재다. 20세기가 끝나는 시점인 지금은 영웅을 좋아하지 않는다. 마르스라는 신은 악마의 신이 되어버렸다.

이번 전쟁에서 주요 적은 세르비아인들이다. 이웃나라 사람들이다. 우리는 이 나라 사람들과 여러 남슬라브 사람들과 힘을 합쳐, 제1차 세계대전 뒤 단일 연방국가 유고슬라비아를 건국했다. 크로아티아 사람과 세르비아 사람은 서로 만나면 단번에 구분할 수 있다. 그들은 이름에서, 같은 어족의 악센트에서, 단어사용에서 특징적으로 구분된다. 그 밖의 나라 사람들은 그렇게 구분하려면 많은 시간이 걸린다. 세르비아 사람들은 키릴 문자를 사용하고, 크로아티아 사람들은 라틴 문자를 쓴다. 양국 모두 기독교를 믿지만, 세르비아는 그리스정교를, 크로아티아는 가톨릭을 믿고 있다.

서쪽의 두 공화국인 슬로베니아와 크로아티아가 주권국가 독립을 승인하는 국민투표 뒤, 유고슬라비아 내부에서 우리 공간을 구분해 주던 공화국들의 작은 줄이 두꺼워졌다.
1991년 그 줄이 신생 주권국의 국경선으로 변했다.
서부 국경선에는 서둘러 세관이 설치되었다. 동쪽 국경선에는 전쟁준비가 한창이었다.

"왜 전쟁을 해요?" 라는 물음에 여기 이 작은 책은 대답하고 싶지 않다. 다만 이 책은 우리같이 평범한 사람들의 감정을, 평민의 감정만을 담아 전하려고 애쓸 뿐이다.

전에는 조금도 주목할 필요 없이 지나친 슬로베니아 국경을 지금 처음 통과하게 되면서, 그곳에 자동차가 멈추고, 세관 직원이 친절하게 물었지만, 나는 큰 이별감을 느꼈다.
한 지붕 아래 같이 살아온 친척들이 갑자기 독립된 집을 가진 셈이었다. 마침내 일이 이렇게 끝났다고 기뻐 환호하는 사람도 많이 있었다.
그러나 나는 이별의 쓸쓸함을 느끼는 소수의 의견에 속했다.
잘려나간 듯한 느낌.
나는 무거운 마음으로 한때의 내 초등학교 동창생들과도, 중학교 동창생들과도, 함께 살아가던 사람들과도, 같은 직장에 근무하는 사람들과도 이별했다.
자신이 소속된 나라와 이별하고, 새로운 자신의 동일성을 만드는 시대가 되었다.

대 제국이 역사의 태풍에 무너졌을 때, 그 제국에 살던 국민도 이와 비슷한 느낌이었을까?

우리나라 크로아티아는 지금 먹다 남은 사과 모양처럼

되어있다. 수백 년 동안 이웃으로 살아온 민족들이 자신의 이로 그 사과를 베어 먹었다. 크로아티아에 마음을 두고 있는 사람들은 그렇게 해석한다.

우리나라는 사람 얼굴에서 턱을 벌린 것 같은 모습이다. 그 턱이 떨리기 시작했다. 이 턱은 뭔가 집어삼키고 싶다. 이 나라를 그렇게 다른 시각으로 해석하는 사람도 있다.

저녁 식사를 마지막으로 헤어지는 결혼 생활도 있다.
사람을 죽임으로 결혼을 마감하는 결혼 생활도 있다.
내가 사는 이 땅의 우리 이웃들은 70년을 함께 살다가 전쟁으로 이별하게 되었다.
제1차 세르비아-크로아티아 전쟁, 이것은 두렵게 들린다.
제1차 뒤에 제2차, 제3차가 찾아오니.

"선생님, 저 애가 맨 먼저 그랬어요!"
학교에서는 남자애가 자신을 변호하며 말했다.
아주 어릴 때 나는 그런 말을, 그런 말을 학교운동장에서 증오했다.
다른 사람이 먼저 저질렀다는 언제나 똑같은 변명.

일을 저지른 자들은 아주 난폭하게 시작했다.
『어리석은 인종(Infana Raso)』은 여러 차례 발간되었다.
에스페란토를 처음 배울 때, 나는 자멘호프의 "외교관들에게 보내는 호소"는 역사 속에나 있는 비현실적인 것으로 여겼다.

나는 지금의 전쟁에 있어 초보자이다. 나는 자멘호프가 쓴 그 문건을 다시 접하고는 그 사실성에 그만 몸서리 치고 말았다.

나는 그 문건을 내 집 안의 창문도 없는 욕실에서 읽었다. 등화관제 명령이 있었다. 세르비아에서 출격한 비행기들이 우리 도시의 목표물들을 비추면서, 우리 머리 위를 날고 있었다. 내 이웃의 모든 사람은 불빛이 새어 나가지 않도록 창문에 두꺼운 커튼을 쳤다. 포탄이 떨어지면 유리창이 깨질 때 유리 파편이 분산되는 것을 방지하려고 테이프가 붙여져 있었다. 우리 집에는 다행히 큰 욕실이 있다. 나는 그 욕실 안으로 작은 탁자 하나를 옮겨 놓고, 그 탁자에서 글을 쓰려고 작은 컴퓨터를 설치했다. 이 작은 컴퓨터는 기계 번역작업의 시범사업으로 에스페란토 반포 100주년9)때 DLT-프로젝트10) 팀이 자그레브에 놓고 간 것이다.

그 팀은 우리나라를 떠나면서 이 컴퓨터들을 함께 갖고 가지 않았다. 그 프로젝트를 계속하려면 더 큰 용량의 컴퓨터가 필요했다. 나는 우리 사무실 창고에서 사용하지 않고 있던 컴퓨터를 찾아내, 집에서 시험 삼아 써보려고 한 대를 빌릴 수 있는지 물어보았다. 그래서 이 구형 DLT-컴퓨터가 내 집에 오게 되고, 곧 나와 함께

---

9) 역주: 1987년
10) 주: 에스페란토를 교량 언어로 사용하는 자동언어번역 프로젝트

이 전쟁을 체험하기 시작했다.

내가 욕실 한가운데에 컴퓨터를 설치했을 때, 나는 한때 사용자였던 툰 위트캄(Toon Witkam)이라는 이름을 라벨에서 발견했다. 공습경보가 끝난 뒤에야 나는 기계번역시스템에 에스페란토 사용을 주창한 사람이 누구인지를 알게 되는 벅찬 감회가 있었다. 나는 그 라벨을 손에 꼭 쥐고 있었다.

한 민족이 다른 민족에게 포탄을 투하하는 폭격기를 출격시키는 사람이 있는가 하면, 민족 간 언어문제를 풀려고 노력하는 다른 생각을 지닌 유럽사람도 있다. 총을 쏘라고 명령하는 장군과 폭탄을 싣고 가는 비행사와 그 폭탄의 목표물이 되는 지상의 희생자는 서로 언어문제란 존재하지도 않았다. 내가 창문도 없는 욕실에 '툰 위트캄'의 소유물을 설치하고 있을 때, 그이는 자신의 프로젝트를 중단하고 지금쯤 뭘 하고 있을까? 유럽은 무엇을 하는가?

하지만 발칸에서의 충돌이 편안하게 사는 그들을 괴롭히진 않는다. 유럽은 매일 매일 흘러가면서 괴로워하지 않는다. 유럽은 이 피의 충돌을 마치 비디오 게임 즐기듯이 보고만 있다.

우리 집 창문에는 하얀 제비를 새겨 넣은 어두운 청색의, 스웨덴에서 생산된 커튼이 걸려 있다. 그 제비들 사이로 내 방의 불빛은 배신하듯 밖으로 새나가고 있었다.
"불 꺼요!"
겁을 주면서, 어떤 이웃 사람이 말했다.
"3층에 불 꺼요!"
3층은 나를 의미했다.
빌어먹을, 커튼을 만든 스웨덴 제작자는 새로 시작된 발칸전쟁에 자신의 커튼도 참가하게 되리라 상상도 못했을 것이다. 경보 사이렌이 웽웽거리기 전인 아침에 나는 용기를 내어 커튼 속의 제비들을 바라보았다.
"걱정하지 마, 곧 지나갈 거야."
제비들은 평화로운 스웨덴 땅에서 우리의 혼돈 속으로 던져진, 예민한 제비들이었다. 그 제비들은 지금 문화충격으로 고생하고 있다. 그러나 제비들 스스로가 비행기로 변형되어 보였다. 제비들도 적응하고 있나 보다.

나는 이 전쟁에서 살아남기로 단단히 마음먹었다. 나는 꼭 살아남고 싶다. 평화를 사랑하는 마음도 함께 살아남게 해 다오 라며 밤에 하는 나의 기도는 에고이스트적 요구처럼 느껴졌다. 의료품을 간간이 보내주는 것 이외의 다른 방법으로 도와줄 길이 없는, 저 멀리 이국 땅에서 살아가는 크로아티아 국외 교포처럼 나는 죄책감을 느꼈다. 제 나라를 지키려고 군비 확충하는 나라에서 평화 애호의 마음은 높게 들리진 않는다. 자신을 지키기 위해 총기 소유를 원하는 사람들이 있는 곳에서 무기로는 문제 해결에 도움이 되지 못한다는 사고방식은 배신자처럼 들린다.

"무장을 한 사람은 인간적이지 못하다."

'이름 없는 운동11)' 단체가 내건 강령이다.

"좋은 표어이긴 하지만 크로아티아에선 어울리지 않아요."

내가 아동지도 칼럼을 써 온 잡지사 편집자가 평한 말이었다. 내 주변 동료들은 전쟁과 크로아티아를 위한 전쟁을 구별하고 있었다. 이 전쟁을 사람들은 조국 전쟁이라고 불렀다. 이 개념은 정의의 사상이 내포해 있었다.

또 이 전쟁은 잔인하다.

이제까지 끝난 다른 전쟁들보다 더 잔인하다.

왜냐하면, 이 전쟁은 아직 끝나지 않았으니까.

이 전쟁에서 피해를 입은 곳은 우선 교회, 병원, 조산소와 민가였다. 이런저런 건물은 보존해야 하는 예술품이라는 표식을 해 두어도 소용없다. 파괴만을 중요하게 여기는 야만의 무법천지 시대에는 보존해야 하는 건축물의 표식도 공격목표로 바뀐다. 아무도 병원과 자동차 위의 적십자 상징을 존중하지 않았다. 크로아티아는 파괴되어 가고 있다. 아이들과 노인들은 죽어가고 있고, 민가들도 한 줌의 잡초더미로 변해 버렸다. 죽음은 계속되고 있다. 죽음은 참새 소리처럼 일상이 되어버렸다.

적어도 폭격만은 저 먼 곳의, 다른 민족에게서 왔더라면.

---

11) 주: Movado Sen nomo:벨기에 비영리 운동단체로서 회원들에게 긍정의 사고방식을 응원하는 "지렛대카드"를 보내준다.

그러나 그 폭격은 가장 가까운 친척에게서 날아왔다. 우리는 그들이 쓰는 언어를 잘 이해한다. 우리에겐 그들 중에 아주 가까운 친구도 있다. 나는 그들 책으로 배웠고, 내 서재의 서가에는 그들이 쓰는 키릴 문자로 된 책들이, 우리가 쓰는 라틴 문자의 책들 옆에 놓여 있다.

요즘, 도서관 사서들은 세르비아 작가들을 크로아티아 작가들과 구분해 놓고 있다. 그들을 갈라놓는 증오의 세관이 세워지고 있다. 내 서재의 키릴 문자 책을 내가 다른 사람에게 빌려주면, 그걸 받는 사람은 그 책을 재빨리 받고는, 그 책표지를 몰래 숨긴다. 그는 그 책을 전차 안에서 드러내놓고 읽지 못한다. 왜 선동하는가? 총을 쏘는 자의 증오가 책으로도 들어가 있다. 나는 "이 세상에서, 한 번도 인간의 피로 얼룩지지 않는 유일한 깃발"인 녹성기12) 아래, 내 에스페란토 서재 앞에 서 있다. 그곳에서 나는 내게 용기를 줄 책을 찾고 있다. 그 책들은 아무 말이 없다.

주위에, 총 이외의 다른 방식으로 자신을 보존할 줄 모르는 세계에서, 증오에 대한 증오는 회의감만 불러일으킨다. 여전히 키릴 문자도 귀하다고 생각하는 나는 완전 애국자인가? 무기로는 이 세상을 더 좋게 만들 수 없다고 믿는 나는.

---

12) 역주: 녹성기(祿星旗): 국제어 에스페란토의 상징

*   *   *

크를레자는 『크로아티아 신(神) 마르스』에서 통치에 대해 이렇게 쓰고 있다.

"...대장님 자신은 통치라는 것을 비도덕적이고, 멍청한 속임수라고 한번도 누군가에게서 들은 적이 없다고 했습니다. 폭압적이고, 더럽고 원시 형태라고 하는 말도 들은 적이 없습니다. 정반대입니다!

그분은 통치란 밝고 즐거운 상상력이라 여겼습니다. 순진무구한 아이들이 햇빛에 반짝이는 벌거벗은 칼날을 바라볼 때의, 아이 마음에서 생기는 그런 상상력이라고 여겼습니다. 아이들이 니켈로 만든 칼날을 보면 즐거워하면서, 그 칼이 은은하게 빛나고 예리한 칼이라는 것에 주목하면서, 그 칼을 왜 한 번 휘둘러보려고 하지 않겠습니까?

대장님은 그런 어린아이와 같은 생각의 통치를 생각하고 계셨고, 그분은 그런 통치를 즐겁고도 귀하게 실천했으며, 어린아이들이 날카로운 칼을 다루듯이 그렇게 통치하셨습니다..."

또한 크로아티아 군인들이 지녔던 가톨릭 상징물의 사용 방식에 대해 이렇게 적고 있다.

"조국을 지키는 그 사람들은 자신의 가슴에 자신의 종교 상징인 그리스도가 달려 있지 않습니다. 그리스도가 죽음에 직면한 조국을 지키는 사람들에게는 총알과 교수대를 피해 보려고 자신의 찢어진 옷에 핀으로 꽂아

둔, 네 가지 색깔의 색종이로 만든 원시적 미신이 되어 버렸습니다. 말레이군도에서도 그 사람들은 전쟁터로 갈 때는 자신의 몸을 강렬한 핏빛으로 칠해 죽음으로부터 자신을 지키려고 자신이 모시는 신의 형상을 함께 모셔 가기도 했습니다. 유화로 그린 그리스도 외에, 조국을 지키는 사람들은 모자 가장자리에 비스트리차에서 만든 성모상을 여럿 붙이고 다니거나, 호주머니에 성석(聖石)을 가지고 전쟁터로 갑니다.

크로아티아 신은 하나만 있는 것이 아닙니다. 많이 존재합니다. 수없이 많은 크로아티아 신이⋯⋯. 분견대의 거의 모든 대원은 셀 수 없이 많은 성인에게, 신성시하는 분께, 또 지켜주는 천사들에게 소원을 빌고, 이미 죽음을 목전에 둔, 조국을 지키는 사람 중 일부가 단순히 약탈하러, 방화하러, 죽이러 갔다가, 만약 자신이 살아 돌아온다면, 저 위에 계신 분의 축복으로 자신의 머리는 구원받았다고 확신하고, 저 희생의 제단까지 무릎으로 기어가 그 기도원의 대리석을 핥을 것입니다.

그들이 거주했던 곳의 창문에 위대한 그리스도의 머리가 그려진, 비에 씻긴 위대한 3색의 깃발인 크로아티아 국기가 나부끼고 있습니다. 그 깃발은 공포 분위기를 자아냈지만, 이미 색이 바래고 비에 젖어 악마의 모습처럼 뒤틀린 채 비웃고 있었습니다.

마치 어느 우울한, 비잔틴의 프레스코화 위에 그려진 판토크라토[13]처럼 말입니다.

---

13) 주: 'pantokrator'란 그리스말로 모든 것을 지배하는 자, 비잔틴예술에 있어 그리스도 형상을 일컬음.

　　　　　　*　　　*　　　*

에스페란토 창안자 자멘호프는 별세하기 전에 "외교관에게 보내는 호소문"[14]에서 간단히 이렇게 썼다.

"참혹한 전쟁이 지금 온 유럽을 휩쓸기 시작했습니다. 이렇게 강하게 불명예스럽게 온 세계를 더럽히는 대규모의 서로를 죽이는 학살이 끝날 때, 각국 외교관들은 모여 민족 관계를 다시 정리하기 위해 애쓸 겁니다. 저 미래를 다시 정리할 외교관들에게 나는 몇 가지 말씀을 드리고자 합니다.

한때 역사가 가르쳐 준 가장 처참한 전쟁이 끝나고 외교관 여러분들이 모일 때면, 여러분 앞에 특별히 크고 중대한 임무가 있음을 느낄 겁니다. 지금, 이 시간 이후로 세계가 아주 오래, 그리고 가능하다면 영원히 굳건한 평화를 이룰 수 있을지 아니면, 여러 민족 간 싸움이라는 다양한 형태로 폭발하려고 일시적 전쟁이나 새로운 전쟁으로 만들지 여부가 여러분 손에 달렸습니다.

여러분은 단순히 유럽 지도를 다시 만들려고 하십니까? 여러분은 단순히 A라는 땅 조각은 X 민족에 속해야 하고, B라는 땅 조각은 Y 민족에 속해야 한다고 간단히 결정할 겁니까? 그런 일은 여러분의 필수 임무임은 사

---

14)주: 『에스페란토 창안자 자멘호프』, 머조리 불톤(Marjorie Boulton), La laguna de Tenerife, 1962의 "외교관들에게 보내는 호소문" 중에서.

실입니다만, 그 일은 여러분이 하실 일의 하찮은 부분으로 남겨 주십시오. 여러분은 그런 지도나 다시 만드는 일이 단지 여러분의 관심사 전부가 되지 않도록 신경을 많이 써야 합니다. 그렇지 않으면 여러분이 한 일은 무가치한 일로 될 것입니다. 인류가 이룩해 놓은, 더 위대한 피의 희생은 무의미하게 될 것입니다.

여러분이 여러 민족을 만족하게 하려고 애쓰는 만큼, 정의로운 여러분이 여타 민족에게 반목하려고 애쓰는 만큼, 여러분은 그 지도를 다시 확정하는 것은 아무 성과가 없을 것입니다. 왜냐하면, 어느 한 민족에게 관련된 모든 그럴듯한 정의란 다른 민족에겐 불공정한 것입니다. 오늘날은 옛날과 같지 않습니다. 분쟁 가능성이 있는 지역도 한 민족만 아니라 여러 다른 민족도 함께 땀 흘렸고 피 흘리며 지금까지 건설해 놓았습니다. 만약 여러분이, 이런 또는 다른 땅 조각을 이런 또는 다른 민족에게 속해야 한다고 결정한다면, 여러분은 정의롭게 행동하는 일이 아닙니다. 그렇게 되면 그 조각 땅 위에 미래의 전쟁 불씨를 완전히 제거하지도 못하게 됩니다.

여러분이 할 수 있는 유일하고도 정말 정의로운 결정이란 유럽의 모든 국가가 기본적으로 자연스러우면서도, 지금까지 안타깝게도 지켜오지 못한 원칙에 간단히 동의하여, 완전히 보장하는 결정을 통일된 목소리로 크게 내야 합니다. 그 결정이란 모든 나라는 그 나라 안에 사는 자손 누구에게나 도덕적으로, 또 실질적으로 완전한 평등권을 주어야 한다는 것입니다.

만약 다양하면서도 크고 작은 유럽 국가들을 대체할, 인구비례와 지리학적으로 준비된 "유럽 연합국"을 건설할 수 있다면, 가장 바람직스럽습니다. 그러나 만약 지금 그런 논의를 하는 것이 너무 빠르다고 여기면, 민족과 국가 정체성이 표방하는 저 무서운 악과 전쟁의 끊임없는 원천을 제거하기 위해서는 적어도 위에 언급한 원칙을 공식 합의로 받아들여야만 합니다.

위에 언급한 원칙이 유럽의 모든 국가가 공식적으로 받아들이고 보장한다는 결정을 내린다면, 그땐 전쟁과 계속되는 상호두려움과 끝없는 군비 확장의 주요 원인은 사라지게 될 것입니다. 왜냐하면, 그땐 이미 "조국이 위험에 빠져 있다"라고 말할 필요가 없습니다. "조국이 위험에 빠져 있다"라는 말에서는 누군가가 우리 조국의 일부를 잘라내어 바닷속에 던져 버리기를 원하거나, 누군가가 자기 조국에 사는 사람들의 재산을 약탈하려고 한다는 것을 의미하는 것이 아니라, 가장 상투적인 그 말은 단순히. "지금까지 우리 민족이 주인이었고 다른 민족 구성원들은 단지 그런대로 거주하도록 허용해 준 그런 땅 조각에서도, 내일이면 다른 종족이 주인이 될 것이고, 우리 민족은 단지 그 구역에 살도록 허락을 받는 상황으로 변하는 위험성"을 표현해 주고 있을 뿐입니다.

외교관들이 어떻게 결정을 해도 종족 간의 증오심이 갑자기 하루 만에 사라지지 않음을 나도 잘 알고 있습니다. 그러나 나중에 민간인들이 설교와 교육과 습관 등으로 종족 간의 미움을 제거하기 위해 일을 할 겁니다. 외교관들인 여러분이 우리에게 그런 일을 할 수 있도록 기회를 주기를 바랄 뿐입니다.

인류의 여러 민족 간의 증오심은 한 종족 안에서도, 여러 가족 사이의 상호 불화 또한 부자연한 것처럼, 자연스럽지 않습니다. 증오의 원인은, 단지 쉽게 잊어버릴 수 있는 상호 몰이해, 상호 비접촉, 서로 모름에서 오기도 하지만, 지배종족들과 피지배종족들의 존재, 지배종족의 맹목적 이기주의, 자만심과 특출나다는 생각, 또 피지배종족의 자연적 반발심에서 나옵니다. 자유로운 평등권을 가진 인간들 사이에서는 동포애로 서로 묶기는 쉽습니다. 하지만 자신을 다른 사람들 위에 군림하려는 권리를 가진 주인처럼 여기는 사람들 사이에서는 사람들을 동포애로 묶기란 불가능합니다.

외교관 여러분! 인류를 가장 잔인한 짐승들보다 더 낮은 단계로 밀쳐버린 저 처절한 전쟁 끝에, 유럽은 여러분이 평화를 이뤄내기를 기다리고 있습니다. 유럽은 일시적 상호 화해보다는 지속 가능한 평화를, 오늘날의 문명 세계에 어울리는 그런 평화를 기다리고 있습니다. 그러나 그런 평화에 도달하는 유일한 방법이란 다음과 같은 것임을 명심하고, 명심하고, 또 명심하여 주십시오.

"전쟁의 주요 원인이 된, 가장 고대의 문명사 이전의 시대의 원시적 잔류물인, 한 종족이 다른 종족을 지배하려는 의도를 단번에 또 영원히 없애버리는 것입니다."

03. 지하 대피소에서 쓰는 글

에스페란토어로 작가 생활하는 내 같은 사람들은 작품을 보통 주말에 쓴다. 그러나 자그레브시민들에게 있어 1991년 가을날의 매주 주말은 가장 어려운 나날이었다. 내전으로 인한 비행기 공습은 빈번하게 바로 주말마다 일어나기 때문이다. 우리는 하루 24시간 중에 7번이나 지하 대피소로 내려간 적도 있다.

나는 대피소라는 말에 잠깐 멈추어 에스페란토 사전을 다시 찾아보았다. 내가 에스페란토를 사용한 지 약 25년이 되었지만, 이 낱말은 지금에야 처음으로 필요했다. '피난처, 은신처, 대피소, 구호소'라는 뜻의 이 낱말(Rifuĝejo)이 바로 그 낱말이다. 나는 이 낱말을 붉은색 표지로 된 세르보크로아티아어-에스페란토 사전에서 찾았다. 이 사전을 편찬한 이는 안토니예 세켈리(Antonije Sekelj)인데, 그는 한때 유고슬라비아군 장교였다. 자그레브를 위협한 비행기들도 유고슬라비아군 소속이었다.

안토니예 세켈리와 티보르 세켈리(Tibor Sekelj).
이 두 형제와 같은 에스페란토 지도자가 없었다면, 나는 다른 타입의 에스페란티스토가 되었을 것이다. 바로 이분들이 내 에스페란토 수준이 '안녕하세요(Saluton!) 잘 가세요(Ĝis revido)!'라는 말만 할 줄 알던 초보자 때의 내 에스페란토 실력을 크게 높여 주셨다. 나의 에스페란토 실력이 일취월장했음을 증명해 주는 격려의 말들이 베오그라드에서 들려 왔다. 나는 그분들의 격려에 늘 고마워했다.

어젯밤에도 자그레브 상공에서 로켓 포탄을 발사한 비행기들은 베오그라드에서 온 것이다. 무거운 마음으로 나는 이 비행기들이 우리를 공습했다는 걸 알고 있다.

나는 유고슬라비아 연방에서 태어났다. 나의 생년은 유고슬라비아가 스탈린 도그마의 품에서 벗어나려 노력했던 때, 저 쓸쓸한 시대와 같은 해였다. 스탈린과의 관계가 무너진 해인 1949년.[15]

당시 쓸쓸한 사회 분위기가 내 아기 포대기 곁을 감돌고 있었다. 나는 형가리 국경 근처의 크로아티아의 한 시골에서 태어났는데, 부모님 두 분이 교사였다. 아버지는 정원에 양 2마리 -무차와 미슈코 라는 이름을 가졌다 -를 키우셨고, 이 2마리는 중대한 임무를 갖고 있었다. 그 두 마리가 내가 입을 첫 스웨터의 털을 제공해 주었다. 그리고 나중에 몇 벌 더. 나와 3살 터울인 여동

---

[15] *역주: 1945~1947년까지 유고슬라비아 티토와 소비에트 연방(소련) 스탈린의 관계는 좋았다. 유고슬라비아는 남동유럽 국가 중에서 처음으로 소비에트 연방의 '붉은 군대' 주둔을 허용하기까지 했다. 1946년 유고슬라비아는 국제공산당 정보기구(코민포름)에 가입하게 된다. 1948년 유고슬라비아를 코민포름에서 영구 제명한 스탈린은 1949년 소련과 유고슬라비아 정부는 동시에 티토-스탈린 결별을 발표하게 된다. 유고슬라비아는 소련의 모든 경제, 정치, 군사적 원조가 중단되자, 엄청난 재정적 위기를 겪었다. 하지만 1949년 중화인민공화국이 선포되면서 유고슬라비아는 중국 쪽으로 다가서며, 유고슬라비아의 재정 상황도 조금씩 나아지기 시작하였다. (출처: 위키피디아에서)

생은 운이 더 좋은 아이였다. 여동생은 볼품없었지만, 시장에서 사 온 유아복을 입을 수 있었다. 그러나 여동생이 자신을 짐승이 찌른다고 나에게 불평했던 점을 기억하고 있다. 내가 했던 불평은 기억하고 있지 않다. 엄마에게 물어보면 알 수 있겠지.

학교 사택에서 나는 태어났다. 나를 보살펴 주던 마을 언니가 있었는데, 내가 자주 보채는 바람에 그만 지쳐 자기 엄마에게 돌아가 버렸다. 어머니는 새 보모를 찾는데 시간이 좀 걸리자, 당신이 가르치시던 교실에 나를 임시로 데려다 놓았다. 이틀간 유아용 침대가 유고슬라비아 지도가 걸린 교실 안에 놓여 있었다. 나는 작은 두 주먹으로 아드리아해를 때리기도 했다. 그 바다에서 물방울이 내 얼굴로 튀어 오르진 않았지만, 나는 즐거웠다.

나는 크로아티아어의 카이카브 방언을 배우며 자라게 되었다. 이 언어에는 지소사(指小辭)가 많이 있었다. '작은' 차(茶), '작은' 우유, '작은' 빵이 나의 '작은' 탁자에서 나를 기다리고 있었다. (그게 나의 금전 운을 정의해 버렸을까? "돈"이라는 낱말도 그 방언에서는 "작은 돈"이었다. 평생 나는 정말 '작은' 돈만 벌 수 있으니.)

유고슬라비아는 우리나라 이름이었다. 유고슬라비아라는 낱말의 첫 부분에는 영원한 태양이 놓여 있다. "유

그(jug)"라는 말은 남(南)을 뜻했다. 그리고 슬라브인들이 그 남쪽으로 왔다. 외국 사람들을 통해 나는 유고슬라비아라는 낱말에 대한 놀라운 설명을 들을 수 있었다. 일본에서는 이 유고슬라비아를 '위대한 슬라브 나라'로 상상하고 있었다.

내 이종사촌들은 베오그라드에 산다. 어머니의 두 자매가 세르비아인에게 시집갔기 때문이었다. 이 사실은 최근 들어서야 대단한 뉴스거리가 되었다. 전에는 그분들이 어떤 사람이라는 것이 중요했지, 그분들이 어느 민족 구성원인지는 중요하지 않았다. 이모부 중 한 분은 운수회사 이사로 일하고, 다른 이모부는 대학교수라는 점이 중요했는데.

"이모부가 생쥐 연구한다는 것을 넌 아니?"
나는 그 이모부의 기생충학을 메스껍게 표현했다. 운수회사 이사인 다른 이모부는 그리스에서 오렌지를 때때로 싣고 온다. 내 이모부들은 그런 전문직에 종사하고 있다.

세르비아의 서울인 베오그라드 어린이들과 크로아티아의 서울인 자그레브 아이들이 겨울방학과 여름방학 때 정기적으로 할머니 댁에 함께 모이면, 다음 재회 때까지는 몇 밤을 더 지내야 하는지 세기로 했다.

우리는 우리가 쓰는 말을 크로아티아어로 부른다. 베오

그라드의 이종사촌들은 자신의 언어를 세르보-크로아티아어로 부른다. 우리는 상대 언어의 몇 가지 표현 때문에 서로 즐겁게 시간을 보낼 수 있었다.

나는 이런 놀이를 기억하고 있다. 우리는 두 팀으로 나누어, 탁자의 한쪽은 베오그라드 사람들이, 반대편엔 우리가 앉았다. 우리가 쓰는 두 언어의 차이점을 찾아내는 게 이 놀이의 핵심이었다. 우리는 이렇게 했다.
탁자의 한쪽에서는 베오그라드 사람들은 먼저 '자신의 언어'에서 한 낱말을 이야기하면, 우리는 '우리 언어'에서 같은 뜻의 낱말 하나를 찾아낸다. 탁구공처럼 빨리 왔다 갔다 하며 놀이가 진행되었다.
레니르(Lenir)- 라브날로(ravnalo).
순제르(sundzer)- 스푸즈바(spuzva).
프라바(prava)- .....
"프라바가 뭐지?" - 우리는 몰랐다.
그러나, 기하학에서 그...... -기하학에서? 뭔데?
"프라바치(pravac) 인가?" -프라바치,
그 말에 모두 함박웃음을 웃었다.
"방향(方向)"이라는 말은 한쪽에서는 "프라바"라고 말하고 다른 쪽에서는 "프라바치"라고 말하니 이 얼마나 즐거운 일인가? 우리는 가까스로 크게 웃을 수 있었다. 정말로, 생각해 봐요.
장롱이라는 말을 그들이 "오르만(Orman)"이라 말하자, 우리는 "오르마르(Ormar)"라고 하니.
다시 웃음이 '폭발'했다.

요즘은 정말 포탄이 '폭발'한다.

사실, 우리 놀이는 오래 계속되진 못했다. 그것은 곧 지루해졌다. 다르게 쓰이는 낱말이 그리 많지 않았기 때문이었다. 마침내 우리 크로아티아 측이 놀이에서 졌다. 그들은 "무셰마(musema)"라는 낱말을 꺼냈을 때, 우리는 그 낱말이 무슨 말인지 잠시 뒤 해석해 내었지만, 그에 상응하는 말은 우리 언어에서는 없었다. 우리는 "플라스틱으로 된 테이블보"라고 대답하자, 그들은 수식하지 않는 단일 낱말을 원했다. 그래서 점수는 1 : 0으로 세르비아 측이 이겼다. 승리한 측이나 패배한 측이나 부엌에서 주는 상은 똑같았다. 참기름을 칠하고, 작은 둥근 파가 첨가되고, 붉은 고추를 뿌려 만든 빵 6조각씩.

요즈음 자그레브와 베오그라드를 잇는 전화가 끊겼다. 베오그라드의 친지들은 우리 소식을 학수고대하고 있다. 우리도 그 친지 소식을 기다리고 있다. 이렇게 할 수는 있다: 세르비아-보스니아와, 보스니아-크로아티아 간에는 아직도 전화 통화가 가능해, 우리가 보스니아에 있는 친구에게 전화해 우리 소식을 전하면, 그가 베오그라드의 우리 친지들에게 전화해 그가 들은 바를 전해 줄 수는 있다. 아주 정확한 소통 방법은 아니지만, 그렇게는 할 수 있다. 우리는 폭격을 당한 후 "우린 안전해"라고 소식을 그렇게 전할 수 있고, "갓난아이가 이젠 움직인다"라는 즐거운 소식도 들을 수 있었다.

그 놀이에서 "무셰마"라는 낱말을 내민 이종사촌인 사냐는 자신의 첫아기 출산을 앞두고 있다. 전쟁이 가족을 늘이는 데 가장 좋거나 선택받은 좋을 때가 되진 못해도……. 그 아기들은 아무것도 모른 채 커간다. 아기 출산을 위해, 이모부 내외와 이종사촌 부부는 좀 더 나은 집으로 각각 이사했고, 슬라브 관습에 따라, 친지들은 각각 집들이를 한다. 우리는 새로 이사한 사람들에게 선물을 들고 찾아가 새 삶을 축하해 준다. 유고슬라비아의 서울과 한때 유고슬라비아 제2의 도시인 자그레브 사이에 항로가 폐쇄되었다. 철도 여러 곳도 파괴되었다. 오랫동안 서로 교통편이 불가능할 것이다. 그렇다면, 친지들을 찾아가려면 우선 여권이 필요할지도 모른다.

우리측의 보스니아에 사는 중개자가 자그레브에서 보낸 돈을 받으면 그가 베오그라드로 부쳐준다. 그러면 그 이사를 축하하는 축의금을 전할 수 있었다. 실제로 지금도 유고슬라비아 전국이 같은 화폐가 통용된다.

자그레브가 폭격당하기 전, 보스니아발 우편물이 일찍 도착해, 그 우편물로 인해 우리는 크게 감동하였다.
- "우리 것들은" 너희를 포위하고, 그리고 너희……-
그러나 그 감동한 보스니아인도 이중의 고통을 당했다. 베오그라드에서 온 감사 말씀을 그가 듣게 되면, 그가 같은 말을 자그레브 쪽에 되풀이해야 하기 때문이었다. 그래도 얼마 되지 않아 이 연락선도 끊길 것이다.

시민 전쟁은 자신의 운명을 제멋대로 연극을 해낼 수 있다. 보스니아에서의 지금까지 우리를 도와주던 그 중개자 역할은 중단되었다. 최근 들어서는 보스니아로 전화마저도 할 수도 없다.

세계는 하나의 큰 가족처럼 만들어져 있다. 나는 엄마의 교실에서 유고슬라비아 지도를 때리기를 그만둔 지, 몇 년 만에 이를 알게 되었다. 그리고, 에스페란토를 배우면서 이 언어 창안자 자멘호프를 알게 되었고, 나는 이를 입증할 수 있었다. 지구상 다른 대륙에 사는 이웃 사촌들은 의미가 같은 몇 가지 사안을 조금 다르게 정의해 마침내 뉘앙스만 조금 달리 표현할 뿐이다.

그리고 전쟁 중의 에스페란토는?
나는 에스페란토 운동에 적극적으로 활동하지 않는 편이다. 이 운동은 요구하기만 하고, 지루하고, 토론이란 그만큼 지긋지긋해, 성과 없는 일이었다. 나는 교묘히 이 모든 임무로부터 피해 버렸다.
'이 자리를 벗어나자! 난 노예가 되기 싫어!'
내가 에스페란토 고급 과정에서 스타니슬라브 슐호프 (Stanislav Schulhof)의 '노예의 노래'를 알게 되었을 때, 나는 그 시인에게 관심을 두게 되었다. 그는 "나는 당신을 몽유병 환자처럼 따라다닙니다"라는 것이 의미하는 바를 이해할 수 있었다. 나는 에스페란토가 내게 원하는 모든 것을 통해 나를 몰고 가는 것에 주목하고는, 그 속에 빠져들지 않으려고 했다. 그러나 나는 때때로 성공했다.

그러고도 나는 타성에 젖은 운동 방식에는 양보하지 않았다. 그 운동에서 나는 가능하면 빠져나오려고 노력했다. 그래서 나는 어떻게 하면 에스페란토와 내 문화 활동을 연결할 수 있겠는가에 20년 동안 연구를 이어 가고 있다. 그러나 때때로 놀랍게도 성공하기도 했고, 때로는 부끄러울 정도로 실패하기도 하였다. 나는 운동권 밖의 사람이다.

유고슬라비아 에스페란토 운동은 유고슬라비아라는 나라보다 먼저 느슨해지기 시작했다. 크로아티아 에스페란토연맹 회장직에 지난 몇 번의 선거에서 에스페란티스토가 아닌 분이 선출되었다. 에스페란티스토가 아닌 인사가 회장이 되면, 우리 운동을 이끌 기금을 내놓을 능력이 있다고 생각해, 단순한 유권자들이 표를 주었을까? 그런 사람들의 손에 이끌린 운동은 위축되기 시작하고 절름거리기 시작했다. 활동적인 인사들은 관여하지 않으려는 편을 더 원했다. 클럽 회장이나 총무 직함을 갖기만 좋아했던 몇 사람들은 회원들을 격려하기보다는 회원들에게 쓸쓸함을 맛보게 했다. 회원들은 서로 화합이 잘되지 않기 시작했다. 에스페란토 실력이 낮아 고충을 느끼는 사람들이 있는가 하면, 정치에 개입하여 쫓겨난 사람들도 있었다. 에스페란티스토조차도 안타까워할 줄 모르는 고집불통의 에스페란토계.

전쟁에서 에스페란티스토들은 무슨 일을 하고 있는가? 이 전쟁이 끝났을 때만, 우리는 그것을 자세히 이해할 수 있을 것이다. 그럼, 전쟁은 왜 일어났는가?

이런 질문은, 1991년에서 우리를 더 먼 시간으로 가게 한 지금, 외국인들이 더 쉽게 대답할 수 있을 것이다. 우리 생명과 우리 집의 지붕을 그만큼 열정적으로 끌고 가는 이 전쟁은 지금도 끓고 있으니 이 전쟁을 조명할 많은 낱말이 있을 것이다.

요약하고, 뭉쳐 보면 이렇다-.
제2차 세계대전에서 유고슬라비아 공산당이 승리한 이후, 줄곧 유고슬라비아를 통치하던 공산당의 일당 지배가 1990년 끝났다. 이제 정당이 여럿 생기자, 다민족국가인 이 나라에서는 어느 민족이 다른 민족을 이용했다는 등의 결정적 선언들이 앞다투어 떠돌았다. 슬로베니아와 크로아티아가 먼저 자신들의 국민투표를 통해 유고슬라비아에서 분리 독립을 선언한 공화국들이다. 베오그라드에서는 유고슬라비아 연방에서 탈퇴, 분리 독립이라는 어떤 형태의 생각도 받아들이지 않는, 옛 볼세비즘의 성격을 지닌 사회당이 승리했다.

세르비아는 모든 세르비아인이 하나의 독립 국가에 살아야 한다는 구호를 내걸었다. 그러나 세르비아인들은 세르비아에만 거주하는 것이 아니었다. 크로아티아에는 세르비아인들과 친인척 관계인 가족이 수없이 많다. 그리고 세르비아인들은 한 지역에만 살지 않을 뿐만 아니라, 도시와 농촌에 흩어져 살고 있다. 크로아티아 내의 세르비아인들과 크로아티아인들은 호랑이 등가죽의 반점들처럼 함께 연결되어 있다. 결정권이 있는 사람들은 세르비아 민족이 분산해 살지 않도록 하려고 전쟁을 일으켜……. 그리고 유고슬라비아 안의 여러 영토 위에 지배력을 계속 유지하려고 했다.

그 호랑이 등가죽 문제는 어떻게 될 것인가?

군대에서는 힘으로 해결할 수 있다고 말했다. 그러나 군대와 무력은 곧 통제에서 빠져나오기 시작했다. 군대와 무력은 이제 아무도 제어할 수 없게 되었다.

내가 이란의 테헤란에 머물면서 귀국을 서두를 때, 나는 한때 같은 나라였지만 지금은, 지금은 서로 다른 두 문화권 사이에 벌어지는 상황은 절망적으로 날카로워졌다.

"세르베스탄에서 왔소?"

페르시아인들은 나에게 물었다.

"크로아티아에서 왔소?"

두 공화국에 대한 페르시아어 이름은, 아시아로부터 유럽이 어떻게 분리되었는지 하는 그런 맥락을 역사적으로 명확히 말해 주고 있었다. 파키스탄, 힌두스탄, 세르베스탄. 세르비아는 아시아의 일원이었다. 크로아티아에서부터 유럽은 시작되었구나!

세르비아 시인 밀로반 다노일리츠(Milovan Danojlic)는 유럽이 왼쪽 도로에서부터 시작된다는 것을 표현해 주는 시를 쓴 적이 있었다.

> 왼편은 – 조명에 반짝이는 테라지에,
> 우측은 – 조명이 없는 어두운 에타지에.
> [Levo osvetljene Terazije,
> desmo – mralc do male Azije.]

지명 'Terazije'는 베오그라드의 심장부를 가리킨다. 'Terazije 42번지'는 세르비아 에스페란토연맹 소재지다.

"그곳으로 가고 싶은 것 확실해요?"
테헤란에서 지낸 마지막 날의 밤에 누군가 묻는다. 그 질문에는 아주 상황이 나빠진 것을 알리는 TV 뉴스가 있었음을 결론지을 수 있었다.

"그래도 돌아갈래요."
"하지만 아셔야 하는 것…."

그러한 고국으로의 초대는 테헤란의 밤처럼 뜨거웠다. 테헤란을 출발한 귀향길의 막바지에는 어느 박살 난 탱크를 뒤로 한 채, 완행버스 편을 이용해야 했다. 무사히 집에 돌아왔을 때, 나는 맨 먼저 텅 빈 비상 배낭을 채워야 했다. 먹거리 조금. 플라스틱 통에 물을 담고 비스킷, 손전등, 내용물이 든 배낭을 내 집의 출입구에 항상 준비해 두어야 하고, 국가에서 요구하는 것들이었다. 비행기 공습경보의 사이렌이 울리게 되면, 모든 사람은 자기 배낭을 들고 대피소로 뛰어가야 한다. 서류, 여권, 돈, 예금통장, 수표, 보석함. 무감각하게 나는 그 물건들을 모았다. 귀금속 통까지도 모았다. 나는 나의 보석함을 열고, 무엇이 귀중한지 자문해 보았다.
우리 가정에서 귀중한 것은 무엇인가?

어느 유명한 세르비아 예술가가 그린 벽에 걸린 그림. 서재. 삭막한 섬이지만 꼭 가져가지 않으면 안 되는 책은 어느 것이라는 질문이 생겼다. 나의 재치는 힘을 발휘하지 못했다. 나는 고등학교 졸업시험 때 엄마가 준 작은 팔찌를 썼다. "너의 행복을 위해!" 엄마가 써 주신 말이었다. "대피소에서의 행복을!" -지금은 이렇게 읽었다.

나는 베오그라드 이모가 나의 첫 졸업식 때 준 팔찌를 추가했다. 그것은 아주 아름답다. 지금 내가 그 팔찌를 싸면서 언제나 닮아 보려고 했던 이모의 높은 취향을 볼 수 있었다. 작은 팔찌의 금줄은 아주 섬세하며 서로 얽혀져 있었다. 서로 얽혀져 있다. 그렇다. 그것은 모든 시민 전쟁을 수식하는 형용사이다.

나는 그 물품들을 도쿄에 사는 국화 여사가 준 배낭에 넣었다. 그 안에는 낱말맞추기 게임을 즐기는 카드놀이가 세트가 여럿 들어있었다. 도쿄에서부터 들고 다니기 시작했던 이 배낭은 공중전이 펼쳐지고 있는 이곳 자그레브의 지하 대피소에서도 쓰일 것이라고 상상도 못 했다.
나는 지하 대피소로 난로, 양탄자, 이불, 침낭과 보조
매트리스를 옮겨다 놓았다. 다섯 가구의 이웃 사람들이
같이 사용하는 대피소이다.

"그림만 몇 점 더 있으면 좋겠군요!"
어느 이웃집 여자가 말했다.

라디오에서 잡음이 들려오기 시작했다. 방송국의 주요
송신시설이 폭파당했기 때문이었다.

"수많은 폭격기가 자그레브를 향해 오고 있습니다. 모
든 시민은 지하 대피소로 피하십시오."
나는 그 메시지를 이해하려고 노력했다.

"다시 한번 공습경보를 알립니다. 폭격기 여러 대가
자그레브를 목표로 날아오고 있습니다."
만약 그 비행기들이 가장 가까운 비행장에서 출발했다
면, 6분이면 도착할 것으로 나는 짐작해 보았다.

침묵.
몇 분이 지났다.
이스파한16)에 관한 책은 내 무릎 위에서 떨고 있었다.
그건 무서움이었다.

나는 목도리로 내 목을 감쌌다. 테헤란에서부터 내 목
은 아팠다. 평화 시절에는 즐거운 광경일 수 있을 테지

---

16) *역주: 이란의 옛 수도. 옛 이름은 아스파다나(Aspadana)이다. 테헤란 남쪽
405km 지점에 위치한다. 특히 1598년에 아바스 대왕이 이곳을 수도로 정한 이래 사
파비 왕조 때에 번영하였다.

만, 극지방의 하얀 여우가 죽은 지하실의 거미줄 아래서 내 목에 향기를 전해 주고 있다. 내 위의 거미줄이 흔들렸다. 그것은 두려움이었다.

라디오에서 지금 환호 속에 애국가가 시끄럽게 들려오고 있었다. 원시적 음조에, 문법은 무시된 채, "신성한 땅", "용광로", "자매", "너무나 아름다운 조국" 등의 낱말이 나열되어 있다.

> *"우리에겐 신성한 것이요,*
> *저들과 함께 있으면 저주받은 것이네."*

왜 취향은 모두 전쟁에만 몰두하는가?

갑자기 아주 강렬한 폭음!
"저건 아주 가까이에 떨어졌군!"
이웃 사람은 겁에 질린 얼굴로 말했다. 지하 대피소의 닫힌 문 틈새로 바람이 불어 왔다. 폭음은 또 들려 왔다. "저건 너무 가까워!" 이웃 사람은 질린 얼굴로 되풀이했다. 빠른 속도의 자동차가 경적을 울리며 달리고 있었다. 소방차인가? 구급차인가? 이웃 사람들은 아주 거친 욕설을 하였다. 그들의 논평은 내 마음을 아프게 한다. "지옥, 그게 바로 다른 사람들이야." 라는 말을 사르트르(Sartre)는 어느 대피소에서 그런 생각의 영감을 받았을까? 뭐든 아는 체하는 이웃 사람은 계단 위를 한 번 둘러보더니 다른 정보를 전해 주었다.

"대통령 관저인 반스키드보리가 폭격을 당했어요."
곧 라디오는 그 소식을 확인해 주었다. "그건 바로 바이주를 맞혔어!" 그 모든 것을 아는 체하는 사람은 말했다. 그는 가장 유능한 비행사들과 소통하고 있는 것 같았다. 공습이 일시적으로 멈추었다는 사이렌 소리에 그는 장황한 설명을 멈추었으니, 다행스러웠다.

나는 우리 건물의 마지막 층으로 향하는 계단을 따라 올라가면서, 이 세상에서 가장 큰 기쁨이 무엇인가를 더 알게 되었다.

공습이 중지되면 모두가 자기 집으로 되돌아갈 수 있다는 것, 어둠 속에서 자물쇠통을 찾는 것, 그 자물쇠를 열 수 있다는 것, 창문이 없는 복도에 불을 켤 수 있다는 것.
모든 책은 서재의 서가에 그대로 꽂혀 있다. 아무 창문도 파손되지 않았다. 나는 히터를 켜기 시작했다. 가스는 푸른 불꽃을 내며 반짝였고, 나는 히터가 가스를 빨고 있는 것처럼 느껴 왔다. 그렇게 반가울 수가….
불을 지필 수 있다는 것!
창문 아래 배나무의 잎들 사이로 배가 3개 달려 있었다. 차가 커피포트에서 물방울을 만들기 시작했다. 차가 채 끓기도 전에 또 다른 공습경보가 있었다.
10월 7일이었다.
그날의 마지막 공습경보는 새벽 2시 30분에 있었다.
나는 오후에 준비해 둔 차를 다시 데웠다.

침구는 부끄러움 없이 푹신했고. 그리고 나는 다음 날 아침의 공습사이렌이 울렸을 때 잠에서 깼다.

나는 유리가 깨지면 파편이 튈지도 모르는 유리창에 테이프를 붙여 놓지 않았다. 사이렌이 울리지 않을 때, 라디오가 조용히 있을 때, 이웃 사람들의 잔소리가 들려오지 않을 때, 아무 신문도 탁자에 없는 이때, 창 너머로 평온한 가을을 볼 수 있다.

"아직 출국 계획이 없나요?" 전화 수화기에서 외국 친구들의 물음은 연거푸 들려 왔다. "없어요." 나는 대답했다. '난 이 나라에 사는 사람이라서,' 나는 잠자코 생각에 잠겼다. 그걸 큰 소리로 말할 수는 없었다. 그건 "용광로"처럼 열정적으로 들릴 것이다.

내가 『독일에 대하여 - 1919년 일기장 일부에서』라는 책자에서 세르비아와 크로아티아 관계를 이해하기 쉽도록 도움을 준 여성 작가 마리나 츠베타예바(Marina Cvetajeva)에게 고마움을 전하고 싶다.

"그리고 전쟁은 다음과 같았다. 라이너 마리아 릴케(Rainer Maria Rilke) 대 알렉산다르 블록(Aleksandar Blok)의 싸움이 아니라, 기관총 대 기관총의 싸움이고, 리차드 와그너(Richard Wagner) 대 알렉산다르 스크랴빈(Aleksandar Skrjabin)의 싸움이 아니라, 잠수함 대 다른 잠수함의 싸움만 있을 뿐이다. 블록이 살해되었더라면, 나는 블록을 위해 울었을 것이다(러시아에서 가장 착한 사람이기 때문에). 릴케가 죽었다면, 나는 릴케를 위해 울었을 것이다(독일에서 가장 착한 사람이기 때문에). 그리고 누구의 승리에도, 우리 쪽이건 다른 쪽이건, 나는 위로받을 수 없었을 것이다. 나는 민족 간의 전쟁에서 아무것도 느낄 수 없지만, 시민 전쟁에서는 모든 것을 느낄 수 있다."

내일이면 사무실 여직원들은 더 처참한 이야기로 지샐 것이다.
"또 그 소년은 포탄 일부를 부엌으로 가져 왔는데 포탄은 아직도 따뜻했대. 그 파편이 칼처럼 공중에 획-하고 지나가더라고."

우체국 직원이 우리 사무실로 들어와, 세르비아에서 온 소포들을 전해 주었다.
"키릴 문자로 된 뭔가 쓰였네요."
누군가 경멸하듯 말했다.
나는 소포를 열었다. 에스페란토로 된 뭔가가 있었다.
『세르비아 구어체 문선』.

나는 그 책을 펼쳐 들고, 제 56쪽을 펼쳐 보았다.

연인들의 이별

꽃 한 쌍이 정원에 자라고 있었다.
히아신스와 푸른 샐비어.
히아신스가 돌랸(Doljan)으로 떠나갔다.
정원에는 샐비어만 홀로 남았구나.
돌랸에 있는 히아신스가 소식을 전해왔다네.
"정원의 샐비어, 내 사랑.
 홀로 어떻게 지내?"
정원의 샐비어 답하네,
"하늘이 편지지라면,
숲이 필기구라면,
바다가 검은 잉크라면,
나는 꼬박 3년 동안 편지를 썼겠지만,
내 비참한 삶은 내가 쓰고 싶진 않네!"

나는 저 먼 옛날에서 온 그 메시지를 발견하고는 스스로 물었다. '지하 대피소에서 빠져나온 뒤에 사람들이 그 시를 읽지 못해도, 그 시는 정말 아름다울까?' 나는 탁자에 앉아서 여전히 민중의 애환이 담긴 이 시의 따뜻함을 느끼며, 베오그라드로 감사편지를, 축하편지를 타자로 친다. 그 책이 출간된 '테라지예 제42번지' 주소지로.

'당신이 그 책을 읽을 때, 누가 아는가, 당신이 어디에 있을지를. 그곳이 어디든지 간에, 그곳이 대피소가 아니었

으면 한다.'

나는 희망을 안고 이 글을 마친다. 사람들이 책을 읽을
동안, 그 책과 그 작가는 살아있을 테니까.
　　-자그레브, 1991년 10월 19일, 스포멘카 슈티메치.

04. 1991년 가을 자그레브 청소년[17]

친구 여러분!

자그레브에 있는 우리에게 보내어 준 따뜻한 마음에 진심으로 감사를 드립니다. 전쟁 한복판에 있는 우리 일을 걱정해 주셔서 정말 고맙습니다. 여기서 일어나고 있는 일을 당신 나라의 신문과 텔레비전에서 상세하고, 또, 정확하게 설명해 주고 있는가요? 저는 그런 것을 여기에 이야기하겠습니다. 우리는 유고슬라비아에서 태어났습니다. 우리나라는 1918년에 건국하였고, 자그레브는 그중 크로아티아 공화국 수도입니다.

1990년, 크로아티아 공화국 국민은 유고슬라비아로부터 분리 독립을 국민투표로 결정했습니다. 그런데, 유고슬라비아 연방 정부는 크로아티아의 분리 독립을 승인하지 않았습니다. 베오그라드(유고슬라비아 수도)의 지휘를 받는 유고슬라비아 군대는, 연방 내 다른 공화국과 함께 일제히 크로아티아의 여러 도시를 공격해 왔습니다. 특히 가장 유명한 도브로브니크[18]도 공격했습니다.

---

17) *역주: 이 항목의 글은 이 책의 일본어 번역판(03 -18페이지)에 있던 것을 저자와 일본어판 역자 허락을 얻어 전재함을 밝혀 둠.

18) *역주: 두브로브니크는 크로아티아에서 가장 인기 있는 관광도시로, 두브로브니크네레트바 주의 중심 항구도시. 인구는 약 5만명이며 크로아티아인이 전체의 88.39% (2001년 기준)을 차지한다. 예로부터 "아드리아 해의 진주"라 불렸다. 일찍이 베네치아 공화국의 주요 거점 가운데 하나로 13세기부터 지중해 세계의 중심도시였다.

이 전쟁 상황에서 우리 생활은 어떤 모습일까요? 우리 생활에 어떤 변화가 있었는가요?

온 마을 지하실이 모두 대피소로 바뀌었습니다. 다행히 지하실이 크면 의자와 잠자는 매트까지 옮겨다 두었습니다. 마을의 집 집마다 창문 근처에 모래 포대를 많이 놓았습니다. 그 포대들은 지하 대피소가 폭격에 피해당하지 않으려고 만들어 놓은 것입니다. 우리가 통상 출입하는 지하 대피소는 우리 외엔 아무도 들어오지 못하게 막아 두었습니다.

일상생활은, 공습사이렌이 들리는 순간까지는, 여느 때와 다름없습니다. 사이렌이 울리면, 공습경보는 1분간 계속됩니다. 그동안 우리는 피난 배낭을 가지고, 대피소로 곧장 달려가야만 합니다. 다음 사이렌이 울릴 때까지 그곳에 있어야 합니다.

그 사이렌은 비행기가 우리가 사는 자그레브에 가까이 오고 있음을 알려줍니다. 단순한 정찰 목적인지, 폭격할지는 전혀 알지 못합니다. 비행기가 사라지고, 자그레브의 푸른 하늘이 우리의 것으로 되돌아올 때 비로소 비행기 공습공포가 끝난 줄로 압니다. 그 지하실에 3시간이나 갇혀 있을 때도 있고, 아주 짧은 몇 분에 끝나는 때도 있습니다. 격렬한 전투가 벌어지는 마을은 사람들이 지하실 안에서 며칠 동안 갇혀 있기도 합니다.

피난 배낭에는 두툼한 의복과 약간의 음식물, 각종 서류와

증명서, 게다가 개인 필기구, 책, 종이 등이 들어있습니다. 우리가 집에 머무는 시간에 경보 사이렌이 위험을 알리면, 피난 배낭을 집어 들고 가장 가까운 대피소로 달려갑니다.

길에 우리가 걸어가고 있어도 마찬가지입니다. 그리고 학교에 있을 때도…. 그러나 이번 학기에는 몇 번이나 수업을 중단해야 했습니다. 며칠간 등교할 수 없었습니다. 군부대 근처에 있는 학교엔 이번 학기 내내 휴교령이 내려져, 학생들은 라디오로 방송 수업만 받고 있습니다. 자그레브가 폭격을 당하고 있다는 소식은 이미 듣고 아시리라 생각됩니다. 오늘까지 자그레브 상공에 비행기가 40차례 이상 나타났습니다. 그러나 그때마다 폭격이 있었던 것은 아닙니다. 그렇지만, 그때마다 우리는 방공호에 들어가 주의 깊게 경보 사이렌 소리에 귀를 기울이고 있습니다. 자그레브는 3번 공습을 받았습니다. 도시 근교 산의 TV 방송국이나 대통령 관저 등입니다.

폭격에 아주 크게 피해당한 가구는 9곳입니다. 그밖에 65채 가옥이 부서졌습니다. 그러나 자그레브 이외의 도시들에는 상당한 피해가 있었습니다. 1,000명 이상이 죽고, 1만 명 이상이 다쳤습니다.

사이렌 소리를 듣고 지하실에 들어갔을 때, 언제나 우리는 스스로 자신에게 물어봅니다. 여기서 다시 나갈 수 있을지, 우리 집은 무사한 채 볼 수 있을지 그런 질문을 하게 됩니다.

우리는 평화가 다시 오기를 바라고 있습니다. 다시 한번 우리는 우리 집의 침대에서 자고 싶습니다.

지하실 침대가 아니라…

다시 한번 수프를 깨끗한 접시에 담아 천천히 먹고 싶습니다.

닥치는 대로 아무 접시에 먹는 것이 아니라…

우리는 언제나 무슨 사이렌이 울리는가 하는 온 신경 쓰는 일 없이, 다른 나라 사람들처럼, 우리 동네를 산책하며 다니고 싶습니다.

아, 저 소리가 경보 사이렌은 아니겠지요?

행복이 다시 오기를 우리는 기대하고 있습니다.

미움도 전쟁도 사라져 없어지기를 바랍니다.

우리에게 보내어 준 여러분의 성원에 감사합니다. 여러분의 따뜻한 마음은 아름다운 모피처럼 우리를 따뜻하게 감싸주고 있습니다.

-스포멘카 슈티메치

또 사이렌입니다. 나는 대피소로 달려가야 합니다. 이번 학기 초에 맨 먼저, 배운 것은 학교 내 대피소입니다. 새 장소를 만나는 것은 즐거운 일이기에, 나중에는 거미줄이 매달려 있는 큰 물통 속을 들여다보며 돌아다녔습니다. 지하실의 3단 침대에 기어오르는 것도 즐거운 일이었습니다.

어느 날, 크로아티아 텔레비전에서는 시민들이 피난 배낭을 준비하도록 방송했습니다. 우리 동네가 공습받을 때, 어떻게 하면 좋은가를 가르쳐주었습니다. 가족도, 나도 상대편의 이성을 믿으면서, 이번 충돌도 마침내 조용해질 것이라고.

설마, 우리 서울 자그레브를 공격하는 일 따윈 일어나겠는가! 라고 생각했습니다. 그래서 우리는 비교적 평상시처럼 생활하고 있었습니다. 그런데….
그 일이 일요일에 있었습니다.
자그레브에 처음으로 사이렌이 울렸습니다. 나는 집에서 텔레비전을 시청하고 있었습니다. 무엇인가 이상한 소리가 하늘에서 들려 왔습니다. 사이렌 소리는 여전히 계속됩니다. 나는 자리에서 일어나서 발코니가 있는 쪽으로 나가 보았습니다. 그곳에서 본 것은 수많은 사람이 마치 개미 무리처럼 어느 집으로 뛰쳐 들어가면서 "공습경보! 공습!" 이라고 외치고 있었습니다.

처음 우리는 웃었습니다. 황급히 내달리고 있는 사람들을 보는 것은 재미있었기 때문입니다. 그러나 마침내 무엇을 해야 하는가를 알았습니다. 물론 나는 피난 배낭을 아직 준비해 두지 않았습니다. 대형 배낭을 하나 꺼내, 그 속에 물병, 밀가루 2kg, 빵, 거기에 몇 개의 귀중품, 중요한 것을 쑤셔 넣기 시작했습니다. 그런 일을 하며 생각나는 것은 마치 요리의 기초 강좌를 배우러 나가는 것 같았습니다. 그런 것입니다. 서둘러 창문 커튼을 치고는, 이불 덮개를 벗겨 냈습니다. 그러나 가스 밸브 잠그는 것도 잊었습니다.

우리는 건물 내 대피소로 서둘러 갔습니다. 그 안에는 수많은 아이가 울고 있었습니다. 어른들은 불안해하고 있었습니다. 우리 집 식구들은 어디에 있을까 생각하면서도 좋은 장소가 없을까 하고 찾아보았습니다. 아버지가 갑자기 들어 오셨습니다. 아버지는 거리 한복판에서 사이렌 소리를 들었던 것입니다. 어떻게 해서 우리 집에 도착한 것입니다. 엄마는 할머니와 함께 계셨습니다. 남동생은 자전거로 어디론가 가서 집에는 없었습니다. 사이렌 소리가 다시 들려옵니다.

다행히 우리 마을은 폭격당하지 않았습니다. 남동생은 아주 피곤한 채 돌아왔습니다. 그는 우리 마을의 다른 대피소에 피난했다고 했습니다. 이 최초의 체험 뒤, 경보는 점차 잦아지게 되었습니다. 나는 피난 배낭에서 밀가루와 빵 등. 쓸모없는 물건을 빼고 좀 더 필요한 것을 넣을 생각을 했습니다.

대피소에서 나는 여러 아이를 만나게 되었습니다. 모두 아름다운 푸른 눈동자의 아이들이었습니다. 이 아이들도 경보가 해제되면, 대피소를 빠져나가, 뿔뿔이 헤어졌습니다.

대피소에서 있으면서, 나는 어린이들을 위해 나는 멋진 "소일거리"를 생각해냈습니다. 노끈을 이용하는 놀이입니다. 내가 제안하는 대로, 어린이 한 무리는 자기 손에 들고 있는 노끈으로 다른 아이의 몸을 서로 연결해 묶어, 서로 한마음이 되도록 시도했습니다. 그렇게 여러 시간을 보낸 뒤, 그 아이들 모두가 노끈으로 손목시계를 만들어 보기도 했습니다. 그래도, 아이들은 이런 놀이에도 싫증을 내고 불안을 드러내기 시작했습니다.

"정치" - 이것이 우리의 주요 화제가 되었습니다. 어리석은 일입니다. 우리를 공격하는 사람들이 우리의 귀중한 "시간"을 자기들 마음대로 하고 있었기 때문입니다. 반항하고 싶습니다. 그렇게 하더라도 무슨 소용이 있겠습니까?

또 갑작스런 사이렌 소리.
그래서 우리는 다시 지하실로 들어갔습니다. 사이렌이 울리다가 그치면 그 공포가 끝나게 됩니다. 나는 이 대피소를 뒤로하고 서둘러 나옵니다. 나 혼자만 언제나 자유롭게 이용할 수 있는, 조금이라도 "나의 시간"을 확보하기 위해서!
-이다 스토이치(고등학생, 18세)

조용하고 평온한 밤이었습니다.
하늘에는 별이 가득 빛을 발하고 있습니다.
이 거리는 잠들어 있습니다. 갑작스런 사이렌 소리.
저 공습 위험을 알리는 사이렌입니다. 엄마는 나에게 **빨리** 옷을 갈아입으라고 재촉합니다. 어찌할 바를 모르는 이웃 사람들 소리가 시끄럽게 들려옵니다. 나는 1분 안에 옷을 갈아입습니다. 밤에는 옷을 침대 옆에 준비해 두라는 지시를 정확하게 배운 대로 해 두었습니다. 꼭 필요한 시간에, 옷을 찾는 일로 시간 낭비하지 않도록 하기 위해서이지요.

칠흑 같은 어둠 속에 우리는 집에서 밖으로 나갑니다. 이웃 사람들과 함께 정원을 가로질러, 3채의 건물 앞에 있는 건물 지하실로 들어갔습니다. 우리 건물에는 대피소가 될 만한 적당한 방이 없기 때문입니다. 두려움과 수면 부족으로, 나는 배가 찌릿찌릿 아픕니다. 계속 배가 아파, 배 속에 든 음식물을 토해내고 싶은 심정입니다.

이웃 아줌마가 코트를 넣어둔 보따리를 순간 잃기도 합니다. 어둠 속에서 그 보따리를 찾아서는 떨어뜨린 물건을 끌어모았습니다. 어린아이들은 울고 있습니다. 무서웠던 것입니다. 그들의 몸 주위에서 무슨 일이 일어났는지 알 리가 없습니다. 저 사람들은 도대체 뭐 하는 사람인가요? 한밤중에 우리를 깨워, 숙면을 방해하고, 이 칠흑 같은 어둠 속의 지하실로 우리를 몰아세우는 -저 사람들은! 그리고 이 캄캄한 어둠의, 희망 없는 장래로 우리를 내모는 -저 사람들은!

사실, 나도 정확한 사정을 모릅니다. 나도 우리나라, 우리 마을, 우리 거리가 걱정입니다. 게다가 내 방도! 공격해온 사람들은, 아이들의 번거로움 따위는 생각지도 않습니다. 아이들에게는 아무 죄가 없는데… 몇 개월 전까지도 이곳에서는 여러 민족의 아이들이, 모두 함께 잘 지내며 놀았는데…

공포 속 어두운 지하실에서 우리는 기다리고 있습니다. 1분, 1분 시각을 새기며 시간이 지나갑니다. 이 같은 일을 체험하리라고는 지금까지 생각해 본 적이 없습니다.

먼 타국에서 무서운 전쟁이 일어나고 있다고 들었을 때, 나

자신은 행복하다고 생각했습니다. 여기서 당하는 일도 아니고, 그것은 다른 곳의 이야기이고, 어딘가 아주 먼 곳의 이야기였으므로.

그것은 지금, 나의 장래를 먹구름이 깔린 하늘처럼 위협하고 있는 것입니다. 청춘남녀의 삶을 엉망으로 하고, 희망을 날려 버리고, 거기에 보태어, 타인의 불행을 안타깝게 여길 생각마저 없애 버리고 있습니다.
안타까운 심정으로 나는 생각합니다. - 이 공포는 마침내 끝이 날까요? 오늘도 나는 의자에서 잠을 자야 했습니다. 꿈을 꾸다 이웃 사람의 소리에 잠을 깼습니다. 위험은 사라졌습니다. 비행기가 어디론가 사라진 것입니다. 우리는 각자 집으로 되돌아갑니다. 조심하면서, 어둠 속을 돌아갑니다.

-노바나 쿠라제리치 (고등학생, 16세)

가을은 조용히 속삭이고

낙엽이 뒹굴며 소리를 들려주네 -가을입니다.
이번 가을은,
올해의 이 칙칙한 가을은
회색의 진흙탕이네.

좋지 않다고
이번 가을은,
바람이 나에게 말한다.

"여기는 너희가 있을 곳이 아니다.
여기는 너희 집이 아니다."
비도 너의 밭을 적셔주지 않는다.
여기에 부는 것은 다른 바람.

어제 바람이 물었습니다.
"너의 아버지는 어디 계시니?"
정말!
어느 진흙 구덩이에 엎드린 채 아빠가
오늘도 지키는 곳은 어느 집일까?

아, 저 사람들이 -
우리 밭에서 옥수수를 따고
감자도 캐고 있구나.
가을이여, 나에게 가르쳐다오.
우리 밭에 있는 저 사람은 누구니?
우리 아버지 어머니가
땀으로 일군 것을 거둬가는
저 사람은 누구니?

가을이네…. 수풀도 꽃도 자연도
온갖 색채로 모습을 보이는데,

우리 마을 포드라비나는 아름다웠지.
조용하고 차분하였다네.

그렇지만 내 마음은
가을에게 부탁해.
"서둘러 오너라, 가을아."
아무도 크리스마스까지는
가을이 오지 않을 것 같다고 하는구나.

"허락해줘, 비야! 용서해줘, 비야!
달력이 좀 더 빨리 넘어가도록.
비야, 내년에도 또 내리길!"

아마 내년에는
가을, 너의 아름다움을 이야기할 수 있었으면.
미안, 지금은
그렇게 할 수 없어.

                            - 이반 스테니엘 (12세)

(후레베네 마을의 초등학교로 피난한 인근 마을 포드라비나의 어린이)

05. 경보 사이렌 소리

모래를 실은 트럭이 여러 대 도착해 도로변 인도에 모래를 쏟아 군데군데 높은 무더기를 만들었다. 각 집에서 사람들이 나와, 모래를 포대에 제각기 담았다. 그리고는 그 모래포대들을 지하실의 입구 창문 쪽으로 가져가, 그 창문을 보호할 수 있도록 쌓았다. 무엇으로부터 보호받으려고? 폭격을 당한 뒤의 파편들로부터.

이 말이 가져다주는 가능성은 모든 환상을 능가한다. 평소 서로 겨우 인사나 나누던 이웃 사람들은 지금 한 삽씩 떠서 이웃 사람의 포대 속에 서로 담아준다. 이 포대들은 원래 다른 데 쓰일 운명이었다. 필시 이 포대에는 설탕을 담았으리라. 여러 포대에는 설탕을 뜻하는 영어와 '메이드 인 나이지리아', '메이드인 유고슬라비아' 라는 말이 보였다. 몇 개의 포대에는 중국 한자도 보였다. 지하실 창문마다 모래로 만든 두꺼운 커튼을 가지게 되었다. 여러 개의 모래포대는 우선 벽돌과 널빤지 위에 놓이게 되었다. 왜냐하면, 창문도 지상에서 상대적으로 높아, 무거운 모래포대는 이를 지탱할 받침대가 있어야 했다. 모래포대들은 죽은 돼지 더미처럼 켜켜이 쌓였다. 그렇게 되니, 인도가 더 좁아졌고, 모래포대들이 인도의 한 쪽을 거의 차지했다. 포대 중 몇 개는 창문으로 옮기는 도중에 터져, 전쟁터에 터진 모래시계가 되지 않으려고 꽁무니를 빼듯이 모래알들이 그 사이로 삐져 나왔다.

지하실을 청소하라는 라디오 방송이 있었다. 이웃 사람들은 자신의 지하실에서 그동안 사용하지 않던 매트리스와 세 발의 의자, 쓸모없는 프라이팬과 빈 병들을 모두 꺼냈다. 온갖 잡동사니들이 청소부를 기다리며 쌓였다.

우리 건물의 지하실은 곰팡내와 슬픔이 배여 있었다. 두꺼운 거미줄이 천정에서 내려와 있었다. 집마다 작은 지하실이 있고, 종종 쓰레기를 모아두는 장소로 활용했다. 겨울에 석탄과 나무로 난방을 하는 몇몇 집에서는 그 지하 밀실로 땔감을 쌓아 두기도 했었다. 모루 같은 나무둥치는 땔나무를 쪼개는 데 유용했다. 모든 밀실의 앞쪽 벽은 나무 창살로 되어있었다. 나무 창살들은 이미 낡고, 특히 시멘트 벽면에는 쥐가 들어와 보려고 창틀을 물어뜯은 곳도 여러 군데 보였다. 밀실 앞에 "현관"이 보였다. 낮게 시멘트로 된 곳인, 현관문은 집 뒤 정원으로 인도한다.

현관을 주민대피소로 이용한다는 발표가 있었다. 시청의 관계 공무원 몇 명은 현관이 건축설계 규정에 맞는지, 대피소로 쓰는 데 지장이 없는지 점검하러 왔다. 그리고 바깥의 끝 출입문에는 대피소 표식인 오렌지 바탕에 푸른 삼각형을 붙여 놓았다.

우리는 길거리에 나서면, 거리 모퉁이마다 맨 먼저 위급할 때 피난할 곳을 알려주는 방패가 되어 줄 곳을 찾아야 했다. 경보 사이렌이 울리면, 우리는 곧장 그곳을 향해 달려갔다. 누구나 자신의 대피소로 뛰어가려고 꿈꾸었다. 불편하고 낯선 대피소에서 여러 시간 갇혀 있을 때도 자주 있었다. 대피소 몇 곳은 지하 상점이나 커피점, 아니면 클럽이다. 우리는 집에 있는 우리 대피소가 가장 호화롭다고 믿었다. 왜냐하면, 우리 대피소에는 화장실도 있기 때문이다.

내가 차 한 잔을 마시려고 준비하고 있던 일요일 오후에, 경보 사이렌 소리가 울렸다. 지난주에 나는 이 나라에 없었고, 내 이웃들이 이런 일에 벌써 훈련된 동안, 나는 내 몸의 위장에서 온몸으로 쏟아지는 잔혹한 두려움을 겪어야만 했다. 나는 재빨리 커피 주전자를 집어들어, 귀국하자마자 곧장 마련해 두었던 비상 배낭에 넣었다. 내가 돌아온 것을 반가워하던 친척들이 전화로 비상 배낭을 만드는 법을 알려 주고, 비상 배낭을 출입구 문 옆에 두도록 알려 주었다. 마치 사람들 모두 시내를 떠나 먼 여행을 준비하는 것 같았다. 일상생활을 벗어나 전쟁터를 향한 여행을. 비상 배낭 안에는 손전등, 서류, 지갑, 보온 양말, 어깨 덮는 쏠, 재킷, 비스킷 1통, 물병 1개, 플라스틱 컵, 그때 내가 읽고 있던 이스파한에 관한 책도 넣었다. 비상 배낭 위에는 지하실 생활에 필요한 담요가 놓여 있었다.

내가 그 주머니에 차를 넣은 보온병을 집어넣었을 때, 집안의 보석상자가 흔들리는 소리가 났다. '지하 대피소로 내려가기에 앞서 화장실 다녀올 시간은 아직 있을까?' 신경질적으로 옆집 여자가 문 앞에서 소리쳤다. "서둘러요, 경보 소릴 듣지 못했어요?" 나는 들었다. 그러나 나는 느린 편이었다. 나는 난생처음 경보를 체험했다. 내 손도 허둥대고 있었다. 나는 장롱에서 가장 두꺼운 옷을 꺼내 입었다. 지하실에서 몇 시간 앉아 있으면 추울 것이다. 나는 겨울용 부츠도 신었다. 출입문에서 나는 몸을 돌려 내 뒤로 남은 내 집을 마음 아프게 한 번 쳐다보았다. 이 집은 이별하면서도 아름답고, 조용하고, 잘 보존될 것을 약속해 주고 있었다. 이 집은 내가 할 수 있는 온갖 방법으로 가장 내 것으로 만든 곳이었다. 그런데 이 집이 안전하지 못한 장소가 되고, 내가 여기를 떠나야만 했다.

'돌아올 수 있을까? 저 집을 다시 찾을 수 있을까?' 집에 남아 있을 권리를 누리는, 다른 대륙에서 더 행복한 삶을 살아가는 사람들에 대한 부러움도 잠시였다. 옆집 여자가 계단에서 다시 재촉했다. 그 여자는 늙고, 몇 달 전 중풍으로 입원했다가 나왔다. "배낭은 이리 주세요. 내가 들고 가겠어요. 아래로 천천히만 오세요. 어서요." 우리 집 아래층에 사는 사람들은 우리 건물 지하실 대피소보다는 우리 건물에서 몇 채 떨어진, 정말 원자폭탄에도 피해가 없을 대피소로 가기를 더 원했다. 우리는 우리 지하실에 남아 있기로 했다. 저 아래로, 내가 더욱 행복하던 시절에 건물 뒤쪽의 정원으로 갈 때 날아가듯이 그렇게 재빨리 지나가야 했다. 쥐들이 사는 곳으로. 나는 그곳의 높은 습도 때문에 유쾌하지 못했다. 그랬던 그 지하실이 임시로 지금은 우리를 보호해 주는 주거지가 되어버렸다.

내가 들어섰을 때, 지하실은 이미 사람들로 가득 차 있었다. 인사만 나누며 지내던 이웃 사람들은 지금 우호적이고 도움을 주려고 한다. "저게 계속된다면, 우리 시멘트 바닥에 배낭들을 놓아둘 널빤지도 챙겨와야겠어요. 이곳 냉기가 장난이 아니군요." "내게 헌 카펫이 있는데, 다음에 갖고 올게요." 모두 자신의 무릎 위로 수건을 접어놓았다. 거대한 "저것"은 계속되었다. 우리가 앉아 있던 의자들은 편하진 않았지만 몇 년 전 지하실로 그 의자들을 갖다 놓은 일은 헛된 것이 아니었다. 그런데 의자 등받이를 지탱해 주던 것이 얼마 못 가, 등 쪽에 틈이 벌어져 버렸다. 나는 이곳, 지하실에 좀 더 편히 있으려면 집에서 가져올 것이 어떤 품목일까 하며 그 리스트를 머릿속에 생각해 보았다. 이 집이 폭격을 당하지 않는다면, 경보가 해제되고 나면 곧 이제까지 쓰지 않던 난로를 들고 와야겠다는 생각이 바로 들었다. 꼬박 밤을 지새운다면 더욱 난로가 필요하다. 가죽 목도리도 가져다 놓는 것이 유용하겠다. 여러 시간 앉아 있으려면 온기가 제일 그립다.

나는 지하실에서 여기저기로 걷는 걸 가능하면 하지 않으려고 했다. 내가 움직이면 옆집 여자가 뉴스라도 우리에게 전하려고 설치해 놓은 트란 지스타 라디오의 수

신 상태만 나쁘게 할 뿐이었다. 라디오는 우리 시가지에 비행기 공습이 있다는 것을 알려 준 뒤로 음악만 내보내고 있었다. "저런 바보들이 지금 음악을 보내주다니!" "바보들은 비행기 안에 앉아 있지!" 그 말을 한 여자의 남편이 고쳐 주었다. 라디오 프로그램에 대한 불평은 정부에 대한 비난처럼 들렸다. 잠시 음악이 중단되고 아나운서는 이 경보가 수도 주변 7곳의 다른 장소에도 유효하다는 말을 했다. 도시들이 체인처럼 연결되어 있기에, 그 도시에 살면서 걱정되는 사람들은 자기 집을 재빨리 벗어나 지하 대피소로 내려갔다. 어느 도시에는 공습경보가 하루에 19번이나 계속되었다.

아무도 내가 가져온 차를 마시려고 하지 않았다. 이웃 사람들은 자신들이 오늘 아침 뉴스에서 들은, 오늘 현재의 사망자 숫자들을 큰소리로 확실히 말했다. 나는 그네들의 이야기를 들으며 옆에서 가만히 앉아 있었지만, 귀만 예리하게 기울이고 있었다. '만약 저네들이 저렇게 큰 소리로 떠들면, 경보 해제방송도 들을 수 없을 텐데.' "댁은 잘못 앉았구먼," 이웃 사람이 나에게 말했다. "댁은 계단에 너무 가까이 앉았어요. 그곳이 가장 취약한 곳이구요. 뭔가 들이닥치면, 댁은 안전하지 못해요." 그분 말씀은 옳았다. 나는 출입구에서 가장 가까운 장소에 앉아 있었다. 출입구에서 아래로 삶의 가장 강력한 기억이 드나들고 있었다. 지금 가로등 불빛도 모두 꺼졌고, 온 시가지는 죽어있는 것 같았다. 시가지의 삶은 땅 밑에 있었다. 그곳에서 사람들은 숨을 쉬며 기다리고 있었다.

자그레브시민들이 자신의 지하실에 몇 번이나 피난했는지 나는 자세히 알지 못한다. 이웃집에 사는 어떤 사람들은 자신의 지하 대피소로 들어올 때 벽에 줄을 하나씩 그어 놓는다고 했다. 소문엔 그 줄의 개수가 50개를 넘지 않을 것이라고 했다. 전부 합쳐서 지하 대피소에 머물던 시간은 70시간을 넘지 않았다.

자그레브시는 그래도 운이 좋았다. 비행기 폭탄은 겨우 3차례 이 도시를 목표로 했을 뿐이다. 두 번은 가까운 산 위에 설치된 TV-송신탑을 맞췄고, 한 번은 우리 집에서 그리 멀지 않은 대통령궁을 목표로 했다. 그 밖의 경우에는 우리는 두려움만 느꼈고, 저 멀리서 대포 소리만 들려 왔다. 이 도시의 남쪽 40㎞가 바로 전선이었다. 집으로 돌아가고 싶은 열망 때문에 나는 다른 아무 생각도 나지 않았다. 오늘 이곳을 빠져나갈 수 있는 것이 확실해지자, 나는 다소 안정을 찾았다. 비행기들은 이번에는 정찰 목적으로 왔다가 간 것 같았다. 아무 곳에도 폭발음은 들리지 않았다.

이웃 사람은, 내가 이 대피소에 처음 온 날, 쥐가 죽어 있더라는 이야기를 해 주었다. 나는 걱정스레 지하실을 빙- 둘러 보았다. '쥐들이 이웃의 사자 소리에 달아나 숨어 버렸어.' 나는 스스로 격려했다. 죽은 쥐들은 사람들이 밖으로 들어냈다고 했다. 라디오는 애국심을 고취하려는 노래가 계속 흘러나오고 있었다. 그 노래는 증오스러울 정도로 원시적으로 들려 왔고, 불굴의 대 크로아티아인들을 축복해 주며, 불과 조국에 운을 맞추 었다. "<대 크로아티아 사람들>을 다시 방송하다니 어디엔가 미쳤군." 이웃 사람은 말했다. 그에게는 비밀스러운 뉘앙스의 다른 안테나가 있었다.

시계를 보니, 우리가 이 지하실에 있은 지 17분밖에 되지 않았음을 알 수 있었다. 나는 이스파한에 관한 책을 꺼내, 움직이는 이슬람교 사원 첨탑에 관한 페이지를 찾았다. 이스파한은 폭격을 한번 당한 후, 방문객의 움직임에 따라 반응하던 그 첨탑은 멈추어 버렸다. 그 첨탑으로 들어간 방문객이 먼 거리에서 움직이는 고유 진동으로 다른 첨탑들도 진동시킬 수 있다는 그 도시의 전설은 남아 있었다. 나는 그 문장을 두 번 읽었지만, 기묘한 첨탑이 있는 이슬람교 사원이 전혀 이해되지 않았다. 두려움에 떨고 있는 나의 마음, 떠들고 있는 이웃 사람, 시끄러운 라디오, 불과 운율을 맞춘 조국은 이란의 건축술을 읽을 최상의 분위기는 되지 못했다.

"저게 어떻게 끝날까요?" 이웃 사람이 나의 의견을 듣고 싶었다. "난 예언가가 아니에요, 아주머니. 우리는 끝을 보게 되겠지요." 경보가 없던 때에도 지하 공간에서 생활하던 이웃 남자는 얼마의 비용을 들여서라도 총을 기필코 살 거라고 말했다. 그가 재정적으로 가장 문제가 많은 사람이라는 것을 누구나 다 알았다. 그는 해도 보이지 않는 지하 공간에서만 살고 있기 때문이다. 그러나 그도 나름대로 우선순위가 있을 것이다. 그에게는 그 무기가 건조한 주거 공간보다 더 강력한 안전감을 가져다준다. 그가 무기의 실제 가격을 상세히 설명하기도 전에, 경보 소리가 들렸다.

그 소리는 우리를 지하실로 피난하게 할 때인, 처음과 같은 소리를 냈다.

그러나 이 소리는 모든 사람에게 기쁨과 가벼운 마음을 가져다주었다. 그건 마치 전쟁이 끝남을 알리는 소리처럼 들려 왔다. 그리고 우리는 '우리를 지하실로 오게 한 첫 경보 사이렌이 언제나 이 세상과는 끝임을 알려주는' 것을 경험하게 될 것이고, 무감각하게 받아들일 것이다. 이 지하실에서 우리를 불러내는 경보 해제 사이렌은 이 세상에서 구출을 알려주는 것 같았다.

"여기에 담요는 놔둬요. 우린 곧 돌아올지 몰라요."
"벽에 악마는 그려 놓지 맙시다!" 그 악마는 벌써 그려져 있었다. 그 악마 마르스가.

나는 내가 덮고 있던 담요와 이웃 여인들의 담요를 들어, 내 비상 배낭과 이웃 여인의 비상 배낭에 각각 넣었다. 나는 불도 켜지지 않은 계단을 올라왔고, 내 손전등은 작동되지 않고, 온 시가지는 환영처럼 어두웠다. 첫 경보 소리에 모든 시가지의 불은 꺼졌기 때문이다. 나는 위를 향해 날듯이 3층에 있는 내 집으로 왔다. 서둘러 나는 옆집 여인의 비상 배낭을 그 집 문 앞에 내려 두고, 작별 인사를 하고는 우리 집 열쇠로 자물쇠 구멍을 더듬었다.

우리 집 출입문이 열렸다. 우리 집안의 익숙한 내음은 나를 포옹해 주었다. 복도에 서서, 나는 행복감에 젖어 있었다. 집이 가져다주는 즐거움은 온화와 위로였다. 여기서는 그런 행복을 누릴 권리가 없었다. 서둘러 나는 욕실로 갔다. 전쟁터에서의 욕실이 축복의 장소가 되었다. 향긋한 비누 내음과 만나는 것이 최고의 즐거움이 되었다. 수도꼭지에서 물이 흐르고 있는 것을 보는 것 또한 즐거움이었다. 난방기구에서 가스가 노랗게 반짝이는 것을 보는 것 또한.

나의 책들과 나의 그림들은 내가 되돌아오기를 조용히 기다리고 있었다. 우리는 오랫동안 떨어져 있다가 다시 열렬히 만나게 되었다. 나는 비누가 그리웠다. 채소 냄새 가득한 비누로. 나는 프라이팬을 꺼냈다. 그 프라이팬을 내가 찬장에서 꺼내었을 때, 좀 시끄러웠다.

그런 소음도 또 들이닥친 경보 사이렌이 울리는 공포감을 억누를 수 없었다. 급히 가스를 끄고, 물을 잠그고, 부츠를 다시 신고, 웃옷을 걸치는 일이 시작되었다. 옆집 여인은 벌써 화를 내며 소리쳤다. "어디 있었소? 경보가 울린 걸 듣지 못했소?" 내 집에 돌아오게 해 주고, 행복에 대한 가르침을 준 그 짧은 순간에 나는 감사했다.

자정 무렵에야 사이렌이 위험이 끝났음을 다시 알렸을 때, 독립적이고 자립적인 열쇠는 칠흑 같은 어둠 속에서 내 집의 자물통을 풀 수 있게 했다. 힘이 다 빠져버린 나는 옷을 입은 채로 침대로 풀썩 누웠다. 부츠가 밤에 있을지 모를 대피를 위해, 내 발을 받아 줄 준비가 된 채 침대 밑에서 보초를 서고 있는 동안에도 침대의 이부자리는 푹신했다.

06. 부코바르에 사는 레네

"에스페란토 단체입니까?"

"예, 말씀하세요."

"제가 뭘 좀 여쭤봐도 되나요? 저는 레네의 이모됩니다. 부코바르[19]에 사는 레네 말입니다. 레네가 실종된 것을 아시지요? 우린 그이를 찾고 있어요. 국제 적십자사, 엠네스티 인터네셔날, 크로아티아군의 실종자 위원회를 통해 백방으로 알아보고 있긴 하지만요. 종적을 찾을 수 없어요."

이모는 그침 없이 말했다. 그 이모는 에스페란토를 기억하고 있었다. 그녀는 세계에스페란토협회(Universala Esperanto-Asocio)[20]가 제1차 세계대전에서 보여주었던, 실종자 찾는 노력을 기록한 당시의 에스페란토 역사를 한 번도 들어보진 못했을 것이다. 그러나 그 이모는 필사적으로 애를 쓰고 있다. 에스페란토는 국제어니까, 에스페란토는 다른 **뻣뻣한** 기관들이 기울이는 노력보다는 더 잘 해낼 수 있으리라고 이모는 본 것 같았다.

부코바르 출신의 레네. 부코바르는 폐허의 상징으로 변

---

19)*역주: 부코바르는 크로아티의 가장 동쪽에 있는 도시이자 다뉴브강 유역의 도시이다. 이곳에서의 병원 학살은 크로아티아 독립 전쟁 도중인 1991년 11월 20일 부코바르 동남쪽의 오브차라에서 유고슬라비아 인민군(JNA)가 인계한 크로아티아인 포로와 민간인을 세르비아계 준군사가 집단으로 학살한 사건이 있었다.

20) *역주: 네덜란드 로테르담에 사무국이 있음

했다. 유고슬라비아가 73년간 존립했다가 작별하면서 터진 전쟁에서 피해를 가장 많이 입은 도시가 부코바르다. 크로아티아에서 가장 동쪽에 있는 도시이자 다뉴브강 유역의 도시인데, 수 주간의 포탄 세례로 폐허가 되어버렸다. 부코바르의 마지막 맥박이 뛰던 장소는 폭격을 당한 병원이었다. 여러 주간에 걸친 전투 때는 의료품도, 식료품도 그 도시로 보낼 수가 없었다. 부상자들, 어린아이, 임산부와 노인들은 국제적 노력이 있음에도 불구하고 시외로 피난하지 못했다. 부코바르로 가는 모든 길이 폭파되어 접근이 불가능했다. 그 잔인한 전쟁에서는 국제적 행동 규범도 아무 소용이 없었다. 적십자 깃발도, 여느 다른 표적물처럼, 총을 겨누는 전쟁이다. 그런 총격전은 유고슬라비아의 민주적 붕괴를 막으려고, 또 한때 유고슬라비아의 일원이던 크로아티아가 독립 국가로 독립하는 것을 막는 유일한 방법이 총뿐이라고 확신하던 유고슬라비아 군대와 세르비아 극단주의자들의 무기에서 나왔다.

그들에게는 투표결과는 중요하지 않았다. 총으로 결정짓자고 했다. 다소 평화가 유지되는 지역에 살고 있던 우리는 그런 나날에 부코바르가 당하는 고통의 뉴스만 들을 수 있었다. 포위 공격, 그 도시를 지키던 사람들에 대한 학살, 그 도시의 가장 중요한 건물들의 파괴, 병원에서는 혈장이 모자란다! 모자란다….
날이 갈수록 이전보다 더 잔혹한 뉴스가 들려 왔다.

자그레브에 있는 우리가 비행기 공습경보를 하루에 2번 듣고, 지하 대피소에서 겨우 며칠을 보냈다면, 그 대피소에서 나온 뒤, 부코바르 사람들은 수 주간을 지하 대피소에서 빠져나올 수도 없었다는 것을 우리가 들으니 부끄러웠다.

우물에 물을 가지러 가는 것은 곧 죽음을 의미했다. 총 맞아 죽은 사람을 가까운 정원에 무덤을 마련하는 일도 그 죽은 자 옆에 죽은 채로 눕는 것을 의미했다. 절반이 파손된 병원이 집을 잃은 생존자들을 위한 구호소로 변했다. 파괴된 집에서 어떻게 살 수 있겠는가? 땅 밑에서는, 지하실에서는, 지하 대피소에서는 시민들이 살아나려고 발버둥을 치고 있었다. 잔혹한 이야기가 한 번 돌고 나면, 더 잔혹한 이야기가 들려오고, 아침에는 잘라 놓은 빵에 버터를 바르는 것도 양심에 가책 없이는 할 수 없었다. 부코바르가 굶어 죽어 가는데, 자그레브에서는 어떻게 음식을 해 먹을 수 있겠는가?

1991년 전쟁이 발발하기 전에는 부코바르는 40,000명이 약간 못 되는 시민이 살고, 다뉴브강 강변에 항구가 있는, 크로아티아 동부의 소도시였다. 다뉴브강으로 흘러 들어가는 샛강 부카 때문에, 그 도시는 그런 이름을 가졌다. 프루슈카고라 인근에 있는 그 도시는 술이 유명하다. 나는 살아오면서 그 도시의 유명한 술로 건배를 한 적이 한 번 이상은 있었을 것이다. 그러나 그 술이 세르비아산 술인지, 크로아티아산 술인지 구분해가며 건배한 적은 한 번도 없었다.

요즈음은 지구 전체가 세르비아인들과 크로아티아인들로 나누어진 것 같은 느낌이 든다. 증오가 밀물처럼 들어와 커갔다. 아무도 이를 막을 제방을 쌓을 수 없었다. 사람들은 저 사람들이 죄를 범한다고 하고, 저 사람들은 이 사람들이 때려 부순다고 한다. 사방에는 그렇게 강조한다. 사람들은 옛날의 증오와 죄악에 대한 기억으로 새로운 기억들을 쏟아 낸다.

유고슬라비아에 사회주의 정치체제가 지배하던 때는 증오란 있을 수 없었다. 유고슬라비아에 사는 모든 민족의 공생은 모든 민족의 "동포애와 통일"이라는 강령으로 나타나, 이를 반드시 실천해야 했다. 만약 누군가 자신의 민족성을 너무 강조하거나 다른 민족에 대해 욕을 하는 경우, 감옥에 가는 것은 그 한 사람뿐만 아니었다. 정치체제가 바뀌자, 다른 민족을 비방하는 것이 하나의 규범처럼 되어버렸다.

새로 설립된 정당들은 욕심꾸러기처럼 논쟁거리를 쌓아, 다른 민족이 내 민족을 악용하는 만큼 그들도 비방을 일삼았다. 냄비가 들끓기 시작했다. 그 압력냄비는 결국 폭발해 버렸다.

공산체제 붕괴 이후 크로아티아 사람들은 기쁜 마음으로 자신이 크로아티아 민족의 일원이라는 것을 다시 밝

힐 수 있었다. 크로아티아 사람들은 자신들이 크로아티아인으로 있을 권리가 없을 때, 당했던 모든 고충에 대해 기억해 냈다. 그들은 잘못 다뤄진 사건들의 문제점을 널리 퍼뜨렸다. 이전의 정치체제는 어떤 사람들에게만 특권을 주었고, 다른 사람들에겐 억압당하며 살아가는 것만 부여했다고 여기는 것 같았다.

"세르비아인들만 특권을 누린 사람이었고, 억압을 당한 쪽은 크로아티아인이다." 크로아티아인은 소리 높여 이야기한다. "크로아티아 사람들만 특권을 누렸다." 다른 편의 세르비아인들은 강조한다.

이전의 정치체제에서는 나쁜 일만 있지 않았다고 언급하는 용기를 가진 사람들에겐 유별난 시선이 다가왔다.

"너희가 바로 우리 민족의 적이다!"

선의의 사람들은 그런 용기를 가진 사람들을 지난 과거의 잔혹한 일에 대해서는 알고 싶어하지 않는 근시안적 사람들로 여겼다. 분쟁의 불씨는 급속히 타오를 준비를 하고 있었다. 가족 구성원들 간에도, 부부 사이에도, 친구들 사이에도 언쟁은 일어났다. 관용의 마음은, 그 마음이 있을 수 있는 어디론가 날아 가버렸다.

부코바르는 슬라보니아21)에서도, 크로아티아에서의 가장 동쪽에 있는 도시이다. 부코바르시의 뒤쪽부터, 다뉴브강의 건너편부터 세르비아 영토가 시작되었다. 1991년 전쟁에서 부코바르시는 일약 전략적 요충지로 변했다. 그 도시는 점토 암비둘기가 출토된 것으로도 유명

---

21) *역주: 슬라보니아: 남쪽으로는 사바강, 동쪽으로는 다뉴브강이 흐른다.

하다. 암비둘기는 부코바르 인근의 부체돌이라는 곳에서 출토된, 제사 때 쓰는 그릇이다. 이 암비둘기는 신석기에서 철기로 넘어오는 시대에 만들어진 예술품이다.

자그레브 고고학 박물관에는 그 파편의 비둘기를 조심스럽게 재구성하여 보존하고 있다. 전쟁이 일어나면 박물관에서는 가장 귀중한 소장품들을 지하실로 옮겨 놓는다. 아마 부코바르의 암비둘기도 어느 상자에 넣어 조심스럽게 포장된 채 놓여 있을 것이다. 그 암비둘기는 부코바르 시민들보다 더 안전하게 보호를 받고 있었다. 암비둘기는 이 전쟁에서 한 번 균열이 있었지만 더는 피해가 없었다. 부코바르에 가장 숨을 멈추게 하는 고고학의 유물 하나가 발굴된 것이다.

나는 그 암비둘기의 목과, 비스듬히 아로새겨진 점토로 만든 가슴을 여러 번 주목하며 바라보았다. 비둘기는 평화를 상징한다. 부코바르는 고통을 상징한다. 암비둘기는 대포 연기 속에 사라진 부코바르의 잿더미 위를 힘겹게 날개 저으며 날아가 버렸다. 수천 년의 역사를 지닌 평화의 암비둘기가 총에 맞은 것이다. 20세기가 21세기로 넘어가는 이때, 발칸반도의 돌도끼들이 열정적으로 휘둘러지고 있다.

유고슬라비아 에스페란토 역사에도 부코바르는 한 단락을 차지하고 있다. 그 도시는 1922년 사회노동당의 제2차 대회가 열렸던 곳으로, 그때 에스페란토에 대한 특별 결의가 표결에 부쳐졌다. 그 결의를 베오그라드 공산주의 에스페란토 클럽의 이름으로 대학교수 라도미르 안도니비치(Radomir Andonivic)박사가 대회 참석자들에게 제안한 것이다. 그 결의에 따르면, "본 대회는 유고슬라비아 영토 안의 모든 공산주의 에스페란토 단체들을, 사회노동당의 지부로 인정한다." 이 성공적 결의와 보급으로 그 대회에서 모든 정당 단체, 조합 단체가 에스페란토 단체를 정신적으로 도와주자며, 노동계에 에스페란토 활동, 강연, 강습 등을 개최할 수 있게 하자는 제안이 있었다. 부코바르 대회는 정당 기관지와 조합 신문에 그런 목적으로 에스페란티스토들이 글을 쓸 자리를 내주도록 배려하라는 추천도 있었다.

나는 한 번도 부코바르를 가본 적은 없다. 전쟁이 발발되기 수개월 전에 레네는 "상황"이 평화로워진다면 누군가 부코바르로 와서 에스페란토 강연을 해줄 수 있는지를 묻는 편지를 자그레브에 있는 우리 에스페란토문화서비스 단체로 보내 왔다. 우리는 우리 주위의 그 혼돈된 상황을 지적하는 "상황"이라는 낱말을 그때 사용했다. 그때 상황을 특징적으로 알려준 것은 베오그라드에서 자그레브로, 자그레브에서 베오그라드로 운행되는 철도에서의 첫 폭발사건이었다.

여러 곳으로의 여행은 위험해지기 시작했다. 우리는 상황이 나아지기를 기다렸다. 곧 더 많은 방면으로의 여행도 불가능해졌다. 상황은 점점 더 나빠졌다.

우리는 식욕을 전혀 못 느낄 정도의 뉴스를 청취했다. "그 상황"은 우리의 언젠가의 삶에서 우리를 떼어내 버릴 결심을 한 것 같았다. 잔인함은 우리 머릿속에 자리 잡기 시작했고, 우리 감정까지 침범했다. 텔레비전을 보유하지 않는 편이 더 나았다. 같은 도시에 사는 사람들보다 나는 다소 평화로운 삶을 더 오래 기억하고 싶다. 나는 내 두 눈으로 직접 저녁마다 참혹한 장면을 차마 시청하면서 보낼 수 없기 때문이다. 나는 그런 소식을 귀로 들을 뿐이었다. 귀가 눈보다 더 건성으로 감지할 수 있으니까. 나는 아침마다 내가 정말 그런 소식을 들었는지, 아니면 단지 악몽이었는지 더는 판단할 수도 없었다. "가능하면, 가을에, 부코바르로 가 보자." 자." 여름에 나는 레네의 초청장을 손에 들고 말했다.

그러나 결국 나는 부코바르를 한 번도 방문하지 못했다. 부코바르에는 그런 가을이 오지 못했다. 죽음 같은 추위는 벌써 여름인데도 그 가을을 파괴해 버렸다.

"언제 그는 실종되었나요?"
"1991년 11월 17일에, 그때 그들이 도시로 들어왔고…."
"누가 그 도시로 들어왔나요?"
 그 질문도 제기할 필요가 없었다. 우리는 온종일 부코바르의 참혹상에 대해 들어 왔다. "부코바르"는 아침 뉴스가 시작될 때 맨 처음에 나오는 낱말이었다. 그들은 세르비아 극단주의자들이고, "하얀 독수리들"이고, 전쟁이 모든 것을 해결해 줄 것이라고 믿는 그런 잔인한 사람들로 불리고, 세셸리(Seselj)나 아르칸(Arkan)의 추종자들이다.

세르비아인들은 신화 속에 강하게 연계된 자신의 과거를 소중히 여겼다. 세르비아인들 스스로 유고슬라비아 내 세르비아인들이 사는 곳이면 그곳이 모두 세르비아 땅이라는 사상을 갖고 있었다. 그렇게 나중에 보스니아 영토들과 마찬가지로 부코바르도 세르비아인들의 정복 대상으로 되어 갔다. 출정의 명분은 그곳에 사는 "위험에 빠진" 세르비아인을 보호하기 위해서라고 했다. 세르비아 수도 베오그라드의 관점에서 보면 "세르비아 국경 너머에 사는 세르비아인들", 즉 세르비아 이외의 다른 공화국에 사는 세르비아인들을 해방해야 할 필요가 있었다. 그렇게 해방은 재앙을 유발했다. 한 도시를 해방함은 그 도시를 파괴한다는 말이었다.
"부코바르는 해방되었다!"
베오그라드의 신문들은 쓰고 있었다.
"부코바르는 함락되었다!"
크로아티아 뉴스는 신음하듯 말하고 있다. 적에게 함락되는 것, 해방된다는 것, 이는 부코바르 파괴에 대한 두 가지 표현이다.

만약 어느 도시가 이제 존재하지 않는다면, 그 도시를 해방한다는 것이란 무슨 의미가 있는가?

"에스페란토를 통해 레네를 찾는 데 도움을 줄 수 있을까?" 나는 일말의 희망을 버리지 않았다. 에스페란토라면 해낼 수 있을 거라고 나는 믿기를 좋아했다.

나는 로테르담의 세계에스페란토협회로 메시지를 보냈다. 로테르담에서는 정중하면서도 재빠른 회신을 보냈다. 개인 회원이 아니라서 그 당사자 가족이 직접 설문서를 작성해야 하며, 실종 증명서를 만들기 위해 상세한 것을 요구했다.

'실종자 주소는 어디인가?' 라는 질문 항목이 있다.

'보지다라 아지예 36번지' 라고 나는 우울하게 기록하고는, 창이 나 있고, 지붕이 있던 그 집을 생각해 내려고 애썼다.

'전화번호는 어떻게 되는가? 상세하기도 해라, 유럽의 질문 항목이! 무슨 일이 있는지 알아보려고 그 전화번호로 전화를 걸어 볼까, 몇 달 전부터 우편이 끊긴 폭격당한 도시에 사는 사람들의 전화번호를 묻는다는 것은 우습지 않은가?'

나는 레네의 집을 방문한 때를 기억했다.

그는 네베나 라는 아가씨와 결혼하여, 그 아가씨가 사는 자다르[22)에서 결혼 생활을 시작했다. 그 아가씨도

---

22) *역주: 크로아티아 달마티아 지역의 주도인 자다르는 아드리아 헤 북부에 위치한 항구 도시. 특히 교통의 요충지이기 때문에 크로아티아 주요 도시뿐 아니라 유럽 다른 나라에서도 쉽게 갈 수 있다.

치과의사였다. 그들은 네베나의 할머니 댁에서 살고 있었고, 일자리를 기다리고 있었다. 당시 일자리가 없었다. 레네가 요리를 했고, 그녀는 불평했다. 불평한 이유는, 이번 주에도 벌써 남편이 자주 먹는 꽃인 박하 양념을 그녀가 세 병째 사러 갔기 때문이었다. 그는 양념을 미리 사다 놓고 쓰는 것에 익숙하지 않았다. 할머니의 편물로 짠 옷들이 곳곳에 있었다. 나는 자그레브 에스페란토 클럽에서 그 두 학생을 알게 되었다. 그들은 너무 다정하게 지냈다.

'너무 다정하면, 끝이 좋지 않을 수 있다.'
거울에 그들의 결혼사진이 꽂혀 있었다. 얼마나 젊은가! 그 아가씨가 레네의 어깨에 기댄 채. 레네는 흰 남성복으로, 흰 장갑을 끼고, 신사 같아 보였다. 나는 손에 그 사진을 들고 그들을 좋아했다. "그러나 우린 서로 벌써 때리기도 하는 걸요." 그는 결혼 첫해에 그런 말을 했다. 아내를 향한 그의 시선에는 여전히 사랑이 있었다. "내가 그 말을 암시적으로 말했다는 것을 우리 손님이 믿는군요." 내가 그들의 집에 있었을 때, 벽에는 나를 위한 환영 표어가 걸려 있었다. 그녀는 우아했다. 삶은 호의적이고, 아직 어두운 구석은 찾아볼 수 없었다. 축제 때에는 장롱에서 결혼 예복에 썼던 넥타이를 아직도 꺼낼 정도였다.
그들은 내게 결혼선물을 보여주었다. 그중 하나가 부코바르에서 출토된 점토로 빚은 암비둘기의 복제품이었다. 그 암비둘기는 그가 살던 도시에서 그녀가 사는 도시로 옮겨오면서 깨졌다.

"이 깨진 암비둘기는 출토될 당시의 원형과 더 비슷해요" 레네가 재치있게 말했다. 엉겨 붙인 암비둘기는 더욱 원래의 신석기시대 모습과 비슷해졌다.

그 뒤 그 두 사람은 이혼했다는 소식이 들려 왔다. 레네는 '신께서 좋은 밤을 약속하셨다.' 라는 곳인 자다르 근처의 조그만 마을인 제가르에서 일하기 시작했다. 그 마을에서 멀지 않은 곳에 그 지방의 세르비아 예술의 훌륭한 문화재이자, 그리스정교 교회인 크루파 수도원이 있었다.

레네는 곧 촉망받는 사람이 되었다. 그 지방의 세르비아 사람들과 크로아티아 사람들이 그를 좋아하게 되었다고 말하는 편이 낫겠다. 그리스정교 수도원장은 자주 그를 -가톨릭 가정에서 자란 -저녁 식사에 초대했다. 그는 그 지방의 사투리들을 수집하여, 사투리로 글을 쓰기도 했다. 그는 자그레브에 있는 우리에게 긴 편지를 썼는데, 시골 마을에서 쓰는 표현을 곧장 사용하여 다듬어지진 않았지만, 꼭 맞는 뉘앙스의 재치 넘치는 내용이었다. 그는 그곳에서 장비를 잘 갖춘 치과 병원을 차릴 수 있었다고 이야기했다. 왜냐하면, 그는 그 지역에서 가장 새로운 지식을 갖고 있고, 최근 개발된 의료장비들을 완벽히 사용할 줄 알았다. 나는 그 편지를 보관해 두지 않았다. 나는 그 편지가 마지막이 되리라고는 예측하지 못했다.

그는 다시 제가르에서 자신의 고향으로 되돌아갔다. 그는 고향에서 가까운 보로보 시내의 고무공장에 치과 의원을 차렸기 때문이었다. 그보다 4살 많은, 그의 형은 그와 함께 일하고 있었다.

1991년 9월 중순, 부코바르에서 보로보까지의 여행은 더는 이뤄지지 못했다. 계속되는 총격전으로 집을 떠나는 것은 생명을 내놓는 것처럼 위험했다. 레네와, 그의 형 로베르트, 또 엄마와 함께 살던 집은 농기계를 팔던 체코 출신의 상인이셨던, 레네의 할아버지 얀이 대대로 물려준 가족의 유산이었다. 슬라보니아 농업지역에서 그 농기계가 잘 팔려, 도시 중심지에 있던 얀 가족의 집은 번창하기 시작했다. 그 집은 성(城)처럼 보였다. 부자였던 할아버지는 집안을 엄선한 떡갈나무 재료의 가구로 장식했다.

1991년 9월, 그 집 창문들이 포탄에 다 부서졌고, 지붕도 파손되었다. 총격전이 약 반 시간 멈춘 순간, 형제는 지붕으로 올라가, 플라스틱 조각으로 그 집을 손질해 보려고 애썼다. 비가 억수같이 왔고, 날씨는 차가웠다. 다행히도 그 집의 지하 대피소는 견고해 보호막이 되어 주었다.
어느 날, 떡갈나무 책상이 포탄에 날아가고, 욕실의 벽도 구멍이 났다. 집은 포탄에 부서졌지만, 지하실에 피난해 있던 사람들은 아직 아무도 다치지 않았다.
할아버지가 수십 년 동안 키워 왔던 포도나무는 정원에

박힌 쇠막대를 따라 덩굴을 펴고 있었다. 포탄이 날아와, 시멘트 바닥에 박혀 있던 쇠막대가 뽑혀서는, 이웃집 정원으로 그 쇠막대를 내동댕이쳤다.

그 이모가 마지막으로 레네와 이야기할 수 있던 때는 9월 중순이었다. 여러 시간 이모는 포격 당하던 부코바르의 친지들과 통화를 하려고 애쓰면서, 그 도시로 전화를 돌렸다. 자기 가족들과 선이 닿기를 학수고대하던 친지들은 전화선마다 사용자가 많아 애를 먹었다.

갑자기 이모가 시도한 전화가 성공했다. 얀 할아버지 저택의 전화 소리가 울리는 것을 명확히 알 수 있었다. 아무도 받는 사람이 없었다. 그녀는 그 전화가 계속 울리도록 내버려 두며 생각에 잠겼다.

'모두 다시 지하실에 있는 걸까?'

갑자기 레네의 목소리가 수화기에서 들려 왔다.

그는 총격전이 잠시 중단된 사이에 잠을 자던 사람들을 깨운 친지에게 불평했다. 가족들이 평소 알고 있던 그의 재치는 찾아볼 수 없었다. 그의 목소리에서는 벌써 고통을 느낄 수 있었다. 그는 그 상황에서 탈출구가 보이지 않았다. 그는 고립된 부코바르에서 자신도 고립되었다는 것을 느끼고 있었다. 그렇게, 나중에 그 이모가 그 대화를 설명해 주었다. '그게 레네와의 마지막 대화라는 것을 이모는 언제 알았을까?'

그 뒤로 더는 부코바르로 전화가 되지 않았다.

부코바르는 크로아티아의 히로시마가 되어 버린 것 같았다. 그 부코바르에 이어 그만큼 많은 크로아티아의 도시가 부코바르와 같은 처지가 되었다.

레네의 부코바르에서의 마지막 날에 대해서는 그의 형인 로베르트가 말한다.

11월 17일은 부코바르 비극의 정점이었다. 누군가 총을 쏜 뒤, 문을 두드렸다. 개가 날뛰었다. 로베르트는 문을 열어주었다. 총을 쏜 사람 중 한 사람은 얼굴윤곽이 뚜렷함을 알 수 있었다. 그 사람은 군복을 입고 있었다. 수염이 나 있었다. 모자에 붉은 별도 보였다. 어깨에는 '흰 독수리' 소속임을 표시하는 하얀 줄을 달고 있었다. 허리에는 수류탄 두 개가 달려 있었다. 칼도 총도 그는 들고 있었다.
"여기에 몇 명 있어?"
"셋이요."
로베르트는 솔직히 말했다. 언어는 낯설지 않았다. 그 언어는 몇 개의 변이음을 포함했어도 같았다. 이 전쟁은 공격자와 희생자가 서로를 아주 잘 이해할 수 있는 전쟁이었다. 통역해 줄 사람은 필요하지 않았다.
"나오는데 3분 여유 주겠다."
가족은 집 밖으로 나올 준비가 되어있지 않았다. 가장 잔인한 일이 일어나리라고 아무도 믿지 않았다. 그러나 그 일은 일어났다. 두 형제는 모두 자신의 치과의사 졸업장을 맨 먼저 준비했다. 그것들을 찾을 필요는 없었다. 그것은 지하실로 함께 옮겨진 전부였으니.

레네는 엄마에게 신발을 갖다 드렸다. 그는 흥분해 엄마에게 잘 맞지 않던, 집에서 신던 네덜란드산 신발을 갖다 드렸다. 엄마는 본능적으로 거부하고 장화를 신었다. 다행하게도. 유리가 깨져 없어진 창의 뒤편은 11월이었다. 엄마는 가족의 보석함을 재빨리 잡았지만, 보석함으로 향하면서도 먹거리를 생각해 냈다. 엄마는 주머니에 소시지 2개를 넣는 데 성공했다. 엄마는 혼비백산해, 꼭 필요한 보석함은 잡지 못하고 옆의 구슬 상자를 집었다. 보석은 집의 가장 거대한 예술품인 얀 할아버지의 놀랄만한 구식 난로들과 마찬가지로 집에 남아 있게 되었다. 엄마는 좁은 계단으로 나왔지만, 안경을 갖고 오지 않았다는 것을 알았다.

"안경 좀." 어머니는 군복 입은 사람에게 말하고는 돌아서려고 했다. "안경과 목숨 둘 중 하나를 선택해. 뭐가 더 소중해?"

엄마는 돌아서지 못했다. 군인을 자극하지 않으려면 엄마는 돌아설 수 없었다. 엄마는 급히 빠져나왔다. 집 밖의 거리에서는 이웃의 한 여인이 가까이 오고 있었다. 그 여인도 짐을 꾸려 나오는데, 마찬가지로 3분 동안의 여유를 받았다. 여러 개의 꾸러미를 들고서 비틀거렸다. 엄마는 그 비틀거리는 여인을 도와주려고 달려가려고 했다.

"어딜 가?"

군복 입은 이가 고함쳤다.

"놔둬요, 엄마. 총 쏠지 몰라요, 가지 마요!"
그것은 레네의 목소리였다.

이렇게 잡혀 온 주민들은 벨레프로메트 술 보관소로 모이게 되었다.
"당신들 중 세르비아 사람들 있어?"
붙잡혀온 사람들을 1차로 분류했다. 군중 중에서 모임에서 세르비아인들을 빼내는 것.

침묵.
"당신들 중 세르비아 사람은 더 없어?"
여인 둘이 자신들은 세르비아인이라고 밝혔다. 사람들은 그들을 데리고 갔다. 이제 세르비아인이 아닌 사람들만 남아 있었다.

둘째 분류는 남성과 여성으로 분류했다. 가족들도 분리되었다. 한쪽으로 끌려간 남자들은 어느 술 보관소로 갔다. 그 끌려간 이들은 술 상자들을 엎어 놓고는 그 상자 위에 앉게 했다. 기다림은 계속될 것이 명확했다. 하루가 지나고 이틀이 지나도 음식도 물도 주지 않고…. 그들이 앉아 있던 술 상자는 이전엔 술병을 담았다. 상표가 붙어있는 꼬리표에는 점토로 빚은 암비둘기가 그려진 유명한 술이 그려져 있었다. 때로 누군가 어두운 술 보관소로 들어와, 손전등으로 얼굴들을 갑자기 비추었다.

두려움.

빛에 눈이 부셔 눈을 깜박거림.

여러 사람이 들어와, 그곳에 앉아 있는 사람들에게 심문하며 물었다.

'이들을 따라 나간 사람은 돌아올까?'

어떤 남자가 레네 이름을 불렀을 때, 얼마의 시간이 흘렀는가? 레네는 다른 두 사람과 같이 불리어 나갔다. 그 일행에는 술 파는 회사의 이사와 도시의 술 제조 전문가가 있었다. 레네는 자신의 안경을 한 번 매만지고는 출구의 문으로 향했다. 로베르트는 눈을 아래로 한 채 동생을 몰래 쳐다보고 있었다.

고함.

로베르트는 동생 레네 목소리를 알고 있었다.

의심의 여지가 없었다. 레네가 고함을 지른 것이다. 그것은 울부짖음이었다. 그것은 형의 귓가에 남아 있던 레네의 마지막 목소리였다.

고함 뒤에 곧 총성이 들려 왔다.

그렇게 함께 나간 그 세 사람은 그 술 보관소로 돌아오지 못했다.

같은 날 밤에 레네의 친구이자 로베르트의 친구인 어떤 사람은 그 술 보관소에서 양철 조각으로 자신의 정맥을 끊어 자살을 시도했다. 사람들이 그를 말렸다. 몇 시간 뒤에 그도 불리어 나갔다. 결코 그도 돌아오지 못했다.

사흘째 로베르트는 부코바르 병영으로 이송되었다. 그곳에서 처음 물과 빵이 공급되었다. 정어리 한 통, 빵 한 조각. 3일 전에 집에서 마지막 식사가 있었다. 그건 아침 식사였다.

국제 적십자사는 자그레브와 부코바르를 연결했다. 자그레브의 친척들은 부코바르 사람들이 탄 버스들이 도착하기만 기다리고 있었다. 그들 중 많은 사람이 포로 교환 덕분에 돌아올 수 있었다.
크로아티아 사람의 수만큼 세르비아 사람들과 교환.

그 이모는 버스마다 기다리면서 자리를 지키고 있었다. 주름진 얼굴들에 대한 재빠른 시선. 아무도 아는 사람이 없었다. 날마다 새 버스는 생존자들로 가득 차 있었다. 희망을 버리지 못하고 잠도 못 이루었다. 아마 내일 수송 편으로는 올 거라며.
"당신 조카는 살아있어요. 그는 집결지에서 내 상처를 동여매어 주었어요."
어느 부코바르 사람이 그 이모에게 말했다.
기다리는 가운데서도 기쁜 소식은 마음을 따뜻하게 했다.
이모는 얼마나 많은 버스를 기다려야 하는가?
주머니에는 자신이 찾는 세 사람의 사진을 넣고서.

"이 사람들을 본 적 있어요?"
이모는 끝없이 그 질문을 되풀이했다.

이모의 언니(레네 어머니)는 운동복차림으로 그 하얀 독수리 소속 사람이 문을 두드린 그 날 입고 있었던 그 차림으로 11월 22일에 되돌아 왔다.

이모는 부코바르에서 오는 생존자들이 탄 버스가 도착할 호텔로 가기 위해 집을 나섰다. 날씨가 추워졌고, 자동차도 운행할 수 없었다.

레네의 어머니는 외투도 없이 버스에서 나와 그 이모를 발견하고는 쳐다보았다. 두 자매는 서로 눈물이 흘러내리고 있음을 보았다. 그러고는, 집에서, 자신을 둘러싸고 있는 익숙한 가구 사이에서, 그 어머니는 이제 말을 다 할 수 있었다. 그네들에게 무슨 일이 있었는지 아는 데는 시간이 더 필요했다.

희망을 잃지 않고 기다림은 계속되었다. 그로부터 18일 뒤에 세르비아인들과 교환된 크로아티아 사람들로 가득 찬 어느 버스에서 로베르트가 내렸다. 그의 얼굴에는 레네의 울부짖음이 그대로 남아 있었다. 이모는 가족의 따뜻한 품으로 돌아온 그의 꽁꽁 얼어붙은 마음을 녹여주었다.

부코바르에서 온 사람들을 태운 맨 나중의 버스까지 기다릴 필요가 있다. 그러나 아무 데도 레네는 없었다. 사망자 명단에도, 부상자 명단에도 갇힌 사람의 명단에도 그의 이름은 보이지 않았다.

아무도 레네를 발견하지 못했다.

더 나중의 생환자들은 그들에게 희망을 심겨 주었다.
누군가 스타이체보 집결소에서 그를 보았다고 했고, 다
른 사람들은 니쉬에서, 더러는 바니차에서 보았다고 했
다. 누가 출석 점검을 하는 중에 그가 "예"라고 대답
하는 소리를 들었다고도 했다.

여인들은 기도한다.
"하나님, 당신께서 한 청년을 살아 돌아오게 해 주셔
서 고맙습니다. 부디 어딘가에 있을 다른 청년도 돌려
보내 주십시오."

1991년 11월 레네는 실종되었다. 그의 생일이 -2월- 벌
써 한 번 지나갔지만, 그에 대한 아무런 발자국은 없다.

여름이 벌써 성큼 다가온다.
혹시나 하는 마음으로 우리는 밤에 자다가도 깬다.
울부짖음.
희망.

07. 평범한 날

창문을 통해 참새가 지저귀는 소리가 들려왔다. 참새들은 배나무에서 서로 대화를 나누고 있었다. 경보 사이렌이 아니라 참새들이 우릴 깨운다는 것은 이 얼마나 특권을 누리는 일인가.

편지함에는 가스 회사 메시지가 기다리고 있었다. 가스 요금이 584배나 인상되었다고 전하고 있었다.
4배도 아닌 584배라니.

나는 먼저 은행에 갔다. 사람들이 그 안에 들어서 있다. 기다려야 했다. 은행 직원은 내가 내 계좌에서 출금하고자 하는 액수만큼 찾아 줄 수 없다고 말했다.
"원하는 인출금의 절반만 지급할 수 있습니다."
은행 직원은 말했다. 나는 이해가 되지 않아 멍했다.
"그래도 나는 그만한 돈을 예금해 두었다고요!"
나는 반박했다. 내 뒤에서 기다리던 고객이 불평을 말했다.
"한데 지금 전쟁 중이라는 것을 모르세요?"
전쟁 와중에 있다는 말은 마치 수렁에 빠진 것과 비슷한 의미였다. 감옥에 갇혀 있는 것, 혼돈 상태에 있는 것, 무덤 속에 들어있는 것과 비슷한 말이었다.
"그럼 줄 수 있는 만큼 주세요."
나는 하는 수 없이 말했다.
'내가 그 액수의 돈을 갖고 있다는 생각은 어디서 나

왔을까?' 사람들은 아무것도 갖고 있지 않았다. 모두 전쟁의 소용돌이 속에 있다.

나는 우리 사무실에 늦게 도착했다. 사무실에는 어떤 청년이 자신의 군복 단추를 풀어 놓고 기다리고 있었다. 그 옆에는 2명의 청년이 서 있었다. 그들은 자기네들끼리 영어로 속삭였다.

"민감한 문제가 하나 있는데 풀도록 도와주시겠습니까? 아주 민감한 문제입니다만," 그는 어떻게 시작해야 할지 몰랐다.

"에스페란토를 통해 저를 도와줄 수 있겠습니까? 저는 지난해 에스페란토 초급 강좌에 수강한 적이 있습니다. 그러나, 저는 다 마치진 못했습니다. 입대해야 했기 때문입니다. 지금 저는 프랑스 쪽에 도움을 받고 싶습니다."

"무슨 이야기인지?"

"저는 남부 전선에서 왔습니다. 그 전선에서 프랑스인 친구가 전사했습니다. 우린 지금 그의 장례를 치르기 위해 서울에 왔습니다. 그런데 문제가 생겼습니다. 문제는 그 친구에게 있습니다. 우린 그가 누구인지 잘 모릅니다. 그는 전에 외인부대에 소속되었다가 자기 본명을 감추고 우리 군에 들어왔습니다. 우린 그를 삐에르 라고 불렀습니다. 그런데 지금 그가 전사해, 우린 그를, 그에겐 낯선 나라인 이곳에, 묻어야만 합니다. 그와 아주 친하게 지냈기에 그의 전사 소식을 그의 가족에게 알리지 않는다는 것은 안타까운 일입니다. 하지만, 우린 그 가족이 어디에 사는 누구인지 알 수 없습니다. 가족과 헤어진 지 벌써 몇 해가 지났기 때문이지요."

"그런 문제는 대사관에 알려야 될 텐데요."

"옳은 말씀입니다. 우린 그렇게 했습니다. 그렇지만, 대사관 직원은 너무 느려요. 당장 결과를 알려주진 않더군요. 모레면 우리가 그를 땅에 묻어야 하니까요."

"모레까진 우리도 아무것을 할 수 없어요. 그에 대해 아는 것은 있나요? 아는 것을 자세히 말해 줘요."

"그의 출생은……."

그는 몇 가지 간단한 정보를 암기하여 말해 주었다.

두 영국인은 에스페란토가 공식 세계보다 더 빠른지 어떤지 보려고 기다렸다.

전화가 울렸다. 전화를 받느라고 그를 도울 나의 노력은 잠깐 끊기었다. 내가 프랑스의 정확한 도시를 찾으려고 세계에스페란토협회 연감을 펼쳤을 때는 좀 더 시간이 흘렀다. 점심 식사시간이었다. 포도주를 마시고, 치즈를 들며, 치즈 속에 지방 성분이 얼마나 들었는지 말이 오갔다.

"우린 좀 특별한 도움을 요청합니다. 전쟁 중인 이곳에서 신원이 불확실한 프랑스인이 전사했습니다. 우린 몇 가지 인적사항만 갖고 있습니다."

"그런 것은 귀국에 주재하는 대사관에 문의하십시오."

"압니다. 하지만, 만약 그의 유해를 고향으로 송환할 수 있다면, 그 청년들은 자기 동료를 낯선 이국땅에 묻어 두고 싶지 않아서 그래요. 장례식이 모레인데, 유해는 냉동실에 보관되어 있어 장례절차만 남겨두고 있습니다. 그 가족에 대해 뭔가 알 수 있으면 좋겠어요. 친지들에게 알리지 않고 그를 이국땅에 묻히게 할 수는 없겠지요. 방법이 있다면……."

인적사항을 알리는 일은 아주 메마르고, 아무 수사도 없었다. 외국에 전화하는 것은 상상할 수 없는 호사스러움이다. 외국인들이 우리에게 전화해 천천히 말하면, 나는 차례차례 빠져나가는 수많은 동전이 떠올랐다. 전화선을 통해 흘러나간 그 돈이면 피난민들에게 얼마나 많은 먹거리를 사 줄 수 있겠는가? 전쟁 중인 나라에서 외국에 하는 전화 내용은 간결하고 군더더기가 없다. 주어, 목적어, 서술어. "이 일이 가능하면 연락 주시고, 할 수 없으면 이 요청은 잊어버리십시오."

내 전화를 받는 프랑스 친구는 그 침울한 소식에 깜짝 놀랐다. 그의 앞에는 35%의 지방이 든 치즈 몇 조각이 놓여 있을 것이다. 그리고 그는 전쟁의 야만인들을 생각할 것이다.
"우리로서는 전화비용이 엄청납니다. 만약 뭔가 알게 되면 알려 주시고, 연락이 없으면, 우리는 여기에 그를 묻을 겁니다. 도와주셔서 고맙고, 번거롭게 해서 미안합니다!"

어떤 의미에서는, 마침내 이 일은 우리 전쟁이니, 타국에 개입을 요청하려고 온 세상의 다른 사람들을 괴롭힌다는 것은 적절하지 못한 일이다.

"우리가 할 수 있는 일은 다 했습니다."
젊은 군인은 자신의 재킷을 집어 들고, 자신의 동료들을 데리고 사무실을 나갔다. 그리고 그들은 내일 또 올 것이다. 만약 아무 연락이 없으면, 군인묘지에 그를 묻을 것이다. 유해는 모레까지는 냉동실에 그대로 둘 수 있었다.

(유해를 그날 이후에도 냉동실에 보관한다면 돈을 지급하면 되지 않을까? 아니면 그것이 불법인가? 나는 냉동실에 있는 시체들에 아는 바 없다.)

나는 전사한 프랑스인 유해가 있는 냉동실에 대해선 잊어버리려고 애썼다. 나는 우편물을 열어 보았다. 한 봉투에서 얼마간의 돈이 흘러나왔다.

"그리고 이 돈은 올해의 명예회비로 받아주십시오. 저의 질녀가 사망했습니다. 5월 6일 장례식이 있었습니다. 우리 중 아무도 그 자리에 참석할 수 없었습니다. 우리는 전쟁 때문에 그곳으로 갈 수도 없었습니다. 질녀는 선생님의 도서 판매부에서 책을 사 주도록 내게 요청했지만, 나는 그곳으로 갈 수 없었습니다. 경보 사이렌이 자주 있었고, 질녀가 살던 지역으로 우편물도 이젠 가지 못합니다."

보스니아 아가씨인 이리스라는 사람에 관한 이야기였다. 이리스의 숙모는 자그레브에 살면서 어릴 때부터 심장병으로 고생하는 그 질녀에게 책도 사 주고, 에스페란토 소식을 전하던 사람이었다.

심장병을 앓던 그 아가씨는 1만 단어가 실린 에스페란토 사전을 갖고 싶었다. 카카니Kakanj라는 광산촌의 서점에서 그 사전을 어떻게 사겠는가. 아가씨는 자그레브에 사는 숙모에게 편지를 썼다. 질녀에 관심을 많이 가졌던 숙모는 그 도서 주문 사항을 잘 기록해 에스페란토 클럽의 주소를 알고 찾아온 적이 있었다.

"안녕하세요! 1만 단어짜리 사전을 파나요?"

"그럼요, 팝니다."

이리스는 누구의 동행 없이는 혼자 여행할 수 없었다. 그러나 그 아가씨는 여행을 참 좋아했다. 부모는 집에서 4㎞ 이상의 먼 거리를 혼자 가는 것을 허락하지 않았다. 바로 4㎞가 왜 경계인가?

이리스는 다른 사람들처럼 다니고 싶었다. 읍내 콩쿠르에서 노래도 부르고, 우표수집도 하고, 에스페란토 초급 과정도 지도하고, 차를 타고 여름 에스페란토 학교에 오기도 했다.

"약품이 든 통 잊지 마라, 이리스!"

"잊지 않아요."

이리스는 비가 올 때면 집에서 쉬면서 벽에 환등기를 설치하여 보기도 했다. 서랍에서 종이와 파스텔을 꺼내 그림도 그리고, 편지 쓰기도 하고 회신도 있었다. 그걸 자신의 여자친구들에게 보여주기도 했다. 흥분하여 숨을 몰아쉬기도 했다. 왜냐하면, 세계 각처에서 그 아가씨 집으로 회신이 왔기 때문이었다. 광물 냄새가 풍겨오는 보스니아의 소도시 카카니로. 카카니에 사는 광부들의 삶은 밝지 못했다. 편지는 다른 나라의 세계를 보여주었다.

이리스가 건강이 좋았을 때는 가까운 산을 오르내리기도 했다. 난생처음으로, 한 걸음 또 한 걸음, 정상까지. 정상에는 조그마한 산장이 있었다.

"이리스, 넌 왜 그렇게 힘들여 올라왔니?"

"다른 사람들이 했듯이 나도 함께 가고 싶었어요. 자, 봐요. 난 해냈어요. 질병에 굴복하지 않고 살아갈 수 있어요."

전쟁은 카카니에도 찾아왔다.

이리스는 대피소로 2번 가야 했다. 2번만.

그때 죽음이 다가왔다. 친구의 집 출입문에서 쓰러진 그 아가씨는 일어나지 못했다. 아가씨의 입에서 거품이.

"이리스!"

이리스는 그렇게 갔다.

차티치에서의 장례식 날에는 비가 왔다.

자그레브의 숙모는 그 질녀 장례를 마친 다음에야 그 죽음 소식을 들었다. 먼 길을 거쳐 그 숙모에게 그 소식이 도착했다. 소식은 당사자 귀에 들어가기도 전에 온 세상으로 떠돌아다녔다. 카카니에서는 전화를 걸 수 없었다. 장례식에 참석하러 갈 수도 없었다.

질녀의 죽음을 알고 난 뒤, 숙모는 편지를 써, 에스페란티스토들의 주소지로 소액의 돈과 함께 부쳤다. 24살의 나이로 죽은 카카니의 이리스 토기치(Iris Tokić)의 회비 명목으로.

나는 그 숙모의 편지를 쥐고서 창가에 말없이 섰다.
군인 두 사람이 거리를 따라 걸어가고 있다. 그들의 군화에는 진흙이 묻어 있다. 전쟁은 칼날을 더욱 날카롭게 만들었다.

나는 사무실 탁자에 놓인 서류에 고개를 숙였다.
나는 커피를 한 잔 마셨다. 여직원들은 보스니아의 폭행당한 소녀들에 대해 말했다.
"그리고 소녀 엄마는 옆방에서 그 딸의 절규를 들었대요."
"아저씨, 하지 마세요!"
우리 사무실의 한 여직원은 나쁜 일은 꼭 3번씩 되풀이하는 습관이 있었다. 나는 서둘러 그녀가 두 번째로, "아저씨, 하지 마세요!" 라는 말을 꺼낼 때 이미 사무실 밖으로 나와 버렸다.

"정오가 지나면, 코카가 도착할 겁니다."
다른 여자 직원이 말했다. 코카는 보스니아에서 온 여자였다. 그녀는 2달간 오마르스카 수용소에 있었다. 프리예도르 인근에 있는 그 수용소는 보스니아에 있는 세르비아 정부가 세르비아인이 아닌 다른 사람들을 가두어 놓고 있었다.

그녀는 자신이 어떻게 구출되었는지 동창생 친구에게 이야기해 주러 올 것이다.

이윽고 문이 열렸다. 코카가 아니었다. 들어 온 사람은 다른 사람이었다.
"나를 기억하십니까? 나는 오시예크에서 온 에스페란티스토입니다. 내 조카는 한때 당신과 함께 노르웨이로 어린이 모임 때 함께 간 적이 있지요."
나는 이 신사를 기억할 수 있었다. 그 조카도 함께. 북극지방에서 그는 새벽 2시에 친구들과 축구놀이를 했었다.

10년이 지났다.
요쵸 라는 그 조카는 더는 놀이를 하지 않는다.

그 삼촌은 울먹이지 않았다. 그는 벌써 수개월 동안 병원에서 치료를 받고 있었다. 실은 그가 이곳에 와, "엘포폴라 치니오" [23)의 구독료를 내고 싶었고, 그렇게 한

때 에스페란토를 배운 적이 있는 자신의 담당 여의사 선생님을 놀라게 해 줄 의도였다. 그 일은 그녀에겐 크리스마스에 벌릴 '깜짝 놀랄' 이벤트였다.

삼촌의 병세는 좀 나아졌다.

그러나 그가 요쵸에 대한 소식을 들었을 때, 그로서는 견디기 어려운 때였다.

우리가 노르웨이에서 귀국한 뒤로 몇 년 동안 요쵸 얼굴을 보지 못했다. 그는 더는 에스페란토를 하지 않았다. 그는 기름공장에 일하게 되어, 스네자나 라는 여성과 결혼해 두 아이의 아빠가 되었다. 그가 어렸을 때, 그의 부모가 외국에서 일하는 바람에 어릴 때부터 삼촌이 그를 돌보아주고 있었다. 삼촌은 그 소년에게 에스페란토 교재를 사 주었다. 삼촌은 맨 처음의 펜팔 친구도 찾아 주었다. 그 펜팔 친구에게 편지를 보낼 수 있도록 우표앨범도 사 주었다.

"그 꼬마에게 에스페란토가 사용되는 걸 알도록 어딘가로 그 녀석을 데리고 갔다 오실 수 있겠습니까? 비용은 모두 내가 지급할 겁니다. 어디라도, 북극까지라도 좋습니다."

바로 그때 우리는 노르웨이 트롬소로 갈 준비하고 있었다. 그 여행은 뭔가 비용이 좀 나갔다. 그러나 그 삼촌은 그걸 아까워하지 않았다. 그의 조카가 모든 것을 가질 수 있도록 해 주었다.

---

23)*역주; 중국 보도(El Popola Ĉinio); 중국에스페란토연맹이 발간하는 시사 월간지

이제 지금 그 삼촌은 조금 떨고 있었다. 전쟁이 일어났을 무렵, 요쵸는 경찰이었다. 그의 아내가 그를 마지막으로 보았다고 했다.

9월 둘째 주에 그는 흐르바트스카 코스타이니차에서 실종되었다. 그 뒤로 그에 대한 아무 소식이 없다. 사망자 명단에도 없고, 포로 명단에도 부상자 명단에도 없었다. 그 소도시에서 9월 전후로 많은 사람이 실종되었다. 그의 아내는 셋째 아기의 출산을 기다리고 있었다. 다음 해 1월.

삼촌은 여기서 이야기를 끝냈다. 우리는 그를 격려하려고 애썼다. "아무나 실종되는 것이 아니니, 희망을 놓지 말아요. 누가 알아요?"라고. 우리는 일상적인 위로의 말만 되풀이했다.

사무실 출입문이 열렸다.
코카가 들어 왔다. 직원 모두는 죽음까지 다녀온 그녀 주위로 모여들었다.
그 삼촌은 자리에서 일어났다. 삼촌은 더 전할 일이 있으면, 알려 주겠다고 했다. 나는 그를 사무실 문까지 배웅했다. 그 삼촌에게 스네자나가 아기를 낳으면, 우리에게 꼭 알려 달라고 했다. 삼촌은, 좀 피곤한 듯, 잊지 않겠다고 웃음을 지었다. 만약 아이가 아들이라면, 그 아들은 요쵸라고 불릴 것이다.

전화가 왔다.

어떤 여자친구가 자기 문제에 대해 우리와 의논할 수 있는지 물어왔다. 벌써 아홉 달 동안 그녀는 자국민 증명서를 받지 못했다.

"좀 더 기다려 봐요. 아마 누군가의 책상에 놓여 있을 것이고, 중요 인사의 서명을 기다리고 있을 거야."

"그리고 그걸 거부한다면? 벌써 6천 명 이상 거부했어. 그 사람들은 다시 공소할 권리도 없대."

"저런. 낭패감은 아직 금물이야. 우리가 계속 알아볼게. 언제 그 일이 확정될 날인지도. 아직은 거부하지는 않아."

"그런데, 요즈음 잘 지내? 잠은 잘 자고?"

"그럼, 내가 잠을 청하는데 효과적인 저 놀라운 마른 풀을 구입한 뒤로는."

"그 남자에게 물어봐. 아마 조국증명서 걱정도 거뜬히 해결해 주는 식물들을 그가 팔지 모르니까."

나는 서툴게 재치를 부리려고 애썼다.

새 크로아티아 정부는 제 나라의 국민에게 "도모브니차(domovnica)"라는 것으로 자국민임을 확인해 주었다. 자국민 증명서, 갑자기 일단의 사람들이 자신들의 이름이 공무 대장에 없는 것을 알았다. 그중 많은 사람은 정말 크로아티아 내에서 3년 이상 살고 있었는데도 말이다. 그러나 그것이 중요한 문건은 되지 못했다. 출생증명서로 검증해 보라! 1947년 당신 아버지는 어디에 있었는가?

문서를 열람하는 대대적 소동이 시작되었다. 사람들은 자신의 출생지로 달려갔고, 잊고 지내던 친지들에게 편지를 썼다. 자신들이 외국에서 -크로아티아의 영토 외부에서- 출생했다는 것을 갑자기 알게 된 사람들은 가장 큰 슬픔에 잠긴 채 살아갔다.

그런 자료가 필요한 사람들은 관공서 문 앞에서 차(茶)병과 샌드위치를 든 채 침낭을 가지고 새벽 2시부터 밤새며 기다렸다. 자국민증명서 없이는 여권을 발급받을 수가 없다. 자국민 증명서가 없이는 집도 살 수가 없다. 많은 사람은 자기 사업이 번창해, 그동안 여러 해 동안 세입자로 살아온 집을 급히 구입할 필요가 있었다. 곳곳에 '자국민증명서'를 발급받지 못하는 사람은 000로 전화하라' 라는 안내문을 적은 포스터가 걸려 있다.

좋은 조언과 좋은 서비스에는 돈을 지급해야 한다.

즐겁게 큰 소리로 말하는 코카는 자신의 이야기를 하기 시작했다.

"처음부터 말해 봐요."

"5월에 프리예도르의 크로아티아 민주공동체 의장인 실보(Silvo)가 투옥되자, 이제 내가 감옥에 투옥될 차례가 되었구나 하고 알았어요. 그가 의장으로 있을 때, 내가 부의장이었으니까요. 매일 누가 와서, 나를 데려가기를 기다렸지요. 꼬박 한 달이 지났어요. 그때, 문에 군복을 입은 두 남자가 나타났어요. 경찰차 안으로 나를 데려가더군요. 먼저 경찰서로. 나는 경찰서 유치장에서 그날 밤을 보냈어요. 그곳에는 이미 다른 한 사람이 있었어요. 안면이 있는 법률가도 그곳에서 만났지요.

"안녕하세요. 친구!" 나는 그를 알아보고 인사를 했지요. 그는 입에 손을 갖다 대더군요. 우리는 감시를 받고 도청당하고 있음이 분명했어요. 나는 입을 닫을 수밖에 없었어요. 나를 심문하더군요. 다행히 나는 나를 심문한 사람의 이름을 잘 알고 있었어요. 심문자와 심문을 받는 사람이 서로 잘 알고 있었어요. 우린 같은 도시 사람이었으니까요. 다음날 그들은 나를 자동차 편으로 오마르스카로 옮기더군요. 그곳에 도착한 뒤, 우리는 소지품을 다 내놓고, 목 위까지 두 팔을 올린 채 벽 쪽에 줄을 서야 했지요. 핸드백은 내 무릎 사이에 끼워 두고 말이에요.

내가 벽에 섰을 때, 갑자기 웃음이 터져 나와 혼났어요. 모두가 이상하게 반응하고 있는 그런 멍청한 상황이었어요. 나는 비웃었지요. 내가 웃는 것을 수용소의 옆 건물에서 들은 사람들은 내가 '미쳤'거나, 내가 "망가졌기" 때문에 미쳤다고 믿었던가 봐요. "망가진다" 라는 말은 정상적인 행동에서 탈선한 것을 말하는 속어가 되어있었지요. 내가 벌써 이틀간 그들에게 있었고, 아무도 내 핸드백에 있는 내용물을 검사할 생각을 않는다는 사실이 나를 괴롭혔지요.

"난 벌써 이틀간 이걸 들고 다녔는데 내 가방을 누가 검사해줘요!"

"누군가 검사하러 왔지요. 그렇지만 아무것도 꺼내지 않았지요."

"누가 당신을 폭행하던가요?"

갑자기 누군가 재빨리 물었다.

코카는 가방에서 담배를 꺼냈다.

"그곳에서 다시 담배를 시작했어요. 그래요, 난 당했지요. 하지만 그것은 가장 잔인한 것이 아니었어요. 보세요, 내 갈비뼈를 만져보세요. 여기 두 개는 부러졌어요. 나의 가슴에는 그런 흔적이 없다는 것에 놀랐어요. 그들은 등만 때렸어요."

"그리고 어떻게 탈출했어요?"

"간단해요. 국제텔레비전에서 그 수용소를 공개하자, 그 수용소 지도자들은 모든 여자를 내보내는 결정했나 봐요. 그 안에는 여성이 28명 있었지만, 그곳은 정말 군대 수용소였어요. 처음 며칠간 나는 그 수용소에서 일했어요. 수용소 간부들을 위해 커피를 끓였어요. 내가 식사 배식하는 일까지 맡았을 때가 끝이었지요. 나중에 나는 접시를 나눠주는 곳에서 일할 수 있게 되었지요. 아무 말이 필요 없고, 접시만 넘겨주면 되었으니까요. 그 뒤, 나는 그 수용소에는 11,000명 이상의 사람이 스쳐 갔다는 것을 알게 되었어요. 그러나 내가 약 2달간 식사를 나누어 주는 일을 하고 있었을 때, 그 접시는 2,886개를 넘는 적은 한 번도 없었어요. 이 숫자는 한 번에 부엌에서 내주었던 가장 많은 숫자였지요. 우리는 그 접시를 헤아리는 재주가 있었지요. 물론 큰 소리로 헤아리거나, 숫자를 표시할 수는 없지만요. 접시 숫자를 보면 얼마나 많은 사람이 일시적으로 이 수용소에 잡혀 오는지를 알 수 있는 거죠. 나는 여기서 저 창문까지의 높이로 매일 매일 시체가 쌓여있는 것을 보았어요."

그러면서 그녀는 창문을 가리켰다. 우리는 그녀가 가리켰던 우리 창문을 주시했다. 그곳에는 햇빛이 유리창을 통해 들어오고 있었다.

"그리고 그곳에서 목욕은 할 수 있었나요? 의복은 갈아입을 수 있었나요? 월경 때는 여성들은 어떻게 했나요?"

"저어, 그런 의미에서, 수용소의 여성부서는 상대적으로 잘 갖추어져 있었어요. 그 부서에는 전에 여성 감옥을 담당한 어떤 사람이 부장으로 와 있었어요. 그는 규칙을 잘 알았어요. 내가 있던 2달 동안에 솜도 배급받을 수 있었어요. 누가 부엌에서 내 손에 뜨거운 물을 부었을 때, 나는 물에 덴 손을 보호할 수 있는 깨끗한 거즈도 받았어요."

"우연히 누가 당신에게 물을 부었나요?"

"그곳에는 우연이란 없어요. 내가 심문받을 때, 내게 쥐가 나, 취조실에서 밖으로 끌려 나와야 했지요. 심문자 앞에는 아주 두꺼운 서류가 쌓여있었는데, 그게 전부 나에 관한 기록이라고는 전혀 생각하지 않았어요. 그리고는 무엇 때문에 나를 끌고 왔는지 설명도 해 주었어요. 그때 나는 그 지역에서 '초당파적 정부' 일원이라는 이유로 끌려 왔음을 알았어요. 아마 의장인 실보가 나에게 자신이 투옥되기 전에 뭔가 새로운 조직을 제안했던가 봐요. 우리는 상세한 것에 동의할 경우가 많지 않았지요. 그 감옥에서, 그가 총살당하기 전에 나는 그를 꼭 한 번 더 보았어요. 그들이 그 수용소의 취조실로 그를 심문하려고 데리고 온 뒤로, 취조실에서 그의 고함을 내가 들을 수 있었지요. 그들은 그가 고문으로 생긴 상처들로 고생하고 있어도, 10일 동안 아무 치료도 해 주지 않았어요. 그런데, 어디서 내가 멈추었지? 한 마디로, 그 수용소는 "우스타샤(극단주의자)"가 되기에는 좋은 장소더군요."

"그리고, 나는 다른 여성들과 함께 풀려나, 프리예도르의 집으로 돌아올 수 있게 되었어요. 곧 나는 지인을 통해서 알았지요. 총살예정자 명단에 나도 들어있음을요. 첫 기회가 왔을 때, 나는 크로아티아로 출발했어요. 그 기회는 곧 왔어요. 외국으로부터 도움이 왔지요. 외국인들은 보스니아를 떠나 이민을 원하는, 일단의 사람들을 안내해 준다고 했어요. 나는 그 일을 맡은 노르웨이 대사께 도움을 청했어요. 내가 오마르카에서 왔다는 것만 알리는 것으로 충분했지요. 나를 국경선 너머로 데려다주더군요. 우리가 이쪽에 도착했을 때, 크로아티아 군인들은 위엄있고 잘 관리가 되어있는 듯이 연극을 하더군요. 군인 중 한 사람이 우리를 데리고 왔던 적십자사의 여자 요원의 손에 키스하더군요. 나를 '인터콘티넨털' 호텔에 투숙시키더군요. 그곳에서 나는 자그레브에 있는 친지들에게 전화해, 내가 여기 있다고 말했지요. 친지들은 나를 반겼고, 나는 이곳에 지금 일자리를 구하며 있어요. 모든 것은 좋게 끝났어요. 친척 집의 개가 오늘은 내게 즐겁게 뛰어 올라와서는 나의 마지막 남은 스타킹마저 찢더군요."

나는 그녀 무릎에 난 구멍을 쳐다보았다. 그건 개의 애정으로 생겼다.

"미안해요, 내가 너무 오랫동안 당신들을 붙잡고 있었군요. 그런 일들이 있었어요. 지금 몇 시지요? 후, 벌써! 그럼, 안녕! 또 오겠어요. 나는 여성단체와 약속이 있어요. 여자대표들이 내가 묶고 있던 호텔로 찾아와, 내게 향수를 선물로 주었어요. 향수를. 내가 속옷을 가졌는지 물어보진 않더군요."
코카는 부러진 채 있는 갈비뼈들을 숨겨 주었던 겉옷의 단추를 잠그고 떠나갔다.

자그레브 거리에서는 이와 비슷한 운명을 가진 사람들이 수천 명이다. 코카와 같은 재치로 자신을 구해 낼 수 있었던 사람이 전부는 아니었다. 길에는 그런 운명을 지닌 사람들이 서로 열십자(十字)를 이루고 있었다.

코카가 나갔을 때, 사무실에 있던 우리는 말이 없었다. 그녀가 들어 왔을 때, 우리가 하고 있었던, 일의 실마리를 어떻게 다시 잡을 수 있겠는가?
마침 전화가 도와주었다.

초등학교 교장 선생님의 전화였다. 그분은 우리에게 그분의 학교에서 에스페란토를 가르쳐도 된다고 알려 주었다. 그가 고군분투를 했음은 사실이었다. 왜냐하면,

여러 교사의 생각이 에스페란토마저도 공산주의 잔재로 여기고 있었기 때문이었다. 그러나, 이제, 지금 모든 것은 정상적이었다. 관심을 가지는 학생은 40명이다. 이제 2개 그룹으로 나누었다. 학교에서는 강사에게 강사료를 줄 것이다. 우리는 교재대금을 학생들로부터 받지 않으리라 -모든 것은 학교재정에서 처리된다.

나는 어린이들에게 에스페란토 이야기를 할 수 있어 즐거웠다. 학생들이 대피소에서 보낸 몇 시간 뒤, 그 아이들 주변에 그만큼 잔인한 일이 있은 뒤에.

"교재를 좀 수정할 필요가 있어요. 교재가 다 수정되기 전에는 학생들에게 교재를 내주지 마십시오. 우리는 이곳, 우리 학교 도서관에서 교재들을 수정할 겁니다."

"수정이라니요? 왜요?"

나는 놀랐다.

"저어, 교재가 좀 낡았습니다. 교재를 좀 현실화할 필요가 있어요."

"낡았다고요? 그렇게 낡진 않아요. 그 교재들을 에스페란토발표 100주년의 해였던 1987년 이후에 인쇄했어요."

갑자기 나는 교장 선생님이 의도한 것을, 교장 선생님이 현실화하기로 한 것을 이해할 수 있었다. 1987년 판인 그 책은 유고슬라비아 자그레브에서 발행된 것이고 1992년 현재 자그레브는 크로아티아에 속해 있다. 이 책에서 적대적인 유고슬라비아를 없앨 필요가 있었다. 나는 자그레브에 에스페란토 강습을 새로 2군데 열고 싶었다. 나는 화이트 지우개를 가지고, 내 앞에 놓인 40 권의 책을 정리하며, 하얗게 유고슬라비아의 '유(YU)'를 지워갔다. '유'는 끈질겼다. 그것은 씻겨 나가려 하지 않았다. 내가 흰색으로 그 글자를 지웠을 때 종이는 축축해지고, 그 글자는 그 표지의 뒤쪽에서 명확히 읽을 수 있을 정도로 빠져나가고 있었다.

나는 좀 고민하다가, 서랍에서 일본에서 만든 작은 스티커를 찾아, 단번에 그 홈집을 막아 버렸다. '유'가 빠져나간 곳에는 지금 즐거운 마음으로 "Mi amas Esperanton(나는 에스페란토를 사랑해요)." 이란 글귀가 쓰인 스티커를 읽을 수 있었다. 목적 어미 "n"은 좀 분리되어 있었다. 그 글자가 손상이 있었기 때문은 아니었다.

내일 아침 참새가 지저귀고, 그 소리에 내가 일어나면, 교장 선생님께 그 책들을 들고 갈 것이다.

그리되었다.

교장 선생님은 탁자에서 점잖게 앉아 계셨다. 그 앞에는 리스트가 있었다. 배우는 학생들의 리스트가 아니었다. 고쳐야 할 것의 리스트였다. 그는 더욱 목을 늘어뜨리는 것 같았다. 내가 지운 것은 출판사 주소에 쓰인 나라 이름이었다. 그러나, 그 리스트는 한층 더 길었다. 그는 유고슬라비아라는 낱말을, 꼭 지워야 할 그것을 교재에서 4곳 더 찾아냈다. 그걸 크로아티아로 대체할 필요가 있었다.

나는 교장 선생님이 제시한 리스트를 받아서, 또 뭐가 있나 유심히 보았다. 그것 말고도 무엇이 괴롭혔던가? 교장 선생님은 '공산주의자'라는 낱말을 빼고자 했고, 실제로 쓰일 수 있는 낱말로, '경찰(policisto)'도 바꾸자고 했다. 교재의 44페이지에는 특별한 신경을 써 달라는 요구도 했다. 그곳에는 유고슬라비아 연방의 이전 공화국들의 서울에 소재한 에스페란토 단체 주소록이 있었다. 교장 선생님은 자신의 학교에 그런 광고를 전파하고 싶지 않았다.

나는 그 리스트를 교장 선생님께 돌려주었다. 그는 붉은 연필을 집어, 그것들을 고치고 나에게 악수를 청했다. 나는 학교운동장으로 나왔다.

다른 평범한 날은 계속되기를 바라고 있었다. 아침에 참새가 지저귀는 소리를 듣고 잠자리에서 일어나는 이는 행복한 사람들이다.

08. 징병

1992년 1월 5일 오늘. 나는 남동생의 징집통지서를 대신 받았다.

나는 내 우편함에 손을 넣어 우편물을 꺼냈다. 우편물에는 인쇄물들만 들어있었다. 프랑스에서 발행된 것이었다. 〈프랑스 에스페란티스토〉 잡지는 나무 심는 광경을 표지에 실었다. 다른 잡지에 붙여 놓은 우표에는 올림픽 열기가 담겨 있었다. 독자 흥미를 끄는 흥겨운 카바레 기사가 실려 있었다. 귀부인들은 긴 치마를 입고 있고, 기사들은 멜론 모양의 모자를 쓰고 있다. 오늘 우편물은 너무 빈약했다.

나는 모든 것을 바꿔 줄 편지를 기다리며 평생을 살아온 사람이다. 밀로반 다노일리치(Milovan Danojlic)[24]라는 작가는 이런 말을 했다.
"길에서 다가오는 우체부를 볼 때마다 나는 뭔가 희망을 품는다. 결국에 그가 대단한 소식을 가져다주리라! 내가 나를 안 이후로, 나는 뭔가 생명이 담긴 소식을 기다리고 있다. 모든 것을 변화시켜 주고, 내 인생 항로

---

24) *역주: 1937년생의 유고슬라비아(세르비아) 출신의 시인이며 작가. 아이들이 행복하고 평온한 삶을 유지하려는 것이 부모의 의무라고 시에 썼다. 베오그라드, 프랑스 등지에서 크로아티아어 강사로 활동했다. 2000년부터 세르비아 과학 예술 아카데미의 회원이 되었으며, 2018년 11월 8일부터 비정규회원으로, 그 다음 준회원으로, 그리고 2018년 11월 8일부터 정회원으로 활동하고 있다.

를 새로운 방향으로 돌려주는 소식을."
갑자기 나는 편지함에 이제 아무것도 더 없는지 확인하려고 손을 다시 넣어 보았다.

<병역법 개정으로> 라는 글이 써진 카드가 편지함의 바닥에 놓여 있었다. 나는 이해 못 한 채, 카드만 멍하니 바라볼 수도 없었다.
모든 것을 바꿔놓은 날이 바로 오늘이었다. 나는 정말 변화를 원했는데.

이 전쟁은 내일 9시에 남동생을 동원하라고 하고 있었다. 징집 소식은 밤에 긴 치마를 입고 카바레에 모인 귀부인들을 잊게 만들어 놓았다. 프랑스에서는 귀부인들이 춤추고 있다. 나는 이곳에 다른 운명으로 태어났다. 공포감과 씁쓸함 때문에 나는 계단을 따라 올라갈 수도 없었다. 나는 카바레에서 춤추는 모든 프랑스 사람을 3층으로 옮겨 놓는 것 같았다. 양손은 부어올랐고, 어깨마저 떨렸다.

남동생과 나는, 우리가 함께 살기 시작한 이후로, 같은 주소를 갖고 있다. 그 뒤 남동생이 자기 여자친구 집으로 이사하고서도 군 당국에 새 주소를 알려 주지 않았다. 그 때문에 전쟁은 나에게서 시작되었다.

나는 그가 신문을 손에 들고 집에 쉬고 있을 줄 생각했다. 내가 전화를 걸면, 그가 손을 뻗을 것이고, 그가 읽는 기사의 실마리를 더는 결코 이해하지 못할 것이다. 나는 그에게 한 시간 더 평화로운 시간을 선사하기로 마음을 정했다. 나는 오랫동안 손톱 손질을 했다. 양손의 손가락은 이미 아주 깨끗해졌다. 그런 손가락에 징집통지서가 들어있었다. 내가 그 통지서를 열 번도 더 읽었지만, 그 내용은 똑같았다. *병역법 개정으로 내일 9시에 동생을 소집한다고* 했다.

나는 징집통지를 가능하면 늦게 전해주기를 결정했다. 이제 10분이라도 더 인생을 즐기도록 내버려 두자. 한 시간 뒤에 남동생에게 전화하자.

피한다? 어디로?

카바레의 밤으로?

나는 자신의 몸 밖으로 달아나는 것은 있을 수 없음을 믿는 사람이다.

나는 이전에 그 남동생을 한 번 잃은 적이 있다. 그때 동생은 4살이었다. 어느 날 동생이 집을 나가서는 보이지 않았다. 그날 오후, 동생은 아무 곳에도 보이지 않았다. 나는 집 주위를 찾아다니며, 동생 이름을 불러 보았다. 동생이 갖고 놀던 공은 풀밭에 있었지만, 동생은 온 데간데없었다. 나는 도로도 찾아보고, 놀이터마다 찾아가 놀고 있던 아이들에게 물어보기도 했다. 동생을 오전에는 보았다고 했지만, 점심 뒤로 본 사람이 없다고 했다. 아무 데도 없었다. 아버지가 일을 마치고 돌아오셨을 때, 꼬마 녀석이 없어졌다고 나는 아버지께 말씀

드렸다.

어떻게, 사라지다니?
아버지와 나는 동생을 찾아보려고 함께 나섰다. 우리는 동생 이름을 큰 소리로 절망적으로 불러댔다. 우리는 인근 가게마다 들렀다. 찾지 못했다. 아버지는 벌써 극도로 화를 내고 계셨다. 나는 복도에서 그 녀석의 신발을 발견하자, 마음이 찡했다.
　'동생의 얼굴이라도 찾을 수 있을까, 동생이 입던 줄무늬 겉옷을 다시 찾을 수 있을까?'
화도 나고 낭패감도 느껴 나는 가슴을 조아렸다.

저녁 늦게야 아버지는 아들을 찾아내셨다. 녀석은 다른 꼬마 친구와 함께 지하실에 있었다. 그들은 지하실의 창문틀을 페인트칠하기로 마음먹었기에 누가 그들 이름을 불러도 대답하지 않았다. 동생은 지하실 창문을 칠하는 그런 결정은 하면 안 되는 일로 느꼈다. 그는 페인트 통을 겨우 열고 붓도 찾아, 의자를 놓고는 창문에 닿을 수 있도록 올라갔다. 그런데 다른 꼬마 친구도 붓이 하나 더 필요한 것을 알고는, 그들 둘은 풀을 한주먹 뜯어 나무 막대에 고정해서 붓을 하나 새로 만들었다. 그 도구들은 곧게 만들어지진 않았지만, 기하학적 관념은 동생에겐 그리 중요하지 않았다. 남동생은 지하실에서 씻기지 않는 초록 페인트로 얼룩진 줄무늬 재킷을 입고 서서는 아버지의 청천벽력같은 화가 누그러지기만 기다렸다. 또 다른 꼬마 녀석은 손바닥에 초록 페인트를 칠한 채 자기 집으로 달아났고, 동생은 슬리퍼 끝만 멍하니 내려다보며 죄책감에 서 있었다.

그 일 뒤, 그 창틀은 그대로 불완전하게 칠해진 채 그대로 두었다. 나는 그가 이곳, 부엌에 서 있는 것만 보아도 아주 행복했지만, 나는 좀 더 여전히 화를 내야만 했다. 우리 가족의 규칙 중에는 누가 부르는데 대답하지 않으면 그게 중대한 죄가 된다.
"왜 넌 우리를 놀라게 했어?"
그는 눈썹을 아래로 깔고는 풀이 죽어 대답도 하지 않으려고 했다. 나는 귀여웠던 그 시절을 생각하며 피식 웃었다. 내일 9시면, 그에게 총이 쥐어질 것이다.

겨우 10분이 지났다. 즉시 그에게 알려주지 않는 것은 어리석은 일이다. 그의 마지막 자유의 밤을 그 스스로 만들도록 해 주자.

이제 내가 전화 있는 곳으로 가자.
나는 도중에 힘이 빠져 멈추어 섰다. 나는 먼저 물을 한 컵 마셨다. '그가 놀라지 않도록 나는 어떻게 시작할까?' 그 또래의 청년들은 벌써 군에 갔다. 몇몇은 자원해서, 다른 사람들은 의무적으로.

우리는 사망자 수를 세는 것을 중단했다. 그러나 사람들은 전쟁이 곧 끝날 것이라고, 군인은 돌아올 거라고 말한다. '그럼 신병들은 지친 병사들과 교체하려고 가는 걸까?' 발걸음은 장화를 신은 것처럼 무거웠다. 나는 장화를 신고 있지 않음을 확인하려고 발가락을 억지로 움직여 보았다.

전장의 다른 편에는 사촌 동생이 있었다. 그곳은 가정이 아니었다. 우리는 정말 내전 속에 있고, 그 사촌은 지금은 적의 땅이 되어버린, 한때의 수도에서 6살 때부터 살아왔다. 그 사촌도 어느 날 아침 9시에 좀 다른 언어로 된 비슷한 통지서를 받고 군복과 총을 쥐게 되었다. 그리고 그 사촌은 동부행 트럭에 태워졌다. 어느 강가에 국경선이 있었다.

이 두 명의 사촌 동생은 그렇게 오랫동안 서로 만나지 못했다.

할아버지 댁에서의 어느 겨울이었다. 그들은 양손에 가죽끈을 쥐고는 서로를 쫓으며, 탁자 주변을 뛰어다녔다. 할아버지는 소파에서 낮잠을 주무시고 계셨다.
갑자기 한 녀석이 달려가, 할아버지의 머리 한가운데를 때렸다. 할아버지가 깜짝 놀라면서 화를 벌컥 내시자, 꼬마들은 웃음을 삼키며 달아났다. 할머니가 그 일을 중재하여 다독거려 주셨다. '지금 그런 전쟁의 장면이 되돌아 왔는가? 좀 더 온화한 장면은 찾을 수 없을까?'
아니다. 그 사촌 동생이 숨었다는 마지막 소식도 있었다. 그는 더는 찾을 수 없을 것이다. 다른 사람들은 총을 쓰는데 위로란 아무 데도 찾을 수 없었다.

'먼저 오늘 저녁 뉴스를 들어볼까? 내가 알지 못한 뭔가 중요한 일이 있을지 모른다.' 모든 것을 바꿀 수 있는 소식은 올 게 없다. 그것은 이미 와 있었다.

나는 전화번호를 돌렸다. 남동생의 여자친구가 수화기를 들었다. 나는 좋지 않은 소식이 있다고 말했다. 그 여자친구는 영문을 몰라 했다. 여자친구는 이해하지 않으려고 했다. 나는 그 소름 끼친 소식을 2번씩이나 되풀이해서 말해야 했다. 남동생은 밖에 나가고 없었다. 그는 상점에 가서 신선한 빵을 사고 있었다.

이젠 아무것도 일어나지 않은 것 인양 일해야 한다. 나는 책상에서 『견우와 직녀』라는 한국동화를 펼쳤다. 두 젊은 부부가 명령을 어겨 벌을 받고 있었다. 까치들은 견우와 직녀가 칠월 칠석날 만날 수 있게 도와주었다. 은하수를 경계로 그들은 다시 헤어졌다. 은하수는 크고도 깊다. '어디서 까치를 찾는담?' 이 동화를 번역하여 보아도, 오늘 밤에는 전혀 어울리지 않는구나.

바로 어제, 남동생은 나를 찾아왔다. 내 생일이었다. 나는 그 생일을 잊고 싶었다. 전쟁 통이라 달마다 사람들은 나이를 몇 살씩 먹어간다. 그래도 남동생은 내 생일을 잊지 않았다. 그는 문 앞에서 큰 꾸러미를 들고 서 있었다.

'저 꾸러미가 뭔가?'
우리는 함께 그 꾸러미를 열었다. 그래도 나는 설명이
필요했다. 남동생은 요술 같은 물건을 좋아했다. 이것은
작은 사다리였다. 그러나 간단하지가 않았다. 널빤지를
돌리면 -그 작은 사다리가 다림질 판으로 변했다.

사실, 나는 벌써 2년 동안 남동생을 피곤하게 만들었다.
왜냐하면, 지하실에 조명이 없었다. 임시로 그는 창문을
통해 전깃줄을 걸었다. 그리고는, 필요하다면……. 그러
나 빌어먹을, 지금은 전쟁이라, 전깃줄이 건물 정면을
지나가도록 건다는 것은 그다지 바람직한 상태는 아니
다. 그렇지 않은가? 동생은 웃음을 지었다. 전쟁 중이라
그 전깃줄이 그렇게 걸려 있음은 위험함을 의미했다.
나도 그 전깃줄을 본다. 전쟁이 일어난 초기에 나는 동
생에게 전화해, 비행기 공습경보가 울리면, 창문은 어떻
게 해 두는 편이 나은지 물었다. 텔레비전을 통해 전시
국민 행동요령을 안내해 주었을 때, 나는 국내에 없었
다.

"창문을 완전히 열어 둘까?"
"그대로 두면 돼요. 그래요, 그렇게 하라고 했어요."
그러나 겨울에는 어떻게 해야 할지 궁금했지만, 겨울은
저 멀리 있다는 생각이 퍼뜩 들어 나를 위로해 주었다.
"그럼 커튼도?"
"커튼 생각은 말고요. 그대로 두고, 지하실로 내려가

요."

나는 동생이 침착하게 말해 주어 좋았다. 어제 그 동생이 그 지하실 조명을 교체해 주었다. 지금은 건물 정면을 통해서 전깃줄이 걸려 있지 않다. 간단히 "착-" 하면서 온 지하실이 밝아졌다.

조명은 내가 갖고 있다. 그런데 동생은?
저 조명 값이 어제 조금 올랐다. 만약 내가 그렇게 끈질기게 요구하지 않았더라면.

그 한국동화에서 운명 예언가는 무엇을 했을까?

남동생이 전화했다. 아마 그는 봉지에 빵을 사서 돌아왔나 보다. 그는 빵을 탁자에 놓고, 그 소식을 들었다.

그는 내일 8시에 징병 통지서를 그의 사무실로 갖다 달라고 했다. 나는 그에게 그 통지서를 다시 읽어 주었다. 그가 듣고 있는 동안, 나는 그 동생의 이마에 찌푸린 줄이 더 깊어지고 있음을 느꼈다.

우리는 내일 8시에 동생의 사무실에서 작별할 것이다. 그런 이별의 순간에 사람들은 무슨 말을 하는가?

첫날 밤이 가장 어렵다고들 한다.
나는 책상에 다시 앉아, 카바레 사진을 쳐다보았다. 한 남자가 자신의 멜론 반쪽 같은 모자에 손이 가 있다.

이런 암담한 일을 나누려면 누구에게 전화할까? 전화번호부에는 친구들은 많다.

이날 밤을 혼자 지새울 필요가 있다. 내가 불을 켰을 때, 시간은 욕심스럽게 모래시계에서 모래들을 물어가고 있는 것을 느낄 수 있었다.

09. 프리예도르에 있는 집(제노 후데체크의 경우)

이전의 유고슬라비아 연방이 대포로 분할되었다.

내 여자친구 유디타의 부모가 보스니아 프리예도르[25] 시내에 살고 있었다. 도시 주민 대다수가 이슬람교를 믿고 있었다. 그 부모는 크로아티아인이면서도 가톨릭 신자였다. 전쟁이 일어난 직후 그 도시가 세르비아에 점령당했다. 머리카락을 쭈뼛하게 서게 할 정도로 무서운 소문이 프리예도르 시의 인근 지방에서 들려와, 떠돌아다녔다. 그곳의 오마르스카 마을과 트르노폴레 마을에 설치된 수용소에서 수천 명이 죽었다는 소문.

유디타는 여러 달 동안 프리예도르에 사는 부모와의 전화 통화에 성공하지 못했다. 크로아티아와 세르비아 점령지역들과의 전화선은 끊겼다. 그러나 다른 나라를 통해서는 바로 그 지역도 통화가 가능했다.

유디타는 파리로 전화해, 그곳의 친한 친구더러 프리예도르에 계시는 부모에게 소식을 전해주도록 요청했다. 파리에서는 프리예도르에 전화도 할 수 있고 팩스도 보

---

25) *역주: 프리예도르는 보스니아 헤르체고비나 북서부에 위치한 도시로, 행정 구역상으로는 스릅스카 공화국에 속함. 스릅스카 공화국에서 2번째로 큰 도시이자 보스니아 헤르체고비나에서 6번째로 큰 도시이며 사나 강과 접한다. 경제적으로 풍요로운 도시로서 공업과 서비스업 등 각종 산업 시설과 교육 시설이 입주해 있다. 지리적으로는 전략적 요충지에 속하며 자그레브와 베오그라드, 류블랴나, 빈, 부다페스트 등 유럽 국가의 수도와 가까워 보스니아 헤르체고비나의 공업과 상업에서 중요한 역할을 담당한다.

낼 수 있다. 만약 프리예도르에 그 시간에 전기가 정전되지 않거나, 그 도시에 하나뿐인 팩스기가 통화 중이 아니라면, 그리고 그 팩스가 도착하면, 그 소식은 엘리베이터마저 고장난 빌딩 10층까지 계단으로 걸어 올라가 전해야 했다. 그 빌딩 10층에 그 부모가 그런 불운한 환경 속에 주거하고 있었다.

프리예도르 시민은 다른 나라로 이민할 수 있었다. 만약 그곳에 거주하는 사람이 10종의 필요하면서도 유효한 문서를 제시할 수 있고, 그 이민을 원하는 사람이 자신이 가지고 있는 모든 것을 포기하고, 돌아오지도 않겠다는 각서에 서명한다면.

국내의 50만 명 이상의 피난민으로도 골치를 앓고 있던 크로아티아는 엄격한 서류심사를 통해 보스니아에서 넘어오는 피난민들을 받아들였고, 크로아티아 거주 희망자보다는 제3국행 이민 희망자를 우선 입국시켰다.

유디타의 부모는 크로아티아에서 태어나, 이곳에서 자식을 낳고, 전 재산이 이곳에 있었지만, 인생의 태풍은 그들을 보스니아로 이사하게 되어, 그곳에서 평화롭게 살고 있었다. 보스니아의 삶은 천천히 흘러갔다. 프리예도르 인근의 브레지차니 마을의 작은 집이 그들의 재산이었다. 정원 밭에는 양파가 심겨 있었다. 전쟁으로 지금 그 밭에는 탱크가 진주해 있다.

한편 자그레브에 사는 자식들은 그 부모님을 크로아티아로 모셔오기 위하여 필요 문서들을 모으고 있던 중에, 휴전된 어느 날 저녁에 아버지가 계단에서 실족했다. 신체의 여러 곳에 뼈가 상한 것은 자명했다. 프리예도르에서 가까우면서 가장 시설이 좋은 병원은 바날루카 병원이다. 아버지는 부러진 뼈를 고정하려고 깁스를 해야 했다.

자그레브로 도착한 소식은 이탈리아를 통해 온 것이었다. "아버지가 계단에서 실족하셔서, 깁스해 놓고 있대요." "자세한 것은 모릅니까?" 이탈리아에서 소식을 전해 준 사람은 더 이상의 아무 말도 할 수 없었다.
다시 사방으로 전화해, 누군가 프리예도르로 전화가 걸 수 있는지 물어야 했다. 그러나 바날루카 병원에서 아버지가 치료받고 있다는 소식 외에 다른 소식은 얻을 수 없었다.

부모를 이곳 자그레브로 모실 준비를 끝났을 때, 그들은 그 서류를 속달 우편으로 프리예도르에 보내야 했다. 서류 없이는 보스니아를 떠날 수도 없고, 크로아티아로 들어올 수도 없다. 우편이 제대로 시행되지 않는 상황에서 어떻게 편지를 속달로 보낼 수 있는가?

사방에 있는 친구들에게 서류를 보내, 그들이 프리예도르로 팩스를 이용해 보내 달라고 요청했다. 자그레브의 카리타스(Karitas)[26] 회사를 통해 보낸 서류를 입수하려고, 그 편지가 도착하기를 기다리며 줄을 서서 기다리고 있었다. 누군가 파리로 전화해, 엄마에게 전화해 주도록 했고, 엄마가 직접 그 서류들을 찾으러 프리예도르 소재 카리타스 회사로 가라고 했다. 유엔(UN)군이 주둔해 있는 국경의 관문 곳곳으로 서류들은 팩스로 보내졌다.

기다렸다. 숨이 막히듯이 기다렸다.

자식들은 아버지의 어린 시절을 잘 알고 있다.
제2차 세계대전이 일어났을 때, 아버지는 당시 14살이었다. 부유한 부모의 아들이자 유명 김나지움 학생이었다. 경찰이 처음 그 아버지를 찾았을 때, 그때 그는 피아노를 치고 있었다. 제2차 세계대전이 끝날 무렵, 그는 겨우 18살이었다. 새 유고슬라비아 정부는 그 도시에 사는 "부패한" 부르주아를 색출하게 되었다. 그는 자기 형과 함께 체포되고, 여러 명이 간힌 감방에서 최연소 수감자였다. 밤이 되면 감방문이 열리고, 그 감방에 있는 누군가의 이름을 부른다. 그렇게 불려 나간 사람은 돌아오지 않았다. 총소리가 들렸다. 감방에는 대학교수들도 있었다. 그들은 젊은이들에게 공부를 가르쳐 주기도 하였다. 그의 형은 그곳 감방에서 교수의 엄격한 지도로 수학을 완벽하게 배웠다. 그곳에서 그는 필적 감정사에게서 필적감정법도 배웠다. 그에게 그런 기술을 가르쳐 준 사람은 필체를 분석관인 법원 공무원이었다.

---

26) 주: 기독교 자선단체

몇 년이 지난 뒤, 그는 마음이 온화해졌을 때, 친구들에게 자신이 배운 지식을 적용해 보았기도 했다. 또 그는 감방에 1년 반 동안 있으면서, 수감자들의 신체와 정신적 고통을 검토한 뒤, 이를 치료하기 위해 정신을 쏟을 수 있는 연극을 여럿 준비하기도 했다.

그로부터 반세기가 채 지나지 않았다. 공포가 다시 찾아왔다.

부모는 세르비아 당국으로부터 출국허가를 받아야 했다. 그들은 보스니아에서 온 차량 행렬에 자리를 찾아야만 했다. 깁스를 한 채, 거북 껍데기 같은 아버지가 어떻게 자동차 안으로 들어갈 수 있을까? 부모는 우선 네팔 군대 주둔지를 지나가야 했다. 또 그들은 요르단 군 주둔지도 통과해야 했다. 그러면 그때 그들은 크로아티아로 도착할 것이고, 그 국경에서 온종일 그 부모의 자식들이 기다리고 있을 것이다.

아버지가 수요일에 도착한다는 연락은 파리에서 왔다. 유디타는 그날 이른 아침, 남동생과 함께, 이민자들을 태운 차량이 도착할 노브스카로 차량을 이용해 갔다. 그녀는 이주자 일행이 모습을 보일 국경선 너머를 뚫어지게 보고 있었다.

파리에서 온 연락은 충분히 상세했다. 프리예도르에서는 휘발유를 더는 살 수 없다고 했다. 아버지는 장의차량에 실려 옮겨질 것이라고 했다. 장의차만 휘발유 배급이 가능하다고 했다. 기다리는 사람들은 아버지가 넘어오고 나면 그 차량 기사에게 줄 휘발유 통을 마련하라고 했다. 아버지와 휘발유의 물물교환.

유디타는 노브스카에 도착했다. 그 순간부터 오랜 기다림은 시작되었다.

어느 건물에 붙어있는 아랍어로 된 작은 표어로 보아, 아마 요르단 군대가 주둔하고 있는 곳 같았다. 유디타는 문을 두드렸다.
"셀람!"
"알레이쿰 셀람."
당신에게도 평화가 함께 하길. 유디타는 그런 인사를 알고 있었다.

침묵.
대화는 중단되었다. 유디타는 아버지가 국경선 너머에서 오기 때문에 기다린다고 설명을 해 주고 싶었다. 장의차량에 실려. 빈약한 영어는 쌍방에게 겨우 촌보의 더 긴 대화만 이끌어줄 뿐이었다.

근무자들이 차(茶)를 내주었다. 여전히 한 잔. 의사소통이 되지 않아 신경만 곤두섰다. 이것이 유엔군의 큰 문제다. 똑같은 업무에 종사하는 그들은 서로 의사소통이 되지 않았다. 요르단 군인들은 국경 너머의 네팔 군인들과 서로 의사소통이 잘 안 되었다.

갑자기 출입문이 열렸다. 어딘가에 있던 착한 요정이 유디타에게 아는 사람을 데려다주었다. 아랍어 통역을 맡고 있던 요르단 사람이 들어 왔는데, 그는 유디타와 학창시절부터 잘 알고 있었다.
"모하메드! 당신이 여기서? 무슨 일 해요?"
"통역하지. 그런데 넌?"
"아버지를 기다려요."

통역자는 이곳 규칙을 알고 있다. 일행이 언제 도착할지 아무도 모른다. 휘발유 통을 준비할 필요는 없었다. 그 일행이 도착한다는 네팔 군대의 통지가 오면, 맨 먼저 그 부모가 도착할 수 있도록, 그 장의차량을 먼저 보내 달라고 배려할 것이라고 했다.

온종일의 기다림.
차를 또 한 잔 더 내어 주었다.
누군가 "불불" 이라는 말로 어느 병사를 찾았다. 유디타는 프리예도르에서 오는 소리임을 알았다. 그 이슬람 말이 프리예도르에서는 "나이팅게일"을 말한다.
"새라고? 나이팅게일이라니?"

두 낱말이 만나자, 기뻤다. 비슷한 발음으로 이 낱말을 인식할 수 있다. 나이팅게일은 옛 터키 시대의 전쟁 때 보스니아 정원에 자기 이름을 '불불' 이라고 심어 놓았다.

또 차를 한 잔 더 내왔다. '불불'과의 만남을 위해.

밤이 되었다. 일행은 도착했다. 가까이 오고 있다고 알려 주었다. 첫 버스가 보였다. 지금까지 차를 마시던 사람들이 그 버스를 둘러쌌다. 그들은 도착한 차들 주위를 방어하기 위해 총을 들고 경계를 섰다. 버스에서는 겁먹은 여자들과 눈물범벅이 된, 잠이 고픈 아이들이 나왔다. 장의차량은 한 대도 보이지 않았다. 아버지는 그날 밤에 오지 못했다.

자정이 될 때까지 유디타는 보스니아를 빠져나와 이곳에 단체로 도착한 아이들을 데리고 온 여자들을 자그레브의 다음 목적지로 분류해 보내는 일을 도왔다.
다음 날, 그 사무실의 팩시밀리로 파리에서 전송된 설명이 있었다. 아버지는 장의차로 운송되기에는 너무 건강이 쇠약해 있다고 했다. 파리에서 프리예도르로 간신히 전화해, 못 온 이유를 자세히 보내준 여자친구 사샤의 팩스에 쓰인 글씨는 컸다.

침묵.
그 아버지는 차를 탈 수 없을 정도로 아주 허약했다. 아버지는 전기도 수도도 들어오지 않는 집에, 그 빌딩의 10층의 집에 누워 계셨다. 침묵의 며칠이 지났다.

이탈리아에서 누군가가 아버님이 별세하셨다는 소식을 전해주었다. 지난 화요일에 장례식이 있었다고 했다. 그 소식이 도착한 때는 목요일이었다.

유디타는 자기 아들들을 인근 묘지로 데려갔다. 소년들은 촛불을 켰다. "이것은 할아버지를 위해서." "또 이것도 할아버지를 위해서."
촛불은 너울거리고, 밤은 깊어만 갔다.

여러 주간이 지났다.
절차가 되풀이되었다. 유디타는 외국에 있는 친구들에게 전화로 자신의 엄마를 자그레브로 오게 하는 일을 서둘러 달라며 도움을 요청했다. 엄마더러 가진 것 모두 다 포기하고, 버스에 자리를 얻으면 알려 달라고 했다.

엄마는 느렸다. 50년 동안 모아 온 어느 것 하나라도 단순히 포기할 수는 없었다. 엄마는 해당 기관을 찾아가, 이민을 신청했다. 엄마는 자신이 사는 집을 포기한다는 서명을 해야 했다. 엄마는 몇 가지 물건을 집어넣을 상자를 찾았다. 가방은 많지 않았다. 종이 상자는 찾아볼 수 없었다. 모두 땔감으로 써버렸다.
엄마는 자신의 소유인 시골집에 두었던 플라스틱 통이 생각나, 그것으로 필요한 짐들을 쌌다. 맨 먼저 남편이 사용했던, 남편이 좋아하던 글라스를, 또 부부가 보스니아 풍속에 따라, 오후에 커피 마셨던 청동 커피 그릇을 넣었다.

그때 그 시골집 대문에서의 시끄러운 소리.

새 입주자가 벌써 자기 가방을 가져와, 옆방에 들어와 자리를 차지했다. 엄마는 부엌에서 플라스틱 통을 열고는, 지난 50년 동안 가장 소중한 것이 무엇인지 바라보고 있었다.

엄마는 묘지로 가서 작별 인사를 했다.

엄마가 다시 집에 왔을 때, 또 다른 침입자가 그 집을 차지하러 왔다. 그 사람은 그보다 먼저 온 입주자와 싸우기도 했다.

욕설.

어머니는 자신들의 삶을 다 삼켜버린 글라스들을 모았다.

다음날, 이웃 아주머니들과 친구들이 출발하는 버스까지 엄마를 배웅해 주었다.

인사, 속삭임, "……말해 줘요." 엄마가 나중에 전할 것이다. 엄마는 잊지 못할 것이다. 에스페란토를 가르쳐 주었던 선생님도 그 배웅하는 사람들 옆으로 다가왔다.

"따님에게 전해주세요. 혹시 내가 뭘 잘못했다면, 용서하라고요…."

엄마는 그런 작별인데도 고맙다고 했다.

'그 엄마는 버스의 창 너머로 프리예도르를 마지막으로 다시 보았을까?'

그곳, 저 위를, 그 엄마가 평생 삶을 보낸 10층의 집을.

3시간만에 엄마는 자식들과 다른 거리에서 포옹했다. 자식들은 엄마가 지난 한 해 동안 살이 16㎏이나 빠진 것을 알았다. 엄마는 천천히 보스니아 악센트로 말했다. 생각들은 어렵게 매듭을 풀어 갔다.

자식들의 집 욕조에 물을 가득 채웠다. 엄마는 저 따뜻한 물이 어떻게 흘러나오는지, 감복한 듯 눈으로 보고 있었다.

그 날 저녁 내내 손자들은 할머니의 품에 먼저 안기려고 뛰어다녔다. 어머니는 자신의 발코니에서 불에 타있던 집들에 대한 자신의 기억을 지워버리려고 그 손자들을 꼭 껴안았다. 소문에는 4개의 사다리꼴로 건축된 건물의 천정들만 불에 탔다고 했다. 이슬람교도들이 좋아하던 그 천정인데. 화염 주위에는 군복을 입은 방화자가 거칠게 소리쳤다. 엄마는 그 환상에서 벗어나려고 고개를 내젓고는 좀 의기소침하여 피식 웃었다.
엄마는 라디에이터 쪽으로 양팔을 뻗었다. 따뜻했다.

자식들이 아버지의 마지막 두려움에 대해 엄마께 상세히 듣기까지는 여러 날을 보내야만 했다. 엄마는 곧장 이야기해 줄 수 없었다.

다행인지 모르지만, 그 도시에서의 공포의 분위기는 그들이 살고 있던 마천루까지는 올라가지 않았다. 총을 들고 들어온 작자들을 -총을 가진 -이웃의 어떤 순경이 위협해 몰아냈다. 순경은 큰 건물의 입주자들을 구출해 주었다.

"이 건물을 뒤질 필요는 없다! 여긴 모든 것이 정상이다! 여기 총을 가진 사람은 아무도 없다."

세르비아 순경은 평화로운 시대에는 자신의 단순한 사고방식 때문에 자주 비웃음의 대상이 되었던 사람이었다. 전에는 효과적인 모든 것이 지금은 거꾸로 된 전쟁 시기에, 갑자기 그의 말은 권력을 가진 사람의 말처럼 결정적이었다. 적어도 어느 기간까지는.

아버지의 청년 시절과 마찬가지로, 누군가가 다시 크로아티아인들의 거주지들을 수색한다는 사실 그 자체가 그 아버지를 정말 의기소침하게 만들었다. 그의 청년 시절 역사가 갑자기 되풀이되었다. 이젠 그 역사가 생생히 살아있고, 그리고 전보다 더 잔인했다.

"난 어디로도 피난하지 않을 거야!"

다른 거주지에서는 크로아티아인들과 회회교 교인들이 어디론가 잡혀간다는 그런 속삭이는 소문이 아버지에게도 알려졌을 때, 아버지는 무거운 마음으로 말했다.

아버지의 청년 시절의 탄압은 그의 노년기마저 말문을 막아 버렸다.

그 아버지가 계단에서 넘어졌을 때, 그것은 어떤 의미에서 어디론가, 어느 박해자도 찾아올 수 없는 곳으로의, 자신의 피난처가 되어버렸다.

어린 손자는 놀라 물었다.

"할아버지는 왜 돌아가셨나요? 우리 기도가 그분을 살도록 했어요, 아니면 죽도록 만들었나요?"

10. 사라예보의 5월

1973년 여름, 사라예보[27]에서 세계에스페란토청년회(TEJO) 연차대회가 열렸다.

대회 참석자들은 속속 대회장에 도착하면서, 각자 자신이 사는 도시 그림을 1장씩 가져 왔다. 그때 나는 대회 사무국에서 일하고 있었다. 나는 사라예보대회를 위해, 이보다 앞서 5월부터 일하고 있었다. 이전에 나는 이 사라예보 도시를 시(詩)를 통해서만 알고 있었다. 지금도 나는 그 시의 내용을 기억할 수 있다. 내가 그 도시에 도착했을 때, 지하철 역사에는 석조로 된 개구리들이 입으로 물이 분출되고 있었다.

'바세 페라기치 8가' 라는 곳에서 나는 대회 안내문을 내려다보고 있었다. 안내문에는 보라색 바탕에 다리가 하나 그려져 있었다. 같은 장소에서 세계에스페란토청년대회와 체코 소수민족 행사가 동시에 열렸다. 대회장에 도착한 이후로 줄곧 고향이 그리웠던 나는 그 체코사람들이 회의하다가 정회 때의 휴식에 마실 커피를 끓였던, 청동 커피잔이 여러 개 보관된 가구에 눈길을 두고 있었다.

1973년, 그때.
1992년, 지금.
사라예보에 폭탄이 떨어지고 있다. 나만의 기억 속에 있는 도시도, 그 도시 이름을 컴퓨터에 입력하는 이 순간, 호텔

---

27) *역주: 보스니아 헤르체코비나의 수도.

"유럽"은 불에 타 검은 연기가 짙고 질식할 정도로 올라가고 있다.

　'저 연기는 어디로 올라가 덮일까? 대회 사무국이 있는 인근 도로까지 번질까? 저녁 뉴스의 텔레비전 화면에 비친 연기가 창문으로 들어갈 때, 지금 이 순간 평화로운 나라에 사는 옛 참석자들은 그 연기에 기침이라도 할까?' 사라예보에 대한 추억은 온 사방으로 불타오르는 냄새를 보내고 있다. 내보내지 못한 추억들은 아직도 우리를 향수 속에 붙잡아 두었다. 포를 토르센(Porul Thorsen)은 "사라예보의 이른 아침"이라는 시로 에스페란토 문학에 이바지했다. 여러분은 그와, 그의 시를 기억하나요?

　"사라예보의 이른 아침"

　　이슬람교 사원 위에 뜬 달은
　　창백하게 떨며 별을 반긴다.
　　굽은 낫 같은 달은
　　승리의 터키 기장에 비친다.

　　양념 같은 서북풍은 나를 속삭이듯 흔들고,
　　마침내 플롯 소리마저 침묵한다.
　　밤은 산의 베일 아래 주저하고,
　　매미 소리만 한탄을 알리네.

누구나 자신의 추억 한 조각이라도 간직하고 싶다. 나도 나의 추억 한 조각을.

사실, 나의 첫 자명종이 그를 사랑하게 되었다. 자명종이 맨 먼저였다. 그리고 다음은 이러했다.

그날 저녁 나는 전등을 켰다. 천정은 근처를 지나가던 자동차의 불빛 하나가 비친 뒤로 고요했다. 자명종 시계 소리만 들려 왔다. 나는 자명종 시계를 갖고 있었다. 그것은 다른 시계들과 마찬가지로, 내가 사는 나라에서도 되풀이되고 있었다.

틱-탁.

우리 집에서는 그런 소리를 냈다. 여기 사라예보에서는 그 소리가 다른 언어로 들려 왔다. 나는 그 소리를 아주 명확하게 아무 의심 없이 인식할 수 있었다.

"케-말(ke-mal), 케-말, 케-말".

즐거웠다. 내 자명종이 낯선 말로 소리 내고 있으니, 아름답게도, 그러한 발전에 나는 좋았다. 그리고 나는 그 시계가 이전처럼 소리 내도록 다시 가르치려고 그 시계를 흔들어 놓지도 않았다. 나는 방석을 내려다보며 웃음 짓고는 되풀이해 말했다. 케-말, 케-말.

그렇게 5월이라는 계절은 사라예보에 왔다.

다음날 일어나보니, 나는 그 소리가 더는 생각나지 않았다. 이날은 다른 놀라움이 기다리고 있었다. 그러나 자명종은 그 소리를 잊지 않았다. 자명종은 기억력이 좋았다. 그리고 더구나 그 시계는 밤새 연습한 모양이었다. 벌써 아주 능숙하게 소리를 냈다.

"케-말, 케-말, 케-말......"

새로운 소리는 그 시계에도 어울렸다. 아침에 나는 케말을 다시 만났다. 나는 그 사람의 두 눈을 볼 용기가 나지 않았다. 좀 당황스러웠다. 그의 눈길 때문이 아니라, 나의 시선 때문이었다. 내 시선에서는 이미 모든 것이 감지되었으니, 나의 자명종 시계에 관한 것도.

나는 그의 신발과 두 손을 내려다보다, 내 눈을 더 높이 들 필요가 있을 땐, 그의 붉은 와이셔츠의 목 옷깃까지만 시선을 들었다. (맨 위 단추는 잠겨 있지 않았고, 단추 구멍에는 붉은 실이 터져 나와 있었다. 나는 그 실을 당겨보고 싶은 강한 유혹을 느꼈지만, 그렇게 하진 못했다.)

집으로 돌아갈 저녁이었지만, 그이는 여전히 좀 더 시간을 내주었다. 우연히 나도 서두르지 않았다.

"이제 어디로?"

"아무 데도, 그리고 너는?"

"마찬가지지."

또 예코바치 숙소에서 사라예보 시가지를 전부 볼 수 있었다. 더 많이. 그이는 사라예보시에 대해 뭔가 설명을 해 주었고, 나는 주의 깊게 듣고 있었다. 그가 이야기한 것을 나는 되풀이 할 수 없다. 나는 사라예보 도시도 조금 보다가, 그이를 슬쩍 쳐다보았다.

우리 앞의 식탁 위로 개미 한 마리가 기어가고 있었다.

"저길 봐, 저 녀석이 듣고 있어!"

그는 두 번 웃었다. 개미는 잘 훈련이 되어있는지 그 자리
서 물러났다.

"우리 돌아갈까? 추워 보이는 것 같은데."

"아니."

나는 거짓으로 말하고는, 그이의 두 눈을 바라보았다.

그는 내가 진실을 말하지 않은 것을 알았다. 나는 그가 알
았다는 것을 느낄 수 있었다.

사랑하는 사람들은 자신들이 원하는 대로 모든 것을 할
수 있다. 누군가를 사랑하게 되면 그 사람은 더 노력하려는
마음이 생겨 무슨 시험인가를 준비하려고 하고, 용돈을 충분
히 가지려고 일하려고도 한다. 당근 두 개와 다른 뭔가를 조
금 넣어도 맛난 수프가 되기도 한다. 나의 능력도 더 나아졌
다. 5시에 일어날 수 있고, 온종일 잠을 청하지 않을 수도 있
었다. 먼저 나는 그이의 전화번호를 머리에 넣어 두었다. 여
섯 개의 아라비아 숫자를. 3자리 이상의 숫자를 머릿속에 담
아 둘 줄 몰랐던 나였다.

아침에 나는 그이에게 전화해, 그이가 아침 인사에서 "로
(r)" 를 어떻게 발음하는지 들어보았다. 오전 11시에 전화로
오후 6시가 되려면 몇 시간이 남았는지 나는 물어보았다. 그
리고 나는 3시에 전화해 그가 어느 페이지를 읽는지 물어보

았다. 4시 반에 전화로 나는 6시까지 기다리려면, 너무 지루하니, 좀 더 일찍 나오면 안 되는지 묻기도 했다….

나는 곧 그이와 함께 수험 생활을 하는 미키 라는 사람을 질투하기까지 했다. 사라예보의 5월은 매번 다르게 보였다. 당신은 당신이 원하는 것이 무엇이든지 말할 수 있듯이, 사라예보는 이 세상에서 가장 아름다운 도시라고 나는 말하고 싶다. 사라예보에서의 전차 종착역은 일리자였다. 월손이라는 산책로 벤치에는 빈자리가 하나도 없었다. 그 도시에서는 많은 아름다운 문장이 "케말"로 시작된다.

나중에 그이는 떠나갔다. 내가 그 먼 곳 이름을 말하고 싶지 않은 그만큼 먼 곳으로.

그이가 없는 사라예보는 변했다. 일리자 역도 이젠 특별하지 않아 보였다. 나는 그곳을 간 적이 없다고 생각했다. 풀밭은 아주 일상적이라고 말하고 싶고, 그 풀밭에선 안경도 잃어버릴 수 있다고 생각했다. 정말 모기도 많다.

나는 우체부가 오기를 기다린다. 그리고 나는 긴 편지를 쓴다. 편지에는 그 편지를 받을 수신자, 사라예보의 5월은 오랫동안 더는 계속되지 않구나 하는 애석함도 알아차린다.

많은 일이 변했다. 내가 과장했다고 당신은 말할지 모르나, 내가 아주 늦은 시각에, 온 집안에 모두가 잠들었을 때,

나는 그 자명종이 되풀이하는 이름을 듣는다.

그렇게 나의 1973년 대회 일기장에는 적혀 있었다.

그로부터 20년이 지난 사라예보가 불타고 있다.
5월의 버찌들을 맛보기 위해 버찌 나무 위로 올라갔던 사라예보의 아이들이 총에 맞았다. 세상에는 많은 버찌 나무가 자라지만, 지하 대피소에 생활하다가 다시 세상에 나왔을 때의 버찌 맛보다 더 맛난 것은 어디에도, 언제도 없다. 태양은 맛있고, 공기는 영양분을 가져다준다. 버찌들은 하늘이 준 선물이고, 버찌들은 하늘나라로 안내해 주었다.

나의 오늘은 사라예보 소식으로 시작되었다. 수많은 사망자와 수많은 희생자, 어제 사망자가 28명이었다. 강의하면서도 나는 그 처참한 광경만 떠올랐다.

좋은 생각은 나의 친구들을 보호해 주고 있다.
마지막으로 전화할 수 있었을 때까지만 해도 그곳 에스페란토 사무실은 아직 손해를 입지 않았다. 그들은 아직 배고파하지 않았다. 그때로부터 몇 달이 지났는가?

그 자명종은 말이 없었다. 그 자명종은 내가 학창시절부터 지니고 있었다. 새 자명종들은 전자식으로 된 제품이다. 그네들은 그때의 언어를 알지 못한다.

전쟁이 끝나면, 평화가 다시 올 것이다. 케말은 아주 명쾌한 메시지를 보낼 것이다.

"나는 살아남았고, 내가 사랑하는 모든 사람도 마찬가지." 라고.

그리고 기차는 다시 움직일 것이고, 우리는 다시 만날 것이다. 그이에게 그이가 취득한 베이징대학교 졸업장이 불타는 꿈을 꾸었다는 것도 나는 말할 것이다. 그이는 그런 악몽은 사실이 아니라며 나를 바라볼 것이고, 그이의 눈길은 그당시 대회 때처럼 해맑을 것이다. 그이의 두 눈에는, 그이가 보고 겪은 처참한 사실을 읽히지 않을 것이다.

우리는 한때 바스차르시야[28]에서 함께 물로 씻은 그 포도를 기억하며 포도를 다시 먹을 것이다.

'당신은 청동 주전자 위에서 탁탁-하며 들리는 소리를 기억하나요?'

그때는 평화로운 시절일 것이고, 과일도 죽음 냄새가 아니라 제맛을 낼 것이다.

---

28) 주: 사라예보의 옛 도시 일부. 그곳에는 작은 거리에, 옛날 방식으로 작업하는 수공업자들이 일하고, 그 가운데 청동 그릇을 만드는 수공업자들도 있다.

11. 동원되지 않은 수건(페로 쟈코비치의 경우)

아이 5명이 부엌에 있었다.

"엄마는 시장 가셨어요. 곧 돌아와요. 들어와서 앉으세요." 여름은 끝나고 있다. 여름은 암울하고, 질식할 정도였고, 이 여름은 다가올 겨울 또한 길고 잔인할 것임을 매일 보여주고 있다.

과일은, 시장이 파할 무렵인 지금 사면, 값이 다소 싸다. 말벌들은 상인들 주위에 앵앵거리고는 과일에 옮겨 붙는다. 흠이 생긴 과일에 달려든 말벌들은 열심히 여름을 빨아들이고 있다.

올해 16살인 사나는 8월에 살갗을 검게 태웠다. 사나는 여동생과 함께 친척 집에 놀러 가, 그곳 바닷가에서 휴가를 보냈다. 2주일 동안.

꽃병 옆에는 예쁜 돌이 여럿 놓여 있다. 나무로 만든 탁자는 나무둥치를 그대로 유지하고 있었다. 엄마가 돌아오면 이 탁자에는 수프 주전자가 놓일 것이다. 땅바닥의 종이 상자에 뭔가 부스럭거리는 소리가 났다. 필시 무슨 짐승이 저 안에 있으리라. 날개가 파닥거리는 소리가 들려 왔다.

"저건 뭐야?"

"비둘기예요. 이틀 전에 우리 집에서 저 비둘기를 발견했어요. 비둘기가 지붕에서 떨어졌는데, 아직도 먹지를 않아요. 우리가 저 녀석에게 곡식을 쪼아 먹는 법을 가르쳐요. 저 녀석이 그걸 배우고 나면, 우린 날려 보낼 거예요. 지금 저 녀석은 고양이 앞에서도 어찌할 바를 몰라요. 날아갈 줄도 몰라요. 좀 멍청한 비둘기예요. 먹을 수 있게 도와줘야 해요. 주둥이로 씨앗을 쪼아야 함을 모르나 봐요."

초보 과정에 있는 비둘기. '제1과 시작! 먹어 봐!'

"그리고 아빠는? 일하러 가셨니?"

"아뇨. 아빠 군대에 신고하러 가셨어요. 엄마가 아줌마께 말씀 안 드렸나요? 어제 아빠가 징집통지서를 받았대요. 우린 무슨 내용인지 잘 몰라요."

"군에 간다고? 너희 아빠 의사 선생님인데!"

"같은 지역에 사는 다른 아빠들도 어제 비슷한 통지서를 받았다고 해요. 바닷가에서 귀가한 뒤 여자친구들에게 놀러 갔더니, 어떤 친구가 자기 아빠가 징집통지서를 받았다고 했어요. 그랬더니,"

"우리 아빠도."

"우리 아빠도."

"'우리 아빠도'라고 그 친구들은 말하더군요. 우린 영문을 모르겠어요. 아마 무슨 검사를 하려나 봐요."

"그럴지도 모르지. 전쟁은 정말 끝나가고 있어. 어제 런던에서는 희망적인 협정이 체결되었어. 내가 오늘 발행된 신문을 가진걸. 자, 봐!"

해당 기사가 난 신문 사진에는 품위 있는 의복의 국가수반들이 신중한 표정을 짓고 있다. 우리나라 국가수반은 누군가와 악수를 하고 있다.

전쟁은 아주 천천히 끝나고 있다.
내가 사나의 나이 때는, 역사 속의 전쟁들은 협정으로써 끝을 맺었다. 모든 행진대열의 순서보다도 먼저 평화가 행진했다. 고향에 평화와 그 군인들이 다시 귀가했을 때, 군화부터 먼저 집어 던져 버렸다.
마치 페스트 전염병처럼 우리에게 닥친 전쟁도 지금 헤아릴 수 없을 정도의 협정들에 서명했다. 그러나 우리는 매일 새로 폭격을 당했다는 소식과 전선으로 향하는 새로운 아버지들 소식만 듣고 있다.

지붕에서 떨어진 비둘기는 옥수수알도 쪼아 먹을 줄 모른다. 창문 아래서 작은 단풍나무가 자라고 있다. 그 나무 위로 그림자가 드리워진다.
'과일 광주리를 든 엄마인가?' 사나는 갑자기 놀라며 크게 외쳤다.
"아빠!"
그였다. 그가 군복을 입은 모습은 처음 보았다. 군복은 빳빳해, 그의 신체를 푹 싸진 못했다. 그는 군화 끈을 서서히 풀었다. 구두에는 발목 위로 쬠쇠가 달린 가죽 끈이 보였다.
"나를 동원한다고 해요." 그는 나를 향해 인사했다.
"이걸 신고 있으면 너무 더워요. 미안해요."
'동원함. 불려가 전쟁준비. 한 개의 사단을 동원함. 엄호하는 부대와 예비군, 산업 전부를 전시체제에 동원

함'

그렇게 포이보(PIV)[29]에는 설명하고 있다.

막내아들은 벌써 자신의 작은 발에 그 군화를 신고 끈을 꽉 매어보고 있었다. 그는 우선 군화 한 짝을 잡고서 가죽구두를 코에 갖다 댄 채 구두약 냄새를 깊이 들이마셨다.

"이건 정말 새것이네요."

그의 말은 맞다. 군화는 생산된 지 얼마 안 되었다. 이 군화는 아직 아무도 죽이지 않았다.

이 집의 맏아들은 군복 윗도리를 입어보았다. 크기는 꼭 맞았다.

"멋있군요. 이렇게 입은 채로 학교에 가는 사람도 있어요." 군인의 옷매무새는 존경받는다. 이 군복은 다른 대륙에서 전쟁이 일어났을 때의 전쟁 영화에서나 본 그런 복장이다. 옷감은 검푸른 줄무늬가 있어, 다른 대륙의 수풀 아래의, 전쟁터에서 그런 복장을 한 군인을 잘 위장하게 해 준다. 지금 그런 복장을 우리 아버지들이 입고 있고, 그 수풀은, 우리의 저 논밭 너머, 수풀이다.

"아빠, 소총도 받나요? 아빠, 의료부대에 소속되어 계실 건가요? 아빠, 권총도 줍니까? '마그늄'도 가질 거예요?"

"마그늄이 뭔데?"

나는 설명을 해 달라고 했다.

나는 전쟁에 관한 일은 잘 모른다. 나의 도서관에는 전

---

29) 역주: 에스페란토 큰사전

쟁용어 사전도 없다. 사촌인 고란은 나에게 설명을 해주었다. "마그뉴"은 아주 강력한 권총이었다. 그 권총은 긴 총대가 있고, 한 방이면 신체 일부도 당장 날려보낼 수 있다고 소년은 말해 주었다. 나는 고란이라는 이 아이가 총에 대해 아주 잘 알고 있음을 알 수 있었다. 내가 아이들을 잘못 헤아렸다. 다섯이 아니라, 7명이 같은 집에 살고 있었다.

낯선 아이 2명은 벌써 몇 달 동안 폭격을 당하고 있는 슬라본스키브로드에서 왔다. 고란과 그의 여동생이 이 가족의 새 구성원이 되어, 이제 여기 학교에 다니게 될 것이다. 그들의 고향이 큰 위험에 빠져 있다. 브로드라는 말은 배(船)를 의미한다. 슬로베니아 배는 사바(Sava)강에서 이곳에 정박하러 들어온다. 이곳의 맞은편은 보산스키브로드 인데, 보스니아 배를 의미하는 항구이다. 이전에는 슬라본스키브로드 출신의 아이들이 저녁이면 얼음과자를 사 먹으러 보산스키브로드로 놀러 갔다. 다리를 건너가 보는 일은 즐거운 일이었다. 지금 그 다리 너머가 전쟁으로 난장판인 다른 나라가 되어버렸다. 이쪽 지역도 피난민들로 가득 차서 어려움을 당하고 있다.
"삼촌도 '마그뉴' 가지고 있어요?"
가장 나이 어린 녀석이 물었다.
"마그뉴은 아니고, 그냥 권총이래."
고란은 평원 사람의 악센트로 능숙하게 말했다.
"그럼, 삼촌은 그걸 어디에 놔둬요? 라디오 곁에요?"
아버지가 휴식을 취할 때 권총을 어디에 두는지, 그 질문은 아주 중요하다. 왜냐하면, 아버지들은 휴가 때에는 때로 그 권총을 휴대한 채 귀가하기도 했다.

"아빠, 아빠는 최전선에 가실 건가요?"

아주 작은 입이지만, 그 질문 의미는 매우 크다.

아빠는 아무것도 아직 모르고 있었다. 그는 상세한 것들은 내일 알게 될 것이다.

"아빠, 아빠가 받은 군복을 아빠가 입고서 지금 산책할 권한도 있어요?"

그에게 그런 기회가 생긴다면, 그는 권리가 있을 것이다. 그리고는 급히 그는 자신이 일하던 병원에 동원서류를 전하러 민간복장으로 단추를 채우고 있었다.

"아빠, 개인적으로 어떻게 느껴져요?"

사나가 묻는다. 사나의 살갗은 바닷가의 태양에 그을려 여전히 검게 타 있고, 동원령도 아직은 그녀 살갗을 창백하게 만들진 못했다. 그 질문은 벌써 사나가 성인이 된 것을 보여주고 있었다.

"이건 우리 전쟁이 아니라는 것은 너도 알지. 하지만 어느 때이든지 이 동원령은, 네가 가기를 원하는지, 네가 가고 싶은지는 묻지 않아. 전쟁에서는 참혹한 일이 저질러지고, 난 의사이니까, 내가 배치되는 곳으로 가서 내 도움이 필요한 사람들을 도울 거야."

그 아버지는 자신의 평범한 일반구두의 끈을 쪼여 매고, 꼬마 녀석은 군화 끈을 풀었다. 군화는 너무 무거웠다. 방금 말한 현명한 말은 아무에게도 짐이 되진 않았다. 비둘기, 그 초보자는 끊임없이 날개만 퍼드득거리고 있을 뿐이었다.

내일 작별이 있을 것이다. 우리 모두는 입 맞추며 작별 인사하러 자신의 뺨을 내밀 것이다. 그의 아내인 엄마는 벌써 몇 개의 가방에 짐을 꾸리고 있다. 엄마는 한 번도 전쟁 때문에 짐을 꾸린 적이 없었다. 그 엄마는 수건을 넣는 것을 잊었다.

어제 그 아빠가 전화했다. 그가 부상자를 데리고 간 병원에서. 그러나 그가 어디에 지금 있는지는 말하지 않았다. 전쟁은 선의의 행동 규칙을 가지고 있다. 그러나 그의 인사에는 화약 냄새가 나고 있었다.
세상의 수많은 질문 중에서, 그 수건에 대한 질문이 가장 먼저였다.
"수건은 넣었소?"
"아뇨."
수화기에서 목소리는 더는 들리지 않았다.

나의 욕실 수도꼭지에서 따뜻한 물이 흐른다. 나는 두 손을 닦으려고 수건을 내려다본다. 나는 이 세상의 여기저기에 흩어져 있는 내 수건들이 생각났다. 이탈리아제 레이스가 달린 안나의 수건을. 고텐부르그의 회색 수건은 푹신했으나 좀 무거웠다. 세라의 것은 직조된 꽃이 그려져 있었다. 일본의 어느 온천에서의 그 수건으로 온몸을 감쌌다.

잊어버린 수건도 나는 기억할 수 있다. 태풍에 플레트 섬에서 갈색 수건이 찢겨 버렸고, 한국 부산에서는 옷걸이에 하얀 수건을 말리려고 걸어둔 채 왔고, 중국 어느 호텔에선 장밋빛 수건은 땀을 닦아 주었다. 스쳐 지나가는 진열장을 통해 값비싼 수건들이 되돌아 왔다. 진한 황색 수건, 청록색의 수건, 이스파한을 디자인한 수건, 그 수건들에는 그 수건을 가졌던 사람의 이름이 예쁘게 그려져 있었다. 그걸 똑같은 색깔의 실로 바느질했을까, 아니면 대비되는 색깔의 실로 했을까? 꿀맛 같은 목소리의 여점원이 수건을 사라고 제안했다. 기억으로부터 수건들이 동원되어, 그것들이 펼쳐진다.

좋은 운명의, 평화를 누리는 나라의 수건들이 보인다. 매일 아침 무관심한 두 손은 그 수건들을 잡는다. 이 손만이라도 수건 없이 전쟁에서 지내고 있는 사람들을 기억하리라.

그 아버지는 펼쳐진 수건을 잡고서 자신의 두 손을 만질 것이다. 깨끗함은 기도의 속삭임처럼 다시 상쾌하게 해 준다.

그 아버지가 자신의 두 손을 말리고 잠시 손바닥이 얼마나 깨끗한지 내려다볼 때, 평화는 돌아올 것이다.

12. 다섯 아이의 아버지

일본인 기자가 나를 찾아와, 인터뷰를 요청했다.
"혹시 가까이 알고 지내는 분 중에 돌아가신 분은 있나요?"
"없습니다. 아직 아무도."
"당신의 가까운 분의 집이 폭격당한 적이 있습니까?"
"없습니다. 아직은 아무도."
'아직은' 이라는 말은 문장에서 썩 좋은 말이 아니었다. 그것은 너무 자주 반복되었다. 그 말은 절망감을 벗겨 내고 있었다. 파괴는 아직 끝나지 않았다. 지금은 실존하는 것이라 하더라도, 내일이면 아닐 수도 있었다.
그 일본인 기자가 우리 건물 1층에 도착했을 때, 죽음은 이미 내 전화 안에 숨어서 기다리고 있었다.

여자친구가 내게 전화를 했다. 그녀 목소리에는 혼돈이 휩싸여 있었다.
"별일 없지?"
"아무것도 못 들었구나?"
그녀가 사는 소도시에서 무서운 소식이 들려 왔다.
"다섯 아이의 아버지에 대해……."
그녀는 말을 어떻게 꺼낼 줄 몰랐다.
"페로 쟈코비치라고?! 그럴 리가 없어! 그분은 어제도 자기 집으로 전화했다던데."
내가 입고 있던 양말의 가장자리가 떨려 왔다. 내보다 먼저 다리가 그 사실을 이해했다.

공포감에 잠긴 혀는 희망의 자갈을 여전히 깨고 있었다.
 "어제 어디선가에서 그가 자기 집에 전화해, 자기 장남과 통화를 했다던데. 그리고 별일 없으니, 걱정하지 말라고 했다던데. 아마 잘못 전해진 것이겠지. 내가 그 집 사람들에게 알아볼게. 언제 그 소식을 들었나?"

그녀가 말한 소식은 정말 최근의 것이었다. 어떤 여자 친구가 전화로 전해주었다고 했다. 그 소식은 이름이 없었다. 다섯 아이의 아버지인 그 의사가 전선에서 사망했단다. 폭탄이 떨어질 때면, 사람의 마음은 아주 자기중심적이다. 자신의 집 근처에 폭탄이 떨어지는 소리를 들을 때, 사람들은 폭탄이 자신의 집만 비켜 떨어지기를 희망하게 된다. 그 희망은 그 폭탄이 이웃집에 떨어졌으면 하고 제안한다. 아마 그 죽음도 내가 친구처럼 친하게 지내던 그 아버지가 아니라, 다섯 아이의 다른 아버지를 말하는 것이겠지 하고 희망을 하게 된다.

나는 그 친구 집으로 전화를 걸었다.
다섯 아이는 부엌에 앉아 있었다. 그들은 혼자 앉아 있는 것이 아니라, 그들과 함께 죽음도 앉아 있었다.
 "발, 네게 무슨 일 있니?"
 "몹시 나쁜 일이요. 아버지가 돌아가셨어요."
장남은 전화를 걸어 온 사람들과 그 죽음의 슬픔을 함께 나누는 일을 맡았다. 아이들 모두 아버지의 죽음을 알고 있고, 이미 그 집은 죽음의 분위기로 무거웠다.
 "어떻게 알았니? 누가 너에게 알려 주었니?"

"군대서 사람이 왔어요. 보병 중대에서 몇 분이 다녀 갔어요."
그 소식을 담고 있는 무거운 손이 나의 어깨를 짓눌렀다.
"내가 너희들에게 갈까?"
"아뇨, 엄마가 오실 필요가 없대요. 집에는 이미 충분 해요…."
밭의 여동생이 울먹이는 소리가 들려 왔다.

나는 수화기를 놓았다. 여동생의 울먹이는 소리는 내 방을 가득 채웠다. 나는 그 소식에 깜짝 놀라 그 자리 에 풀썩 앉아, 내가 돌로 변할 수 있는지 기다렸다. 나 는 양팔을, 양손을, 손가락들을, 또 두 발을 움직일 수 있었다. 입에서만 말이 나올 줄 몰랐다.

장남의 여동생 페트라가 어제까지만 해도 우리 사무실 을 찾아왔다. 에스페란티스토들의 자녀인 페트라가 문 에서 잠시 주저했다.
"제 소개를 해야 합니까? 저희 아버지가 페로입니다."
사무실에 있던 동료직원들은 그녀의 생글생글한 모습을 쳐다보았다. 그녀는 몇 년간 인형극 페스티벌을 관람하 면서, 늑대들과 양 떼가 나올 때마다 손뼉을 쳤다. 그녀 가 벌써 중학생이 되었고, 리본을 단 갈색 머리의 소녀 이다.
"이 여름에 너는 정말 많이 컸구나! 이 신발 한 번 신 어 볼래? 신어 봐. 이건 남는 거야."
전쟁인데도 언제나 누군가 어디에선지 구호품이 담긴

소포를 보낸다. 그날 아침에는 신발이 왔다.

페트라는 그 신발 형태가 마음에 들었다. 그녀는 자신의 신발을 벗고 새것으로 갈아 신어 보았다.

"에이, 너무 작아요. 애석하군요."

그녀는 신발을 되돌려 주면서, 신발에 애틋한 시선을 주고 있었다. 그 신발은 예뻤다. 금빛 장식의 검정 신발이었다.

"그리고 아버지는?"

"어제 전화를 주셨어요. 아버지는 당신이 계신 곳을 어제 처음으로 말씀하셨어요. 전에는 한 번도 그렇게 말씀하지 않으셨지요. 저희를 위로하며, 무서워하지 말라고 하셨어요. 잘 계신다고 해요."

"그리고 그 수건은, 그 문제는 아버지가 해결하셨니?"

"그래요. 아버지가 하나 갖고 계신다고 해요. 슬라본스키브로드의 삼촌이 아버지에게 그 수건을 주었다고 해요."

"그럼, 그 수건이 그분께 갔다는 게 중요하지."

나는 농담을 걸어 보았다.

그때 죽음은 그의 수건으로 그의 양손을 닦았다. 징집령으로 받은 그 군화를 막내아들이 한 번 신어 보았을 때, 벌써 죽음은 그 아버지를 선택했다.

이 전쟁은 그의 전쟁이 아니라고 그가 말했을 때, 죽음은 그를 바라보고 있었다. 장남이 그의 군복 윗도리를 입어보고, 거울 속의 자신의 어깨를 쳐다보고 있을 때, 죽음은 그에게 윙크했다. 우리가 한여름 부엌에서 음료

수를 마시고 있을 때, 죽음은 벌써 결정을 했다.

죽음은 몇 시에 그 결정을 실행했을까?
어떻게? 총탄으로? 권총으로? 수류탄으로? 그가 본 마지막 수풀은 어느 곳이었을까?
나는 죽음을 맞이한 그의 푸른 두 눈을 본다. 나는 마음속으로 그의 눈꺼풀을 내려 감겨 준다. 손가락이 그의 턱수염을 건드린다. 그는 턱에 44살을 상징해 주는 여러 개의 희끗희끗한 수염이 나 있었다.

나는 페로를 대학생 에스페란토 클럽에서 알게 되었다. 그는 의학 전공을 하고 있었다. 그의 관심을 아직 찾지 못했다. 그의 여자친구 베스나가 어느 새해의 어느 날 밤에, 그에 대해 자신이 알게 된 우스갯거리를 즐거이 풀어놓았다. 대학교수의 아들인 그는 목욕하기를 아주 싫어했다. 그는 목욕하는 때가 되면, 우선 욕실에 들어가, 욕조에 물을 가득 채운 채, 그 욕조 옆에 앉아 독서에 열중했단다. 몇 페이지를 읽은 뒤에 그는 물을 버리고 목욕을 한 것처럼 하고 가족들에게 돌아갔다. 나는 그런 그의 건달 같은 성격 때문에 그 성격을 존중했다. 나는 그런 거짓말을 할 용기가 나지 않았다. 나는 다소 덜 중요한 일거리조차 내가 거짓말을 하면 사람들이 진실을 밝혀낼 것이라며 두려워했다.

그가 사랑한 같은 클럽 회원인 대학생 베스나는 아주 독특한 여성이었다. 그 여성은 머리를 땋아 다녔고, 그런 땋은 머리는 무겁지만, 가치 있는 것 같았다.

나는 "사자는 동물이다. (Leono estas besto)"라는 수준의 에스페란토 초보자일 때 그들과 합류하게 되었다. 나는 "살롱(salono)"이라는 낱말을 "살로30)"라는 말로 잘못 쓰기도 했다. 나는 지방 출신이라 욕도 할 줄도 몰라 우스갯소리에도 얼굴을 붉혔다. 그들은 "여명(tagiĝo)31)"를 읽었고, "기차에서 내리다(elvagoniĝi)"라는 단어를 쓸 줄 알았고, 에스페란토대회에 2번이나 참가했고, 모든 것을 방해하는 기성세대에 대항하는 혁명을 준비했다. 그들은 벌써 '북극'을 보았고(나는 정말로 존재하는지, 지도상에 있는지도 그때는 잘 몰랐다), 토르벤에서 점심을 먹고, 핀란드에서 "칼레발라"를 샀다. 그리고 나는 그 칼레발라에 대해 아무것도 몰랐고, '우르호켁코넨'과 '율리우스니에레레'에 대해서도 혼란스러웠다. 클럽회원들은 아주 조금씩만 나를 받아주었다.

그의 연인이 내 머리카락을 잘라 주었다. 부분적으로는 내 용돈을 절약하라는 뜻으로, 부분적으로 내 코가 그렇게 보였듯이 그만큼 길지 않다는 것을 나에게 가르쳐 줄 목적이었다.

나는 한번은 페로를 시내 전차에서 우연히 만나, 내 숙

---

30) 역주: salo:소금이라는 에스페란토 낱말
31) 주: 안토니 그라보브스키의 시

소의 대문 열쇠를 잃어버린 사건을 장황하게 그에게 설명해 주었다. 내 집을 찾아온 손님들이 그날 막차를 타려고 내 숙소를 나섰는데, 그만 내가 우리 건물의 대문 열쇠를 잃어버렸다는 것을 말해야 했다. 손님들은 마지막 버스를 놓칠지 모른다고 걱정하면서, 건물 창문을 통해 빠져나가 풀밭으로 하나둘씩 꽂혔다. 마지막 손님이 풀밭에 안착하고 나서야, 나는 그 열쇠가 어디 있었는지 알게 되었다고 했다. 그는 나의 그런 모험을 듣고 웃었다.

"그런데 뭐 새로운 소식 없어요?"

나는 용기를 내어 물어보았다.

"난 어제 졸업했어요."

그는 자신에게는 지루함만 있다고 고백했을 때의 그런 분위기로 그 말을 했다. 반대로 나에게는, 나에게는 창가를 통해 빠져나가던 손님들이 날아다니는 모습이 보였다. 나는 대단한 사건에 어울리는 것처럼 시내 4호선 전차에서 그에게 축하 키스를 해주었다.

그후 곧장 그는 군의 징집통지서를 밟았다. 당시에는 군대 복무란 것이 뼈까지 오싹하게 하지는 않았다. 군복무란 지겨움, 시간 낭비, 불편함과 정말 지루함을 의미했다. 가장 잔인한 것이라고 한다면 어떤 구식의 사람들에게 복종하는 것이고, 아무도 믿지 않는 뭔가에 대해서 그 사람들의 강연을 듣는 것이었다. 당시 군인이 된다는 것은 죽음과 살인과는 무관했다. 여러 명의 클럽회원이 군대 복무하러 떠나는 그를 역까지 배웅해 주었다. 노비사드가 그의 목적지였다.

기차가 출발하자, 베스나는 우리 무리에게 떨어져 나와, 기차 옆으로 계속 걸어갔다. 그들은 손을 서로 잡았다. 기차가 속도를 내자, 그녀는 뒤로 처졌고, 그의 손을 손가락만으로, 나중에는 손가락 끝의 손톱만 잡을 수 있었다.

그와 그녀 손톱 사이에서 온 유고슬라비아가 전개되었다. 그때 편지들은 온 나라를 휘감았고, 사랑의 감정으로 따뜻해 있었다. 그녀가 다음번 내 머리카락을 잘라주었을 때, 나는 목덜미에서 손질하는 그녀의 손톱 끝에서도 사랑을 느낄 수 있었다.

그가 군대 복무를 마치고 제대하자, 자사르의 온 시내가 떠들썩했다. 회색 군복 뒤로 펼쳐지는 바다는 그에게 두 눈을 감지 않고는 감당할 수 없는 벅참과 휘황찬란함을 가지고 있었다. 섬 하나가 특별히 유혹하였기에 그 섬을 가로세로 낱말맞추기 놀이를 하면서 일찍이 마음에 두고 있었다. 그 섬 이름은 벨리이주였다.

페로와 베스나는 그곳에서 로빈슨 크루소처럼 살아가기로 마음먹었다. 그녀는 지도적 위치에서 일하던 에스페란토계의 자리를 포기하고, 먼 섬에서 가정주부가 되었다. 온 세계가 바다와 그로 압축되었다. 5월부터 10월까지 그들은 해변에 앉아, 바다를 바라보았다.

그런 생활 속에 다섯 명의 아이를 낳고, 차례로 요람으로 뉘었다: 파도 같은 **발**, 강물 같은 **사나**, 바위 같은 **페트라**, 날(日) 같은 **단**, 작은 숲 같은 **가이**.

본토에 남아 있던 우리는 지중해의 시금치와 올리브유 냄새나는 편지들에 유혹을 받아 그 섬으로 놀러 갔다. 그곳에서 우리는 그들의 꿈속의 가구를 만들었던 목수 체도(Cedo)의 창작품을 멍하니 쳐다보며 서 있었다.

자연은 그들의 창가 아래와 방에 자리를 잡고 있었다. 그들은 카펫에 양털을 제공해 준 양들의 이름을 알고 있었다. 그들은 자기 장롱의 서랍에 쓰인 전나무 가지 모양을 알고 있었다.

아이들은 해변에서 조개를 주우면서 걸음마를 배웠다. 겨울바람은 섬 주위를 휘몰아치고 있었다. 그들은 초연의 극장 조명이 얼마나 휘황찬란하게 비추었던가를 기억해 냈다. 알지 못했던 귀향의 마음이 일기 시작했다. 충직하게도 그는 작은 범선으로 자신의 환자들에게 노를 저어 갔다. 그의 어깨너머로 그 늙은 섬의 무게가 짓누르고 있었다. 되돌아갈 결정은 성숙하였다.

그가 마지막 환자를 방문해 진료한 뒤, 바닷가로 노를 저었을 때, 보트 뒤로의 물이랑은 재빨리 편편해졌다. 등나무가 그의 새 정원에서 뿌리를 내리고 있었다. 나는 그들에게 내 고향의 작은 등나무 한 그루를 선물했다. 등나무는 내 옆에 있을 때보다 그 가족 곁에서 더 잘 자랐다. 등나무는 무거운 꽃을 피웠고, 그 꽃들을, 옛 시절 그녀의 땋은 머리처럼 만져보기도 했다. 수족관에는 고기들이 헤엄치고 있었다. 벽 위의 유리병 세 개에는 사하라 사막에서 그가 배낭으로 운반해 온 세 종류의 모래가 들어있었다. 나는 자주 그의 생일날을 까먹어 축하해 주는 것을 잊고 있던 때, 그가 중국 지도를 갖고 싶다고 말하기도 했다. 벽에는 천체도도 걸려 있었다. 나는 그 지도를 볼 용기가 나지 않았다. 저 우주의 세계 속에 우리는 어디에 있을까?

"매미가 우네.
하늘 아래 또 통나무 조각에서도 우네….
질식할 정도로 길게 또는 짧게,
침울한 목소리로 짧기도 길기도 하네.
정오가 되니 – 마치 침묵을 넘는 물처럼
태양이 자신의 열광적 찬사를 흩뿌리네."

-블라디미르 나조르(Vladimir Nazor)의 시 "매미"에서

그렇게 그는 『크로아티아의 시(詩)』에서 모든 크로아티아 시 중의 가장 태양다운 것을 번역했다. 그 시 구절은 생생하게 나의 눈길을 멈추게 했다. 그는 사방 벽마다 민속자료를 많이 수집하여 두고 있었다. 그들은 모든 마을의 실 뽑는 물레라는 기계에 대한 길고 복잡

한 이야기들을 알고 있었다. 이야기 속에서 그들을 사로잡은 여인들이 살고 있었다. 다섯 아이 중 아무도 거실에서 피아노 연습을 하지 않아도 그 거실은 조용하지 않았다. 실 뽑는 물레를 비롯해 옛 지참금 통, 납 그릇과 납 접시, 골동품 숯 다리미에서, 한때 양털 자르는 가위까지, 우리가 물려받은 과거의 소리가 들려오고 있었다. 나는 개 머리 모양이 조각된 컵으로 술 한 잔을 마셨다. 그리고, 그 컵을 잡고 있을 때, 나는 내가 처음 치마를 입었을 시절의, 우리 집에 키웠던 그 개의 인상을 기억하고 있다.

페로는 아나 후티네치(Ana Hutinec)[32]라는 여성 조각가의 작품을 좋아했다. 그 작가가 만든 조각 작품 중 소 조각은 강하고 근육질로, 그들의 집에 손님으로 와 있게 되었다. 그 소는 자신의 근육을 긴장시켜, 한 번도 그 긴장을 풀지 않았다. 그 여성 조각가는 자주 과부를 주제로 조각했다. 운명의 회초리에 맞은, 농촌의 늙은 과부의 모습을 형상화했는데, 그 모습은 말 없고, 눈물로 메말라 있었다. 과부들은 검정 옷과 절망의 옷을 입은 채 말없이 있었다. 그들은 양손을 가슴에 두고, 그곳에서는 뭔가 하얀 것이 -실이었다. 그들은 그 실에 매달려 있었다. -빛나고 있었다. 하얀 실타래는 그 조각품에서 유일한 환함이었다.

---

32) *역주: 작가는 1939년 자그레브에서 태어났다. 그녀는 1965년 자그레브의 미술 아카데미를 졸업했다. 그녀는 국내외에서 수많은 그룹과 개인전을 전시했다. 자그레브에 살고 일한다.

내가 그의 집 안에 들어섰을 때, 그 미망인의 가슴에는 아무 실타래도 없었다. 정원에는 그가 심어 놓은 여러 식물이 싹을 틔우고 있었다. 그는 그 식물들의 이름, 가족과 친지와, 좋아하는 것과 싫어하는 것을 알고 있었다. 사과 열매는 그가 가지치기한 사과나무에 아직 달려 있다. 그것은 다음 달이면 잘 익을 것이다.

페트라는 슬픔의 중압감에 눌려 자신의 침대에서 꼼짝 않고 누워 있었다. 슬픔은 그 방석으로 흘러 늘어, 아무도 그곳에서 슬픔을 없애줄 줄 몰랐다. 가이와 단은 눈만 움직이는 두 개의 돌처럼 있었다. 사나는 청춘에서 쫓겨 온 요정 같았고, 발은 밤새 나이를 먹은 것 같았다. 그는 나의 손을 아버지 같은 힘으로 잡으며 나를 맞았다. 촛불이 부엌에 켜져 있었다. 화염이 너울대고 있었다.

그 초상집에는 전쟁터에 2주일도 채 안 되어 전쟁을 경험했던 그의 소속 중대원들이 함께 하며, 그들은 당시 상황을 자세히 설명해 주었다.

누군가가 찾아와, 부상자들이 있다고 말했다. 의사는 재빨리 자신이 마시던 커피를 다 마신 뒤, 출발했다.
"가 봐요, 친구들."
그는 구급차 안의 어느 쪽에 앉았던가? 누가 그의 옆에 앉았던가? 총알은 어디서 왔는가? 그는 구급차가 불타기 전에 총에 맞았던가? 누가 구출되었는가?

의문들은 그 사건을 재구성해 주기를 바랐다. 죽음은 자신의 시간이, 자신의 장소가, 자신의 방법을 정해 두고 있었다.

"그리고 그가 도우러 간 그 부상자들과 무슨 일이 있었어요?" 그의 아내가 침착하게 묻기 시작했다.

나는 창가에 서서, 정원을 바라보았다. 내 앞의 어느 신기한 식물은 하얀 싹을 틔우고 있었다. 그들은 곧 입을 열 것이다.

"그리고 구급차 잔해를 어떻게 수습하러 갔나요?"

그녀의 환상은 상세함을 요구하고 있었다.

"탱크로요."

마지막 말은 질문들을 멈칫하게 했다. 창문 너머 하얀 꽃의 식물은 아무것도 듣지 않았다.

아무것도 도와줄 수 없는 곳에서 나는 무얼 할 수 있겠는가? 나는 서류 발급받는 일에 줄을 서 주기로 작정했다. 군대에서 장례식을 주관할 것이다. 사망 관련 서류를 법원 병원의 전몰장병 친위대에서 나에게 주었다. 정문으로 간 나는 전쟁에 너무 호기심 어린, 너무 비참한 시선을 한 채, 지하실 유리창으로 향했다. 플라스틱 검정 가방들이 줄을 잇고 있었다. 쓰레기를 운반하는 그런 플라스틱 통보다 좀 더 품질이 좋은 단단한 플라스틱이었다. 가방을 묶어 놓은 곳에는 라벨이 붙어있었다. 필시 이름일 것이다. 가방마다 관련 가족이 복도에 있었다. 우리는 그날 아침의 줄에 11번째 순서였다. 천천히 움직였다. 우리 앞의 어느 부인은 기절했다. 해당 부서의 책임자는 신경이 날카로운 채, 기름을 바른 머리카락으로 우리에게 악수를 청하며 위로했다. 그러나 그는 아무 이유 없이 신경질만 냈다. 어느 가족은 그 시신의 신원확인을 거부했다. 시신이 전혀 훼손되지 않았다 하더라도 그 시신이 자기 가족의 형은 아니라고 조용히 말했다. 그는 정말 전형적 비협조적인 사람이었다. 그 남자는 그 시신이 자신의 형이 아니라고 강조했다. 물론 생존 시 형의 얼굴은 시신이 된 지금의 얼굴과는 비슷한 곳이 전혀 없었다. 모든 절차가 중단되었다. 우리를 포함하여 다른 사람들은 복도로 밀려 나와, 그 일이 잘 수습되도록 그 책임자에게 시간을 주었다.

복도에서 또 다른 한 여성이 기절했다. 그 여성은 만든 지 얼마 안 되는 검은 상복을 입고 있었다. 검정은 이번 여름의 주요 색깔이다. 그것은 슬픔을 뜻하고 있다. 페로의 여동생이 복도에 멈추어 서서, 정원을 바라보았다. 아래에 풀이 자라고 있지만, 그녀 시선은 그 풀 위의, 아무것도 없는 허공에 걸려 있었다. 나는 진땀이 난 손바닥을 닦으면서, 우리 둘 중 아무도 기절하지 않으리라고 느끼면서 스스로 위로했다. 나는 이 방문 저 방문을 조용히 가보았다. 한 곳은 조금 열려 있었다. 그 문 뒤로 흰 가운을 입은 두 여자가 현미경 아래서 뭔가를 분석하고 있었다.

마침내 우리 차례가 되었다. 우리 앞에서 기절했던 여

인이 다시 정신을 차렸고, 그 의심스러워하는 남자에게는 무슨 다른 서류를 통해 사람들이 설득하고 있었다.

우리는 기름을 바른 머리의 남자군인 앞에 앉았다. 나의 시선은 이 나라의 새 문장(紋章)에 미끄러져 갔다. 그것은 마치 그 모양을 방금 벼려 만든 것처럼 새것이었다. 그렇지만 벌써 그만큼의 죽음의 가방이 그 문장을 위해 줄을 섰다. 그 문장의 장식용 꽃들은 플라스틱으로 만든 것 같았다. 알 수 없는 부끄러움이 나의 시선을 딴 곳으로 가게 했다.

책임자가 1992년 파일에서 332번이라는 신원조회 서류를 열었다. 성명, 직업은 의사.
신원조사 서류는, 마치 죽음이 벌써 오랜 시간 전에 있던 것처럼, 그리고 우리가 뭔가 저 먼 곳의 것을 연구하는 것처럼 좀 색이 바랬다.
그는 손으로 사고를 당한 곳의, 정확한 장소보다 더 넓은 의미의 지리적 위치를 재빨리 적었다.
나는 그 사람 대신 부끄러움을 느꼈고, 나는 고개를 숙였다.
"자녀가 넷이군요." "다섯입니다." 우리는 합창하듯 정정해 주었다. 그의 무지에 대한 부정직한 득의양양함으로 인해 갑자기 내게 악의적 감정을 불러일으켰다. 그가 당황해하는 것을 보고 나서야 나는 그 감정을 누그러뜨렸다. 다섯 자녀의 아버지를 전쟁에 동원한 게 아니라, 어느 가(街)의 어느 번지에 있는 의사를 동원했다.

"시신이 불에 타서 여러분에게 보여드릴 수 없습니다." 그는 그 문장을 재빨리 내뱉었다. 왜냐하면, 그는 그 말을 오늘도 여러 번 말했기 때문이었다. 우리는 벌써 점잖게 앉아, 그 사실을 알고도 묵묵히 고개를 끄덕였다. 우리는 협조하고 있었다.

"반지는 찾을 수 있는지요?" 침착한 목소리로 그 누이는 용기를 내어 말했다.

그 책임자는 수화기를 들고, 지하실에 있는 하급 직원에게 그 시신에서 반지가 남아 있는지 검사해 보라고 명령했다. 지하실에서는, 아무도 그걸 확인하고 싶지 않음은 명백했다.

"검사해 보라고 해 놓았습니다. 가족이 여기서 기다린다고 했어요. 곧 다시 부를 겁니다."

우리는 그 서류의 빈칸을 따라 계속해 갔다.

'사망원인'이라는 자리가 나왔다.

"함께 탔던 차량이 포탄 공격을 받아 사망한 것으로 기재하려고 합니다." 그가 제안했다. 우리는 그 제안을 받아들였다.

같은 구급차에 탔던 동료들이 자세히 이야기해 주었던 것이 새삼 생각났다. 어떤 사람이 와, 저쪽에 부상자들이 있다고 알려 주었다. 의사는 곧장 구급차를 이용해 그곳으로 가게 되었다. 그는 운전병 뒤에 앉고, 그의 옆에는 조수가 앉았다. 적군의 매복 지역에서 총알이 날아왔다. 어깨에 총을 맞은 운전병은 소리쳤다.

"닥터, 뛰어내려요!"

그러나, 그는 의사가 벌써 총에 맞아 숨진 채 앉아 있는 것을 발견했다. 조수만 뛰어 내렸다. 의사의 몸이 총알의 진행을 막았다. 조수의 등에 멘 배낭만 총알이 관통했다. 생존자가 이 총알의 목표가 된 차량에서 뛰어 내리자, 그 순간, 구급차 차량의 휘발유 통이 있는 쪽에 로켓탄이 날아오는 바람에 그 차량이 불타고 말았다.

"그리고 그 차량 잔해를 어떻게 수습하러 갔습니까?"

"탱크로요."

기억 속의 '탱크'라는 낱말 옆에는 하얀 꽃봉오리의 동백꽃이 피어 있었다.

침묵.

지하실에서 아무도 대답해 주지 않았다. 벌써 화가 난 책임자는, 시간이 오래 흘렀기 때문에, 다시 전화를 걸었다. "반지가 있는지 알아보라고 했는데."

"반지는 없답니다. 부인."

우리는 중압감에서 벗어 난 것 같았다.

마지막 난은 서명하는 곳이었다.

장례식은 토요일 오후 3시에 거행될 것이다. 군대 비용으로, 전사자의 아내가 묘지로 쓸 적당한 장소를 물색해 달라고 했다. 우리는 고통으로 벌써 무거워진 채 고개를 끄덕였다.

책임자는 우리에게 악수를 청했다.

"심심한 위로를 전합니다."

옆에 서 있던 여자 둘이 신원조회 서류에서 종이들을

모아, 문서보관소로 가지고 갔다.

잠시 뒤. 우리가 그날 오전의 마지막 차례였다.

복도에서 나는 군복을 입은 아가씨를 한 사람 만났다.

"두냐, 맞지?"

"예, 맞아요. 선생님이 어찌?"

나는 에스페란토 클럽에서 그녀를 알았다. 그녀는 군에 자원입대하기 전에 에스페란토를 몇 과까지 배웠던가?

"뭘 좀 물어봐도 돼? 장례식에 관계하고 있어? 그 의사 선생님, 다섯 자녀의 아버지인 그 의사 선생님은 많은 국가문장과 위대한 조국의 말씀 없이 장례식을 치를 수 있을까? 그는 좀 특별한 사람이라."

두냐는 도움을 주고 싶었지만, 전몰장병 장례식에는 의전 절차가 있었다.

관 위에 국기, 예포, 꽃 화환에 꼬아 만든 문장.

두냐는 그런 장례식 일정에 대해 알려 주었다. 벌써 그녀는 수많은 전몰장병의 장례식을 치렀다.

"그럼 그를 위한 공식 행사를 줄여 줄 수 있을는지?"

내가 정중하게 물어보았다.

"그럼 선생님이 고별사를 써십시오. 그러면 제가 우리 군대의 이름으로 읽을게요. 가족의 건의라면 기꺼이 받아들일 겁니다."

장례 절차 논의가 재빨리 진행되었다. 군대서는 문장과 예포와 화환을 준비해 줄 것이고, 나는 작별 인사를 맡기로 했다. 두냐는 우리 일행을 신문 부고란에 기록하기 위해 다른 사무실로 안내해 주었다.

사무실 여직원은 우리 미망인이 쓴 원고를 쳐다보고는 불만이 섞인 표정을 지었다. 독특한 원고 내용이었다. 어떻게 그 원고를 실을 것인가? 사실이었다. 그의 아내가 쓴 부고는 특별한 내용을 담고 있었다. *"우리는 모든 사람을 용서합니다. 당신도 용서하십시오."*

이 짧은 용서로의 초대는 신문의 한 페이지보다 더 컸다. 그 초대는 전쟁을 일으킨 자들을, 총을 생산한 자들을, 그 총을 팔아 부유해진 자들을 목표하고 있었다. 징집통지서를 쓴 자를, 자신의 총에 총알을 장전한 자들을. 신문에 그렇게 쓸 난이 부족하다는 것은 놀라운 것이 아니다.

밤에 나는 조문의 말을, 이별의 말을 생각하며 누워 있었다. 슬픔 때문에 나는 잠을 못 이루었다. 나는 잠자리에 일어나 그가 번역한 시를 찾았다. 그 속에는 내가 이전에 한 번도 발견하지 못했던 시구가 있었다: *"그리고 당신의 푸르름은 가을을 못 본 채 남아 있을 거요."*

그들이 쓰던 침실의 비어 있는 공간은 천체도 위에 놓인 우주보다 더 큰 심연을 가지고 있었다. 심연은 모든 자녀 방에서 다른 형태로 가득 차 있었다. 심연은 내 집, 내 방에도 다가와, 심연의 방대함, 공포감에 질린 나는 밤새 불을 켜 두었다.

절망감과 용서의 감정이 서로 경쟁을 하고 있었다.
그의 창문 아래 하얀 꽃잎의 등나무가 꽃을 더 피우리라
는 위로가 섞인 생각은 더욱 나의 마음을 아프게 했다.

13. 장례식

페로의 미망인 베스나는 조화는 들고 오지 말라고 요청했다. 우리는 모두 각자의 집 발코니에서 작지만 정중하고 아담한 꽃을 꺾어 조심스럽게 양손에 들고 갔다.
9월 초순의 마을 묘지였다. 이렇게 수많은 사람을 서로 같은 날에 보게 되기는 정말 오래간만이다. 함부르크와 파리서도 친구들이 차편으로 왔고, 눈물 가득한 눈으로 서로를 진지하게 바라보았다.

이만한 숫자의 사람들이라면 에스페란토 지성의 힘을 증명해 줄 수 있겠다. 조문객들 행렬 군데군데 에스페란티스토들의 긴 행렬, 짧은 행렬이 이어지고 있었다. 이별을 위해 우리는 모였고, 모두 시름에 잠겼다. 이 전쟁은 우리같이 응집력 부족한 에스페란토계의 누구 목숨을 다음 차례로 앗아갈 것인가?

이번에 군신 마르스는 사람을 고르는 일에 아주 능수능란했다. 그 신은 우리 가운데 매우 수준 높은 사람을 선택했다.

가족은 묘지 앞에 섰다. 어머니 옆에 다섯 자녀. 장례 조문객들은 차례차례 유가족에게 다가와, 심심한 위로의 말들을 했다. 관 위에는 국기가 놓여 있다. 국기 옆에는 그와 같이 근무한 중대원들이 섰다. 고향으로 마지막 전화를 걸 수 있도록 차를 태워준 군인도 있었다.

부상자들을 데리러 가기 직전의 아침에 마지막으로 커피를 그에게 끓여주었던 군인도 있었다. 전사하기 전날 밤에 오랫동안 대화를 나누었던 군인도 있었다.

한 군인은 국가문장의 화환을 양손에 쥐고 서 있었다. 날씨가 몹시 덥고 그는 땀을 흘리고 있었다. 그의 동료가 교대하러 왔다. 군인 두 사람은 모두 군복 차림이다. 그들은 그 죽은 이의 막내아들이 2주 전에 시험 삼아 신어 본 것과 같은 군화를 신고 있다.

어떤 조문객은 이별의 노래를 불렀다. 만약 죽은 이가 이 이별의 노래를 들을 수 있다면, 이 노래를 감상할 것이다. 나는 페로에 대한 연설을 생각하면서, 고인의 과거를 다시 돌아보기 시작했지만, 모든 동사마다 멈추었다. 고인에 대한 사랑은 현재를 좋아했지만, 어쩔 도리 없이 이젠 과거 속으로 그를 보내야만 했다.

모든 과거지사는 각각 이별의 작은 칼을 갖고 있다.

같은 날 오후에는 같은 전쟁터에서 운구된 4명의 전몰장병 장례식이 있었다. 묘지에서 나는 유해를 확인하러 전몰장병 친위대 부서에 왔다가 복도에서 기절했던 사람도 만났다. 그때 우리는 거의 죽음과 직면해 있었다.

이제 장례식 순서가 다가온다.

'사람을 -땅에- 묻는다' 라는 말은 아주 강한 문구이다. 장례식에서는 사람들이 가장 아끼던 사람을 땅에 묻게 된다. 깊이. 그리고 그 사람을 덮기 위해 그 유해에 흙을 뿌린다.

여러 신부님이 평범한 교구민보다 더 친하게 알고 지낸 고인을 추모하는 특별한 말씀을 해 주셨다. 그들의 목소리가 마이크를 통해 온 묘지 위로 퍼지고 있었다. 마이크 옆 아주 가까운 곳에, 그가 심고 가꾼 나무들이 자라고 있다. 등나무가 뒤틀린 듯이 테라스의 지붕을 휘감고 있었다.

군대 측에서는 내가 써준 원고로 그와 작별했다. 두냐는 쉼표 하나도 바꾸지 않고 그대로 읽어 나갔다. 나는 조문객 속에 서서, 그에 대한 내 기억이 군복 블라우스를 입은 두냐의 입에서 어떻게 나오는지 바라보았다. 나는 군대를 대표해 연설하는 연설자를 당황하게 하지 않으려고, 그의 전쟁에 대한 비난은 하나도 언급할 수 없었다.

그러나 나는 진실을 말하면 불이익을 입던 때에도 진실을 용기 있게 말했던 고인을 우리가 지금 땅에 묻고 있음을 기억하는 것을 빠뜨리지는 않았다. 묘지 앞에 서 있었던 우리는, 그 문장이 얼마나 제대로 되었는지 알고 있었다. 우리는 그의 직위에 대한 걱정을 한 적이 한두 번이 아니었다. 그는 편협함을 조장하는 국수주의 정부에 불평을 많이 했다. 그는 자신이 근무하는 병원에서 그런 일로 동료들이나 책임자들과 다툰 적이 한두 번이 아니었다. 그가 군대에 동원되었을 때, 우리는 전쟁터로 가는 위험보다도, 그가 자신의 정치관에 대해 침묵할 수 있을지 걱정했다. 무기로는 문제를 풀 수 없다는 그의 확신이 무기만이 가능하다고 믿는 군대의 확신과 어떻게 조화를 이루겠는가?

전쟁에 불러간다는 것은 그에겐 의사라는 직업에 대한 시험대이기도 했다. 그러나, 그는 주저하지 않았다. 전쟁터에서도 부상자들이 많으니, 누군가 그의 도움을 요청했을 것이다. 그와 같은 상황에서는, 다른 이라면 징집 담당 부서로 찾아가, 자신이 한 가정의 아버지이며, 자녀가 5명 있다고 언급했을 법도 했다. 그러나 그는 그 말을 언급하지 않았다. 그는 자신이 믿는 진실을 옹호하면서, 언쟁을 벌인 적이 있었을까?

죽음은 그가 집을 떠난 지, 11일 만에 그와 맞닥뜨렸다. 15일 만에 귀향할 권리이자 휴식이 다가온 것이다.
휴식은 왔다. 그러나 그 휴식은 마지막이 되었다.

갑자기 고인의 미망인이 손에 종이를 들고 친지 속에서 나왔다. 그녀는 뭔가를 말하고 싶었다. 바람에 그녀의 검은 베일은 흔들리고 있었다. 조문객들은 그 뒤에서 창백한 얼굴로 시선을 집중했다.

"저는 이 글을 촛불 옆에서 장례식에 참석하는 여러분께 썼습니다. 장례식 하루 전의 밤입니다. 저는 내 남편의 빛 안에서 여러분께 이 글을 씁니다. 이런 습관이

없었지만, 중요합니다. 이러한 나의 첫 발걸음은 눈물과 마음의 울분을 달래기 위함이 아닙니다. 나의 첫걸음은 인간성을 위한 꽃가루입니다. 힘을 내세요! 우리가 더 강한 사람이 되자고 사람들은 말합니다. 아픔은 나중에 온다고 어떤 사람은 말합니다. 하느님, 그 아픔을 오게 해 주십시오! 사람이 하느님의 나라로 들어가기란 쉽지 않습니다. 그리고 그 들어가는 문이, 우리가 나중에 들어가게 될 해협이라 해도, 우리는 그 창조주와 세상을 지배하는 분께 감사드립니다. 왜냐하면, 그분은 우리가 전진할 때, 우리가 의지할 수 있는 손잡이를 이미 마련해 주셨습니다.

우리는 파탄에 이른 가정은 아닙니다. 페로가 기초를 세웠고, 우리는 함께 건축했습니다. 이 옆에 있는 우리는 계속 건설해 나갈 겁니다. 페로는 우리에게 건축자재들을 충분히 남겨 주었습니다.

페로의 빛을 통해 잘 볼 수 있는 여러분은 그 빛을 활용하십시오. 한 여자로서 나는 같은 여자들에게, 자매들에게, 딸들인 여러분께 말씀드리고자 합니다. 왜냐하면, 전쟁이 일어났고, 남자들은 언제 떨어질지 모를 나뭇잎처럼 매달린 채 흔들리고 있습니다.
고인의 죽음을 맞아, 저는 여러분께 인내심을 갖고 봉사해 주실 것을 부탁드리려고 합니다. 이런 말씀으로 여러분은 놀랄지도 모르겠습니다만 여러분의 남편에게, 여러분의 오빠들에게, 여러분의 이웃 남자들에게, 여러분의 남자직원들에게 더욱 겸손하라, 더욱 양보하라, 더욱 사랑하라고 제안하고 싶습니다.

오늘 우리는 두 사람을, 다섯 사람을, 또 스무 사람을 잃을지도 모릅니다. 내일도 마찬가지입니다. 전쟁은 정말 잔인합니다. 그러나 조화와 사랑과 헌신보다 더 중요한 것은 아무것도 없습니다. 이보다 더 중요한 것은 아무것도 없습니다. 만약 여러분에게 그런 것이 부족하다면, 이 세상을 지배하는 분께서 그것을 여러분에게 주시도록 기도합시다. 저는 수 개월간 벌써 내 아이들과 기도해 왔습니다.
'미움이 우리를 침범하는 것을 허락하지 않게' 해 달라고 말입니다.

친구들, 친지, 이웃, 동료 여러분 —지금은 미움을 그만두어야 할 때입니다. 맨 처음에 누가 시작했는지 얼마만큼 했는지는 중요하지 않습니다. 다툼은 작습니다.
저는 내 남편이 죽었다고 해서 누구에게도 화를 내지 않습니다.
이젠 그만하게 합시다!
내 남편의 유품 옆에서, 저는 여러분께 요청합니다;
용서하십시오. 또 지급 안 된 계산서는 모두 잊읍시다.
우리는 앞으로 나아갑시다.
우리는 이제 우리 아이들과 손자들이 다시 싸우는 일이 생기는 것을 허락하지 맙시다.
우리가 모든 사람이 말하는 평화를 실천하는 처음이 됩

시다.
우리는 모든 요구를 집어 던져 버리고, 특히 아직 지급하지 않은 계산서를 던져 버립시다.

우리는 용서를 받기 위해 우리 스스로 용서합시다.
그러면 우리는 누군가를 죽인 사람과, 누군가를 우리더러 죽게 만든 사람과도 함께 다시 살아갈 수 있을 겁니다.
그러한 평화만이 하느님의 평화입니다.
이것은 제 남편이 드리는 생명의 메시지이자 이별의 메시지입니다.”

나는 그녀의 두 손을 쳐다보았다. 그녀는 그 종이를 접고, 그 자리에서 뒤로 물러났다. 내 옆의 어떤 여자가 진지하게 박수를 보내다가, 우리가 지금 장례식에 있다는 것을 갑자기 생각하자, 부끄러워 두 손을 내렸다.
그 메시지의 따뜻함은 우리 모두를 휘감아, 묘지로 향하는 길은 무겁지 않았다. 자갈이 많은 땅에 구덩이가 파여 있었다. 구덩이 옆에는 두 딸이 양손에 긴 줄기의 꽃을 들고, 자갈밭에 모래가 제대로 관 위를 덮는지 내려다보고 있었다.

작별하는 이들의 줄은 길었다. 관을 따르던 조문객들 맨 끝에서 군인들은 이별의 뜻하는 애도의 총을 쏘았다. 조국은 애도의 총으로 조국의 제단에 생명을 바친 사람들에게 똑같이 고마움을 표시하고 있었다.
애도의 총으로 남자들과 이별하지 않아도 되는 나라들

은 더 행복하다. 누런 연기처럼 화염이 잠시 총 끝에 걸려 있었다.

나는 영화 한 장면을 보고 있는 것 같았다. 내 마음속의 쓸쓸함은 그 자리를 용서에 양보했다. 내 주위에는 전쟁으로 찌던 사람들의 얼굴에 따뜻한 웃음이 일고 있었다. 미망인의 이별 메시지는 우리 모두의 마음속에 희망의 촛불을 켜 주었다.

그날 오후 우리는, 마치 이 세계의 평화를 보장하는 협정이 마침내 성사되어, 우리도 그 평화협정의 선언식에 참석하게 된 특권을 누린 느낌으로, 그의 무덤을 떠나고 있었다.

부록 1. 한국으로 향한 작은 창

1986년 중국 베이징에서 세계에스페란토대회가 열리는 동안 나는 그 대회장 접수처에서 향후 세계대회 유치 후보지로 내가 사는 자그레브[33] 도시를 열심히 홍보하고 있었다. 내 등 뒤 벽의 포스터에는 대성당이 그려져 있었다. 대회장의 창 너머 귀뚜라미 우는 소리가 날카롭게 들려오고 있었다.

"저건 새소리입니다!"

불가리아 사람이 끈기 있게 되풀이했다.

"아닙니다. 풀벌레 소리입니다."

중국 사람이 차분하게 설명해 주었다.

"저게요? 풀벌레 소리라고요?"

그렇게 발칸의 귀뚜라미와 중국 귀뚜라미에 대한 경험을 서로 말하고 있었다.

내 접수처 탁자로 다가온 어느 참가자가 자신을 소개하며 대한민국 서울에서 왔다고 했다. 나더러 외국에서 몇 달 생활할 수 있는가 하는 질문이었다. 그분의 첫 질문에 나는 별생각 없이 간단히 답했다.

"가능합니다."

"영하 12도의 겨울도 이겨낼 수 있는가요?"

그 질문에 나는 도시 근교 버스정류소에서 버스를 기다리며, 겨울이 내 속옷까지 들어온 것 같은 느낌이 들었다. 버스는 아직 보이지 않았다.

---

33) 역주: 2001년 제86차 세계에스페란토대회 개최도시

"당연하죠. 저는 이겨낼 수 있습니다."

내 대답이 그 한국에스페란토협회 회장에게 만족한 답으로 들렸는지, 조금 뒤, 내가 그 회장이 앉아 있던 탁자로 잠시 와 달라는 초대를 받았다. 나는 내 등 뒤의 대성당을 조용히 남겨둔 채, 그 한국인들이 앉아 있는 탁자로 다가갔다.

장충식 박사.

당시 한국에스페란토협회 회장인 그분이 자신의 손을 내밀며 악수를 청했다. 그의 탁자에 함께 앉은 사람들의 넥타이에는 장식 핀이 반짝이고 있었다. 탁자에 놓인 글라스의 주스는 내가 모르는 열대 과일 맛이었다.

당시 장충식 박사는 서울 소재 단국대학교 총장이었다. 그 대학교에 에스페란토연구소가 있었다. 그 대학교에서 이듬해인 1987년, 유럽인 강사를 몇 사람 초빙할 계획이 있다고 알려 주었다.

동유럽 강사를.

"유감스럽게도 제가 적당한 사람이 아닙니다."

나는 점잖음 때문에 제안을 거절한 것이 아니라 -내겐 강의 경험이 부족했다. 나는 대학교수가 아니었다.

"에어트뵈스 로란드(Eotvos Lorando) 대학교는 부다페스트에 소재하는 대학입니다. 그곳의 세르다헬리(Szerdahelyi) 교수님을 초청하는 편이 낫겠습니다."

"우리는 틀리지 않습니다. 선생님의 교육방식을 알고 있습니다. 우리는 안트베르펜, 부다페스트, 베이징에서 선생님이 강의하는 모습을 보았습니다."

 내가 대회의 여러 강좌 때마다 아시아인은 언제나 있었다. 그럼, 누군가 내 일정을 따라다녔다는 것이다. 겁을 먹게 하는 느낌과 치켜세우는 느낌이 문장에 섞여 있었다.

"우리가 나중에 따로 그 점에 대해 편지를 써 보내겠습니다."

고개를 약간 숙여, 나는 그분들과 작별했다.

오늘에야 나는 그날의 고개 숙임이 너무 가벼웠구나 하고 자각한다. 어렵게 입증될 만한 만남도 있는 법이다.

이 한국으로의 초청은 그런 믿기지 않은 일의 범주에 속한다. 그러나 편지는 이를 입증해 주었다. 연꽃이 새겨진 우표가 붙어있었다. 다른 우표에는 아시아에서 가장 오래된 역사를 자랑하는 천문대가 있었다. 한국은 어렵사리 그 안의 세계로 나를 유혹했다. 백과사전을 통해 나는 한국전쟁[34]에 대해 배워 두었다. 나는 그 전쟁에 참전국이 18개국[35]인 것을 알았고, 한국인 200만 명[36]이 1950년에서 1953년까지 자본주의와 사회주의로 분리되면서 그 상황에서 죽어갔다.

---

    34) *역주: 1950년 6월 25일부터 1953년 7월 27일 휴전협정이 체결될 때까지의 기간에 벌어진 <6.25 사변>. 북한이 남침함으로 시작된 전쟁.
    35) *역주: 남침한 북한이 일으킨 전쟁에 북한 편에 중국과 소련이 참전했고, 한국과 한국을 지키려던 유엔군 16개국과 의료지원국 5개국이 참전함.
    36) *역주: 3년간의 전쟁으로 인한 인명피해는 민간인을 포함하여 약 450만명 (남한 약 200만명, 공산 진영은 약 250만명)에 달했고, 남한의 43%의 산업시설과 33%의 주택이 파괴되었다.(다음백과에서)

나를 초청한 대한민국은, 1987년 당시, 우리나라와는 외교 관계가 없었다. 몇 가지 관료적 장애물이 놓여 있었다. 공식 기관에서는 비공식 초청을 받아들이지 말 것을 추천했다. 오스트리아 빈 주재 한국대사관에 비자 발급하러 보낸 내 여권이 도중에 분실되었다.

한 달 뒤, 나는 여권을 다시 발급받았다: 나는 여권을 다시 만들고, 필요한 비자 서류도 얻었다. 그러나 그때 여권발급 사무소의 분별없는 직원이 내 여권 한 페이지에 북한으로 들어갈 수 있는 출국허가증을 만들어 주었다.

"그런데 저는 평양이 아니라 서울로 갑니다."

그는 이해하지 못한 채 고개를 갸우뚱거렸다. 북한이 당시 그 직원이 가진 여러 스탬프 중에서 유일한 한국이었다.

나는 서울에 전화하기 편한 시간에 맞추느라 자정까지 기다렸다. "제가 북한행 출국허가증이 찍힌 여권을 내밀고 들어가면 국경에서 문제 생길까요?"

같은 민족이면서도 이웃하는 두 나라가 가진 적대감의 정도를 추측하는 이 문장은 빠르게도 서울에 도착했다.

"그런데, 왜 북한행 허가증을 얻었나요?"

상황을 설명하기가 쉽지 않았다.

나는 한국 과일 홍시에 대한 동화를 읽으면서 내가 제기한 문제의 의논 결과를 기다렸다.

내 출국 일정은 4월 초였다. 민들레가 노란 꽃의 화관을 달고 있을 시절이었다. 파리의 샤를 드골 공항의 보안요원들이 기관총을 들고 있는 것이 내 눈에 들어왔다.

"방치된 모든 짐은 파쇄됩니다!"

"낯선 사람이 짐을 배달해 달라는 부탁은 거절하십시오!"

사방의 포스터가 이를 알려주고 있었다. 세상은 지금 우호적인 분위기가 아니었다.

내가 찾은 창구에는 앙카라지 - 도쿄라고 되어있었다. 앵커라지는? 왜 그곳이? 내 시선은 지구 주변의 도쿄 쪽으로 급히 돌리고 있을 동안, 소련 영공을 지나는 길을 보고 있었다. 그게 가장 빠른 노선이었다.

그러나 프랑스 항공사는 내 눈길을 그렇게 간단히 뒤따르지 않았다.

"이 비행기는 알래스카를 지나 비행해야만 합니다."

항공사 여직원은 큰 지도를 펼쳐, 두 선으로 내 비행경로를 설명해 주었다.

파리 - 앙카라지: 8시간 반 소요.

앙카라지 - 도쿄: 6시간 소요.

Bon voyage!

여직원이 자신의 필기구를 떼어내자, 한 일본인이 그 지도에 다가와, 차례대로 자신이 아는 한자로 번역했다. 아시아가 그렇게 이미 시작되었다.

내가 탑승한 비행기는 시속 900km의 속도로 곧 얼음 위를 날기 시작했다. 나는 두 눈을 감고서 자그레브의 민들레가 어떻게 지고 있을지 생각에 잠겼다. 여승무원은 우리 승객들에게 담요를 가져다주고는, 그녀가 직접 반짝이는 얼음을 지우며, 기내의 창 램프를 껐다.

나는 내가 가진 신문으로 몸을 가렸다. -그 안에서 작은 발칸의 태풍이 불고 있었다.

"마담, 혹시 그리스 사람인가요?" 남자 승무원이 나에게 글라스를 제공하면서 물었다. 그는 내 신문의 키릴 문자들을 가리켰다. 나는 선의로 살짝 웃었다. 키릴이라고 하면 그가 지적한 곳이 많이 틀리진 않았다.
"저는 그리스의 이웃에 삽니다." 나는 그를 도왔다.
"휴양차 하는 여행입니까? 아니면 업무차?" 그는 내 글라스에 포도주를 부으면서 말했다. 질문이란 간단하지가 않았다. 휴양이라니 -아니다. 비즈니스 - 이것은 원유와 컴퓨터를 판매하는 일이다.

나는 에스페란토를 팔러 간다. "업무차 갑니다."
나는 결정했다.
그는 내게 설문지를 한 장 주었다. 항공사에서는 여행자들에게 묻고 있다: "도쿄로 얼마나 자주 여행하는지요?" 라는 질문에 대한 선택 답안에는 "평생에 한 번" 이라는 칸은 없었다. 아직은 편안했다.

그러나 나는 내가 가진 항공권을 보고, 신경이 날카로워졌다;

도쿄 나리타 공항에서 프랑스항공에서 대한항공으로 환승 시간이 30분이라니.

실제로, 내가 사는 곳에선 30분으론 기차 환승도 충분하지 않다. 그곳에서는 기차가 예정된 플랫폼에 들어서는 경우는 절대 없다. 맨 마지막 순간까지도 사람들은 여러 플랫폼을 가로질러 그 기차가 서 있는 선로를 찾아야만 한다.

그러나 나리타공항에서 일본은 '일본식으로' 움직이고 있었다. 비행기 환승을 위한 시간은 잘 계산되어 있었다: 지연이란 없다. 그러니 사람들은 연결편의 비행기로 쉽사리 도달한다.

"안녕하세요!"
첫 한국어 인사가 나를 기다리고 있었다. 나를 맞이한 항공사 직원에게 아직도 내 짐꾸러미들이 프랑스항공에 있다고 알려 주었다. 그의 단추 구멍에는 한국을 철학적으로 소개하는 상징이 회전하고 있었다. -음과 양.
나는 항공사에서 직접 내 짐을 옮겨 실어 준다는 설명을 들었다. 몸을 깊이 숙여 인사하는 여승무원들이 나를 맞아 주었다. 작은 앞치마가 그들의 허리에 매달려 있었다.

대한민국은 자신의 문을 열기 시작했다.
"아시아에서 가장 잘 보존된 비밀의 나라"
그렇게 여행 가이드북에 이 나라를 설명해 주었다.

"본쀄논37)!"

나는 마영태 선생님을 알고 있었다. 나는 중국 베이징의 그 탁자에서 반짝이는 넥타이핀을 착용한 그분을 기억해 냈다. 어떤 젊은 여성이 나에게 꽃다발을 내밀었고, 안개꽃에 둘러 싸인 장미들이 보였다. 마 선생님은 자신과 옆에 서 있는 사람들에게 정중히 나를 소개했다. 그분도 이미 나는 아는 것 같았다. 그러나 틀렸다. -왜냐하면, 그는 나를 초청한 대학교의 직원인 운전기사였다. 우리는 샌프란시스코의 넓은 도로 같은 도로들을 지나갔다. 개개의 건물들 사이로 교회들이 보였다.

승용차는 어느 반짝이는 바닥이 보이는 빌라에 도착했다. 각자 자기 신발을 그 건물 입구에서 벗어야만 했다. 아무도 우리가 어디에 도착해 있는지를 설명해 주지 않았다. 내가 그 집에 대해 알기까지 며칠이 걸렸다. 내가 그곳에서 사는 동안 설명이 부족한 경우가 자주 있었다. 내가 어디에 있는지, 내가 어디로 가는지 알려줄 필요성을 사람들은 느끼지 않았다.

우리는 레스토랑에서 저녁 식사를 했다. 그곳 향기는 지난날 내가 사라예보에서 지내던 한때를 생각나게 해 주었다. 입구에 신발을 둔 채, 우리는 낮은 테이블을 앞에 두고 웅크리고 앉았다. 테이블 위에는 숯이 빨갛게 타오르고 있었다. 여종업원이 우리와 함께 앉은 채, 숯불 위로 석쇠를 놓기 시작했다. 내가 앉은 바닥의 방석이 따뜻하게 데워져 있었다: 한국건축

37) 역주: Bonvenon!: 어서 오십시오! 라는 에스페란토어

의 전통적 발명품인 "온돌 바닥" 이다.

공항에서 내게 꽃을 내민 그 아가씨가 지금 살짝 웃었다. 언제나 자신의 얼굴을 손바닥으로 가린 그녀가 나의 동행인이 된 것을 나중에 알았다. 우리는 같은 집에서 지낼 것이다. 나는 왜 내게 항상 함께 지낼 사람을 붙여주었는지 곧장 이해되지는 않았다. 나도 호의적으로 그녀 미소를 바라보았다. 그녀는 웃음을 자신의 손으로 붙잡아 두고 있었다.

나중에서야 나는 첫 강의에서 비로소 여학생들이 입가에 손을 가져가면 그게 내가 가르치는 발음 연습의 가장 큰 장애물인 것을 알게 되었다. 좋은 교육을 받은 여성이라면 자신의 이를 숨겨야 한다. 혀를 보인다는 것은 교양이 없는 것이리라. 그런 상황에서 여교사는 자신의 수업시간에 자신의 학생들이 목적격 어미를 제대로 잘 발음하는지를 어떻게 볼 수 있을까?

들리지 않는다. - 목적격 어미가 손에 가린 채 있었다.
헛되이도 나는 요청했다. -그 손을 입가에서 좀 떼어 달라고. 우리가 새 언어를 배울 때, 우리는 우리 입을 자유로이 놔두어야 한다. 어느 여학생도 나의 그런 요청에 응하려고 하지 않았다; 그런 행동은 그 여학생들이 치마를 입을 때부터 훈육된 것이었다. 유럽 강사를 초빙해오는 것과 같은 간단한 방식으론 이를 없앨 수 없었다.

셋째 강의 때부터 나도 웃을 때, 내 손을 입가로 가져갔다.

나와 함께 지낸 박지훈 양은 정말 도움을 많이 주었다. 아침 식사 때 그녀는 내 앞의 탁자에 올라와 있는, 놀랄만한 여러 식기 안에 들어있는 것이 무엇인지 설명하느라 바빴다.

그녀는 나를 시장을 지나 버스정류장으로 안내했고, 차들이 많이 있는 도로를 지나가야 할 때는 손을 들어 차량 이동을 막아 주었다. 시장에서 나는 큰 그릇에 담겨 있는 돼지머리 수육을 자주 쳐다보았다. 우리는 큰 통에 담긴 조개들을 지나갔고, 다른 통에는 이름 모르는 물고기들이 꿈틀대는 곳도 지나다녔다. 우리 사전에는 식물을 말할 때는 언제나 적절한 설명이 부족했다. 내가 가진 사전과 그녀가 가진 사전에서 다양한 숲들을 불러냈다. 그녀는 어떤 식물을 가리키며 "깊은 산중에서 나는 식물" 이라고 이름 지었다. 나는 그런 이름 짓기가 좋았다.
"그리고 저건요?"
"저것은 인삼의 바다 형제[38]라고 해요."
그녀는 설명을 이어갔다. 그런 인삼을 나는 첫날 저녁에 알게 되었다. 유럽에서는 인삼이 일본 이름 '진생' 으로 알려져 있었다. 한국의 자연에서 아주 완벽히 운 좋은 사람만 찾아낼 수 있는, 사람 모습과 비슷한 놀라운 뿌리란다. 그 뿌리는, "심마니" 라 불리는 사람들이 깊은 산중으로 들어가 찾아낼 수 있는 그런 뿌리는 다른 이름도 가지고 있었다. -산삼이라고 했다. 마을의 밭에서 재배하는 인삼과는 구분했다. 나는 일본인과 미국인도 이런 인삼을 밭에서 키운다는 소식

---

38) *역주: 해삼

도 듣게 되었다. 사람들의 목소리를 통해 그 '사람들이 재배한' 뿌리는, 한국에서는, 조국에서 재배되지 않고 멀리 떨어져 재배되는 뿌리는 건강에 똑같은 효능을 가지지 않는다고 말하는 것 같았다.

하이핀 리39)선생님이 편찬한 에스페란토- 한국어 사전은 그런 수수께끼를 풀 때 펼쳐 보게 된다. 한국인들은 그 유명한 아시아 뿌리인 인삼의 "형제" 라고 표현하고 있음을 나는 나중에 알게 되었다. 그것은 이름이 서로 유사했다. 인삼과 해삼(海蔘). 시장에서는 사람들이 바다 형제(해삼)로 만든, 많은 영양가를 지닌 하늘거리는 한천을 만들어 팔고 있었다.

박지훈 양은 한국인의 해학 작품에 자주 나오는 성씨와 같은 성을 가지고 있었다: 서울 남산 꼭대기에서 돌을 던지면 그 돌은 필시 김, 이, 박 중의 한 사람을 맞힌다고 말한 그 박씨. 그 세 성씨가 한국에서 가장 자주 불리는 성이다. 그래서 성씨만으로는 사람들이 구분되지 않아, 이름을 꼭 붙여야만 했다. 아무리 작은 규모의 수업이라 하더라도 김 씨나 이 씨나 박 씨 중 두 사람은 참석한다. 여성들은 자기 남편의 성을 절대 따르지 않는다고 한다. 그 가문에 속헤도 그들은 자신의 고유의 성씨를 지켜갈 것이다.

가족이란 한국인들의 가장 큰 신성물인가?

---

39)역주: 일제 강점기 때 중국에서 활동한 독립운동가 이재현. 에스페란토–국어 사전을 펴냈다.

모든 집안의 가장 귀한 물건은 선조의 조상 이름이 열거된 족보라는 설명을 들은 뒤라면, 그런 결론을 내릴 만도 하다.

서길수 교수의 설명에 따르면, 그런 족보에는 가족의 연속성이 거의 5백 년간 이어져 왔단다. 만일 무슨 사고로 집에 불이 난다면, -가장 먼저 구해야 할 물건은- 선조의 족보를 구해내는 것임은 의심의 여지가 없다.

족보 책에는 새로 태어난 가족 구성원의 이름이, 만일 그 구성원이 그 사회에서 중요한 직위에 오르면 그 직위, 또 그의 사망 시점도 기록되는데, -사망일과 장소, 묘지가 있는 곳이 기록된다. 선조의 묘소는 그 가문의 위엄의 장소요, 사람들은 그 장소에서 선조를 기린다. 그 위엄을 "한식날"이 대표하고 있다. -한식날은 묘소를 신성하게 돌보는 날이다.

그런 면에서 보면, 한국이 두 개의 나라로 분단되어 한국민에겐 상처를 나타내는데, 이 상처는 한때 두 개의 독일로 분단된 독일이나, 두 개의 베트남으로 나누어진 것으로 인한 상처와는 비교할 수 없다. 한국 사람들은 38선으로 인해 남과 북에 흩어져 있는 조상 묘소를 방문하지 못해 고통을 당하고 있다. 한국 바깥에 사는 많은 사람에겐 한국인들이 자신의 가족 구성원 묘소를 돌보고자 하는 염원은 쉽게 이해되지 않는다.

일본 사람들은 한국인이 자신의 전통을 중시함을 잘 알고 있다. 일본이 한국을 침략했을 때, 일본 침략자들은 -한국 민중의 힘을 약하게 만들 의도로 -한국인들이 믿는 전통적 에너지 흐름을 방해할 목적으로 어떤 산의 일부를 떼어 없애 버리기도 했다.

1910년, 일본이 자신의 제국에 한국을 병합하자, 일본 정부는 호화스럽게 건축된 대한 제국의 궁궐 앞에 자신의 총독부를 건축했는데, 그 새로 건축된 총독부 건축물로 인해 대한제국의 황제가 살던 궁궐이 가려졌다. 이보다 더 큰 수치심을 상상할 수 있을까? 히로시마에 원자폭탄이 투하된 비극이 있고 나서야 일본은 한국에서 철수하였다.
일본 지배의 상징이 된 그 수치스러운 건물을 철거해야 하지 않느냐는 논의가 일었다. 그래도 그 총독부 건물이 한국 사람들 손으로 지어졌다고 강조한 의견이 우세해- 그 건물은 남아 있게 되었다. 그러나 적어도 부분적으로는 그 상징성을 작게 만들기 위해 시내의 다른 곳으로 이전되고, 그곳에는 전통의 한국식 건물이 다시 지어졌다. 이는 일제가 자리한 것을 보이지 않게 하는 임무를 넘겨받았다.

나는 매일 박지훈 양과 동행해 62번 버스를 타고 도심지로 이동했다. 그곳에서 나는 버스를 갈아타고 국내 100개 대학교 중 하나인 단국대학교로 갔다. 우리는 서울을 가로지르는 장엄한 한강을 지나갔다.

벌써 첫날, 나는 그해 세계의 주요 텔레비전 화면에 자주 나온 장면을 볼 수 있었다. 즉, 대학생들의 연일 시위가 벌어지고, 이 나라의 흥분 가득한 정치적 상황이 보였다. 버스 안에서 내가 보니, 일단의 격렬한 대학생들이 자신의 강령과 내용을 알 수 없는 깃발을 든 채, 손을 치켜들어, 자신의 대학교를 나서 거리로 방향을 잡고 있었다. 초록색 유니폼을 입은 젊은 전투경찰은, 필시 지난 학기에는 자신들도 대학생이었을 것인데, 자신이 타고 있던 회녹색의 버스들에서 뛰쳐나온다. 그 버스 창은 철망에 가려 있었다. 그들은 자신들의 목 보호 장구들을 다시 정비하고, 무전기 안테나를 고정한 채, 외부에서 날아올 돌로부터 자신들을 지켜주는 녹회색의 방패를 들었다. 나는 그 두 집단이 결정적으로 어떻게 서로 다가가는지 쳐다보았다. 그들은 언제나 다가갈 뿐이다. 어느 쪽도 후퇴하지 않는다. 여전히 몇 걸음만 더.

내가 탄 버스는 다른 길로 접어들었다. 그리고 -잔혹하면서 실제 영화장면은 여기서 찍겼다.

차 안에 탄 사람들은 자신의 두 손에 든 신문으로 눈길이 갔다. 라디오에선 아시아 노래가 흘러나오고 있었다. 생활은 더욱 회전되었다. 우리가 똑같은 길로 귀가하는 저녁 길엔 모든 행인이 갑자기 눈물을 흘렸다.

우리는 뭔가 데모대와 전경이 충돌한 장소를 지나갔다. 몇 시간이 지났어도 최루탄 가스가 씁쓸하게 나를 울렸다.

단국대학교 입구에서 -똑같은 장면이다.

방패를 든 채 지키고 있던 전투경찰은 자신의 앞에서 그 대학교 입구에 시선을 고정한 채 서 있다. 대학생들이 대학 캠퍼스 안에서만 시위하면, 경찰은 그 시위에 간섭할 권리가 없다. 그들은 인근 운동장에서 배구를 하고 있다. 그러나 철망을 두른 버스는 대기하고 있었다. 학생들이 그 시위를 대학교 바깥으로 연장하려고 하면 -이제 전투경찰도 준비한다. 철모도 마찬가지다.

당시 에스페란토연구소는 사립인 단국대학교의 건물 중 가장 아름다운 곳에 있었다. 그곳은 유학자 이황의 호 '퇴계'의 이름을 가진 도서관 안에 있었다. 3,000개 지역 정보와 150만 권에 달하는 소장자료를 갖춘 웅장한 대리석 건물의 몇 개 층에는 대학생들과 교수들이 자리 잡고 있다.

도서관은 1986년에 개관되었다. 수많은 대학생이 도서관에 자리를 잡으러 이른 새벽에 도착한다. 일요일에도 도서관은 휴관하지 않는다. 1987년 경우, 대학 건물에는 학생증 소유자만 들어갈 수 있게 했다. 정복 차림의 직원들은 학생증을 소지한 사람이 해당 학기 등록금을 냈는지 일일이 확인했다.

도서관은 다시 반짝였다. -젖은 우산은 출입구에서부터 사물함으로 향하는 미끄러운 대리석을 더럽히지 않으려고 출입구의 플라스틱 상자에 비치해야 했다.
대학교 캠퍼스 인근엔 토속 맛을 지닌 소규모 식당들이 즐비했다. 나는 톡 쏘는 맛을 내는 "육개장"을 -그 음식에는 조개들이 떠 있었다 -좋아했다. 한국식 숟가락은 내가 집에서 쓰는 것과는 달랐다. 손잡이 부분은 보통 유럽식보다 좀 더 길고 좀 더 가늘었다. 한국의 젓가락들은 주로 쇠로 만들어진 것이다. 낮은 탁자 옆에 바닥에 앉는 것은 좋았다. -따뜻함이 다리 근처를 지나 기분 좋게 위쪽으로 올라왔다. 나는 무릎을 꿇고 발꿈치 위로 앉았다:

"그렇게 일본식으로 앉으면 다리가 아프질 않나요?"

사람들이 이렇게 물었다. 그때야 나는 앉는 방식도 일본식과 한국식이 다르다는 것을 알기 시작한다. 나는 자주 이 두 방식에서 더욱 편한 자세를 찾으려고 앉는 방식을 바꾼다. 그러나 나는 일본식이나 한국식이나 개의치 않는다. 한국 사람들은 일본식 앉는 방식이 한국식의 그것보다는 더 빨리 다리가 불편해진다고 말한다.

나는 한국의 뚝배기 안에 끓고 있는 특별한 국에 감탄했다. 이미 탁자 위에는 특별한 검정 도자기로 만들어진 뚝배기 안의 국은 여전히 손님 앞에서도 끓고 있다.

창문을 통해서도 데모하는 사람들을 볼 수 있다. -그들은 흰옷을 입고, 양쪽에 북을 쳐가며 농악대가 안내하는 곳으로 줄지어 가기 시작한다. -연극은 데모 현장에서도 역할을 할 것이다. 데모하는 사람들이 지니고 다니는 표어는 내가 아직 읽을 줄 모른다. 표어 글자는 훈민정음이라는 이름의 유명한 한국 문자이다. 언어학자들의 주장에 따르면, 훈민정음은 "세계에서 가장 과학적이고도 논리적인 문자 체계"라고 한다. 훈민정음이란 "백성을 가르치는 올바른 소리"란다. 훈민정음은 28개의 문자를 가지고 있는데 이는 당시 중국 문자를 빌어 사용했던 한국인들의 문자 생활을 더 쉽게 해야 함에 목적이 있었다. 당시 조선 시대의 세종 임금은 이 문자 체계를 만들기 위해 선발된 학자들과 함께 10년간 연구했다. 언어학자들이 10번도 더 중국을 방문해, 중국어 음성학과 한국어 음성학을 비교하여 이 언어를 만들기 위해 노력했다. 그 결과, 왕의 지도로 (세종은 나중에 대왕이라는 칭호를 받는다) 또 나중의 오랜 연구 결과 훈민정음이 만들어졌다; 이 문자는 한국어 구조에 기초를 두고, 이는 발성 기관 모양을 간략하게 해 만들어졌다. 이는 또한 한국의 5가지 요소로 갖춘 음양의 동양철학과 또한 주역이라는 책도 반영되었다.

5가지 요소란 우주의 요소 중 하나가 다른 요소를 창조하고, 또한 서로 영향을 미치면서, 윤회한다고 한다. - 즉, 나무(木), 불(火), 땅(土), 금(金), 물(水). 주역이란 책은 유교 경전 중 하나다. 처음에는 그 책이 운명을 알아보는 데 이용되었으나, 나중엔 이 책은 철학, 윤리, 정치에 큰 영향을 끼쳤다.

조선 시대의 세종대왕은 1443년 28개의 문자로 된 새로운 문자 체계를 만들었다. 오늘날의 언어학자들은 당시 한국 언어학이 한국어에 가장 적합하게 문자 체계를 제안할 정도로 그만큼 수준이 높았다는 점에 놀라워한다.
『훈민정음』은 그 체계가 완성된 지 3년 뒤인 1446년 책의 형태로 인쇄되었다. 한국의 엘리트들은 이러한 새 문자를 받아들이길 반대했고, 세종대왕은 125장의 시로 된 『용비어천가』(1447년) -하늘을 나는 용의 노래 -라는 제목으로 이 문자 체계에 따라 시를 지었다.

제2장의 그 시의 첫수는 "불휘 기픈 남곤⋯." 으로 시작하는데, 이는 오늘날도 여전히 한국인 정체성의 상징으로 자리잡고 있다. 한국어는 "한글"이라는 이름도 가지고 있다. 여느 발명품처럼 이 『훈민정음』은 성공하기에 앞서 가시밭길을 걸어야만 했다. 연산군(조선 제10대 왕)은 이 새 문자 체계가 반포된 지 반세기 만에 이의 사용을 허락하지 않았고, 『훈민정음』방식으로 인쇄된 모든 도서를 불태워 없애라고 명령했다. 1940년이 되기까지 사람들은 당시 그와 관련된 자료가 모두 불타, 없어진 것으로 알았다. 그러나 안동이라는 작은 도시에서 옛 한글 책자[40] 한 권을 발견하게 된다. 이는 한국어의 문자 역사에서 가장 귀중한 자료가 된다.

한국어 문자 창조에 관한 이야기는 언어학자인 박기완 씨에 의해 『훈민정음』에스페란토번역본[41]에 상세하게 만날 수 있다. 그 번역자가 한글학회에서의 발간을 준비하면서 그 번역본 교정이 내가 한국에 머물면서 수행한 업무 중 한 가지였다.

나는 단국대학교 에스페란토연구소에서 동료들이 나를 어찌 관찰하는지에 주목했다: 나는 그 사람들보다 더 요란하고 더 힘껏 타자기를 사용했다. 아무 놀랄 일은 아니다. ─나는 유고슬라비아 "Biser"라는 불편한 구식 모델의 타자기로 편지를

---

40) *역주: 『훈민정음』 해례본은 1940년 안동에서 발견된 것(간송본)과 2008년 상주에서 발견된 것 두 부가 존재한다. 위는 간송본을 말함.
41) *역주:『훈민정음』에스페란토번역본, 박기완 옮김, 한글학회/KEA 발행.

쓰면서, 타자 치는 법을 혼자 배웠다. 그리곤 그 타자기의 둔탁하고 원시적인 두들김을 잊을 수 없다.

"교수님은 뭐 새로운 것 못 보셨어요?"
우리가 연구소로 다가가면서, 박지훈 양은 내게 물었다.
내가 한국에 머문 초기의 시간이 지나가고 있었다. - 모든 게 낯설었다. 대학교에서 나는 잘 차려진 한국 정자를 보고 놀랐고, 곰의 조각물도 보게 되었다. 곰은 단국대학교가 이 나라 전설에서 대학 상징문장(紋章)으로 빌어온, 인내의 상징이었다.

한편 나에게 더욱 낯선 점은 대학교 설립자이자 현 총장의 모친 묘소였다. 그 묘소는 그 대학교의 캠퍼스 내의 호젓한 조용한 공원에 안치되어 있었다. 그러나 박 양에겐 내가 보는 것과는 다른 뭔가가 눈에 띈 것이다.
"대학생들이 붉은 깃발을 펄럭이고 있어요!"
그녀는 흥분해서 나에게 알려 주었다. 나도 그것을 보았다. - 건물의 옥상에서 작지만 보일 듯 말듯. 나는 이를 박 양보다 더 일찍 보았다. 그러나 나는 그것을 이상하게 보진 않았다. 나는 붉은 깃발 아래 자랐으니, 처음에는 이것이 비정상적 상황임을 곧장 이해하진 못했다.
"대학생들이 이겼어요! 한 학기당 1,000달러 상당의 등록금을 이젠 일시에 완납하지 않아도 되어요. -이젠 학생들이 이를 여러 번으로 나누어 내어도 된다고 하네요!"
대학생들이 이야기했다.

"청소하는 사람들도 추가 급료를 받는대요."
나는 대학생들의 요구가 아주 많음을 알고 있었고, 언제나 더욱 공세적으로 자신의 요구를 주장했다. 그러나 나의 관심은 그런 일에 있진 않았다. -나는 이 대학교 총장의 개인 초청자인 상황이니 -그래, 나는 당연히 이 주장에 반대하는 처지다. 그 총장은 주간마다 대학생들의 더 날카로운 주장을 경험해야 했다.

총장의 국제어 학습 계획은 -점심 식사 때 내가 함께해서 국제어 에스페란토를 더욱 잘 익히는 일은- 자주 실현되진 못했다. 그러나 그분은 에스페란토 홍보 차 나를 서울로터리클럽에 안내하기도 하셨다. 일본 게이샤의 한국식 등가물인 한국의 기생집과 같은 곳도 방문해 보는 기회도 있었다. 이런 곳에서 당시 한국올림픽 위원회 위원장도 만날 기회가 있었다. 나는 한국 기생이 있는 자리에서 한국 엘리트가 어떻게 즐기는지도 엿볼 수 있었다. 내 옆에 앉아, 식사하는 내게 소스를 건네주기도 한 기생 아가씨는 나에게 신비감을 불러일으켰다. 무대에서 여배우들의 공연, 여가수의 노래, 발레리나의 무용을 경험하기 같은 것은 나에게 저런 것이 여배우이구나! 라는 감정을 갖게 했다. 공연 예술의 수준에 관해선 토론의 여지가 있었다. 그러나 그 매력적이고도 우아한 기생 여성들과 만남에서 남자의 속박에 대한 생각이 밀려왔다. 유럽인 눈으로 본 편견일까? 필시.

호사스러운 저녁 식사가 끝나자, 나는 선물을 -내가 나의 동행인과 함께 그 자리에서 먼저 일어설 수 있는 - 받았다. 다른 사람들은 그대로 남아 살롱에서 피아노 소리를 들으며 즐거운 저녁 시간을 즐길 것이다. 고상한 움직임을 보여준, 그 친절한 기생 여성들과 작별했다.

그 총장 내외의 가정에 초대받아 간 날도 있었다. 그들 자녀는 유럽과 미국에 유학 중이고, 그들은 자신들의 많은 방이 있는 가옥을 대학교에 제공해, 외국에서 오는 교수나 대학생들이 이 가옥에서 거주하면서, 여러 문화를 즐길 수 있는 장소로 쓸 수 있게 해주었다.

"우리가 이전에 살던 그 집이 살기가 편하나요? (사실 내가 거주하던 집은 이전엔 그분 소유의 집이었다) 한국 음식은 이제 잘 먹을 수 있나요?"

총장의 자상한 배려는 내가 한국에 머무는 내내 있었다. 나를 위해 봉사하는 사람이 있는 것에 익숙하지 못했다. 내 옷장에 있던 빨랫감이 세탁되어, 다려진 채 한 무더기로 놓여 있음을 보고 나는 당황했다. 주방에서 일하는 그 착한 요정은 내가 서툴게 "감사합니다." 라는 나의 말을 겸손하게 만류했다.

총장 부인은 한편으로 친절하게도 나를 놀라게 했다: 그분은 나에게 선물을 보냈는데, 선물은 헤어드라이어였다. 그런데 헤어드라이어는 110V와 220V에도 작동하는 기기였다. 내가 유럽을 세계 중심으로 두고 있다고 예상해서, 내가 가져온 드라이기는 이 나라에선 작동하지 않으리라고 생각하였나 보다. 그분 생각에 감동하였다. 전통적 안주인의 움직임으로 그분은 한국식 관습대로 손님 앞에서 탁자 위의 전기 프라이팬에서 고기를 손수 조리하고 있었다.

금빛 잉어가 큰 벽 수족관에서 헤엄치고 있고, 한편 장 박사는 가봉공화국에서의 자신의 경험을 이야기하고 있었다. 단국대학교와 그 나라 대학교와 특별한 우정 관계를 맺었다고 한다.

저녁에 나는 내 음식을 망쳐 버렸다:
나는 곧잘 몇 가지 재료를 넣는 것을 깜박 잊어버림을 잘 안다. 그래서 솔방울로 만든 죽, 은행 열매들과 함께 하는 조개, 애호박과 바닷가재, 참깨와 함께하는 오믈렛으로 된 노란 국수, 상추의 향기 나는 잎으로 감싼 쇠고기, 물고기, 견과류 소스로 된 고추를 썬 것, 멸치. 수프. 그것은 필시 반찬인 것 같다. 왜냐하면, 주식은 달콤한 한국 쌀로 만든 밥이다. 그러나 가장 사랑받는 한국 음식은 김치다.

김치는 한국인에겐 비타민의 주요 원천이다. "김치 맛은 지역에 따라 다르다"라고 할 정도로 한국인들은 다양한 종류의 김치를 설명하곤 한다. 집 집마다 큰 김치통이 있다. 갖은 양념을 넣고, 종류도 다양한 배추로 특별히 만든 김치는 가운데가 부른 도자기 같은 장독에, 그 장독 안에 저장된다. 김치가 그 장독에서 발효가 되면, -아침상부터 저녁상까지 한국인 식탁에 그 모습을 보인다. 한국인은 여행할 때도, 내 상상으론, 가장 큰 향수를 불러오는 것이 -김치다. 국제 스포츠 경기에 참여하는 선수들도 그 경기에 참석할 때 김치도 함께 가져간다. 의심이 간다고요?

김치는 공기처럼 필요하다. 한국 사람들은 요즘 세상 사람들이 가장 근면한 근로자라는 일본인보다 1년에 한 달 정도 더 많이 일한다.

유럽에서 초청받아 근무하는 나는 그런 한국의 근로 시간을 지키지 않아도 되었다. 나는 아침 9시 30분부터 오후 6시까지 일하고, 저녁엔 두 강좌에 오후 7시부터 9시까지 일하니 중간 정도의 근로이다. 서울에서는 일하지 않는 토요일은 아직 일반화되어 있지 않다.

주말을 이용해 나는 버스 편으로 이 나라의 남쪽으로, 즉 대학이 있는 도시인 전주, 대전, 대구, 그리고 일본행 배를 탈 수 있는 항구 도시 부산을 방문할 기회도 얻었다.

전주는 온화한 둥근 지붕 모양의 산들, 즉 신라 시대의 고분 묘역으로 된, 한때 후백제의 도읍지란다. 10개 고분 묘지 중 한 곳만 발굴이 이루어져 있고, -고고학자에겐 충분한 자료를 제공하고, 관광객에게도 충분한 관람 거리가 됨 -나머지 다른 산들은 손대지 않은 채 남아 있다. 그리고 그 산의 무덤은 발굴되지 않을 것이다. -선조들이 편안히 쉬는 것을 가장 많이 중요하게 여긴다. 그런 사고방식은 모든 여행자의 발걸음보다도 더 무겁다.

5월 5일, 사람들은 이날이 마침 음력 4월 초파일이라 석가 탄생을 축원하는 공휴일인데, 이날에는 시내 전역에 연등이 달리게 된다. 스님들이 공터에 금빛 암소와 흰 코끼리를 놓아둔다. 그 위로 기독교 적십자가 빛나고 있었다. 1983년 한국에는 750만 명의 불교 신자, 약 700만 명의 기독교인이 있다고 한다. 십자로로 된 도로의 여러 곳엔 대형 시계가 서 있는데, 그곳엔 전자장치로 현재 한국 상주인구의 숫자를 알려주고 있다. "지금 현재" 그리고는 4천200만으로 시작되는 숫자가 있다. 내가 그 숫자를 보는 순간에도 1단위 숫자는 바뀐다.

"이젠 더 낳지 맙시다!"

나를 동행한 사람이 설명해 주었다. 그리고 그 마지막 숫자는 이 나라의 새 주민의 수가 늘어났음을 알려 준다.

나는 당시 1,000만 명이 사는 서울을 떠났다.

꽃다발을 안고서 나는 대한민국 국기인 태극기가 펄럭이는 김포공항을 떠났다. 철학과 신비를 상징하는 한국 깃발인 태극기. 아시아의 가장 잘 보존된 신비의 그런 맛을 나는 맛있게 즐겼다.

부록 2. 이스파한(Isfahan)-세계의 절반

1991년 새해를 며칠 앞두고 내가 사는 구역을 담당하는 우편 집배원은 힘겨운 표정을 지었다. 나에게 너무 많은 연하장이 왔기 때문이다. 많은 메시지 중에 일본에서 보내온 것이 눈에 띄었다.

"1991년은 양의 해로서 대단한 변화를 가져올 것입니다. 우리 모두 잘 지내도록 서로 도웁시다."

크리스마스를 앞두고 소포 4개가 왔다. 그들 모두는 똑같은 선물인 스카프를 보내왔다. 그렇지만 그 스카프는 아주 달랐다. 가장 특이한 것은 영국 옥스퍼드에서 보내온 것이었다. 그 선물에는 옅은 색상의 비단 스카프에 3개의 낱말이 있었다: 자유, 관용, 희망.

독일 여자친구 에디트가 보낸 소포에는 베티 마흐무디(Betty Mahmoody)가 쓴 『내 딸 없인 안돼요』[42]라는 책과 노란 손수건이 들어있었다.

나는 내 목수건으로 자유와 관용과 희망을 담은 스카프를 둘러 보았고, 그 대단한 변화의 해는 제 갈 길을 열고 있었다.

이웃 사람들은 폭죽을 쏘며 새해를 즐겁게 맞았다.

나는 요란한 폭죽 소리가 귀에 거슬렸다. 요란한 소리가 들릴 때마다, 나는 내가 있는 방을 빙- 둘러보았다. 손에 그 책

---

42) 주: 1988년부터 1990년까지 유럽을 휩쓴 유명 소설로, 이슬람교 문화와 기독교 문화의 갈등을 그린 작품.

을 든 채, 하얀 이불 속에서 나는 내가 안전하게 있음을 느꼈다.

"그 뒤 곧, 비행기는 테헤란에 착륙했다.
나는 내 가방에서, 무디(Moody)가 가르쳐준, 사두었던 두껍고 검은 스타킹을 찾고 있었다. 나는 스타킹을 신고, 전근대적인 짙은 의복의 치마를 한번 고쳐 입었다. 나는 다시 한번 거울을 보고, 빗으로 머리를 다시 빗으려다가 그만두었다. 왜 그런 수고를 해야 하나? - 나는 스스로 물어보았다. 나는, 남편이 말했듯이, 내가 집 밖으로 나갈 때면 머리에 꼭 착용해야 하는 검고 초록의 수건을 둘러썼다. 턱밑에서 그 수건을 묶자, 나는 영락없이 시골 마을의 늙은 아줌마 같았다…"

내가 그 책을 읽은지 몇 주간 뒤, 내 책상에 놓인 여러 우편물 중에 테헤란에서 온 편지가 있었다. 봉투에는 서로를 마주 보고 있는 두 개의 가면이 그려져 있었다. 나는 그 가면의 상징물이 내가 펼친 책장으로 변할 때까지 오랫동안 바라보았다.

테헤란에서 개최되는 제3차 인형극 페스티벌에 참석해 달라며 초청장을 보낸 알리 몬타제리(Ali Montazeri)씨가 이사로 재직하는 드라마아트센터의 상징물에 관한 이야기이다.

나는 인형극에 조예가 깊은 사람은 아니다. 그러나 나는 20년 동안 자그레브 국제인형극페스티벌(PIF)에서 일하고 있고, 이 행사를 통해 세계의 수많은 인형극 관계자들을 잘 알고 지내고 있다.

한번은 우리 국제인형극페스티벌에서 이란의 인형극 전문가 다바드 졸파가리(Djavad Zolfaghari)씨를 초청한 적이 있었다. 그를 초청한 뒤, 영웅 무바라크(Mubarak)로 명성이 나 있던 이란 전통인형극단이 자그레브에 초청되기도 했다.

다바드는 에스페란토를 할 줄 알았다.

그 때문에 나는 페스티벌의 **빽빽한** 일정 속에서 그를 **빼낼** 시간을 찾아, 그를 우리 집에 잠시 초대하기도 했다. 그는 페르시아 요리를 해 보였다. 가지 요리였다.

우리는 평화의 해에 처음으로 인사를 나누게 되었다.

그와의 만남은 내가 "평화 연습"이라는 소설을 쓰게 된 동기를 제공해 주었다.

"다바드, 내가 쓰는 소설 속에 당신을 등장시키고 싶은데 어떠세요?" 나는 어느 편지에서 그에게 물었다.

그가 회신을 보내오기도 전에, 내 소설 "평화 연습"은 이탈리아 시칠리아 평화상 수상 작품으로 선정되었다. 하지만 상으로 보냈다는 메달은 내 집 주소로 영영 오지 않았다.

그 다음 해에도 다바드는 동료 두 명과 함께, 많은 인형을 가지고 우리 페스티벌에 참가했다.

무바라크는, 자신이 우리 대륙에서 성장한 것처럼, 사람들이 아주 쉽게 구분할 수 있는 속임수를 사용하는 이란의 마술꾼이었다. 무라바크에 영혼을 넣어주는 인형극 관계자들을 만나보면, 그 사람들의 눈길에서 자신의 고향을 저렇게 복잡하게 표현하는 서유럽에 가까운 나라들을 말하는 "근동(近

東)” 의 사람의 눈길을 하고 있었다. 여러분이 그런 이란인들을 보고 웃음을 보인다면, 또 다른 현명함이 그들의 두 눈 뒤에 있음을 느끼게 된다. 나는 다바드에게 밥을 손수 지어 대접했다.

여러 해 전, 나는 미국 애리조나주에 두 친구가 결혼해 거주하는 집을 가본 적이 있었다. 두 친구는 모두 한 번씩 결혼한 경력을 가지고 있었다. 마치 사람들이 홍역을 앓은 것처럼. 두 친구가 그렇게 함께 한 가정을 이루어 살게 되니, 즐거운 마음으로 각자 보유한 책들을 한곳에 모았을 때, 똑같은 책들이 있음을 발견했다. 신랑 신부는 중복된 책을 따로 모아 친구들에게 나누어 주려고 했다. 나는 영어책을 거의 읽지 못할 정도로 나의 영어 실력이 형편없다. 나는 책 제목만 쳐다보았다.

그중 한 권에 관심이 가서, 책장을 넘겨 보았다. 그것은 마이데르 마즈다(Maider Mazda)의 『페르시아 부엌에서』라는 책이었다. 책에서 나는 “코레쇼” 라는 요리 -마르멜로 열매, 시금치와 석류로 만든 소스- 에 대해 배울 수 있었다. 그 뒤 나는 사전을 직접 찾아가며, 상상력까지 동원하여 몇 가지 요리를 직접 만들어 보기로 했다. 그때까지 나에게 페르시아 요리를 상세히 설명해 주는 이란 사람은 주위에 없었다.

다바드는 나에게 선물을 내밀었다. 작은 상자 안에는 터키옥이 들어있었다. 상자의 포장지에는 푸른 옷의 기사 한 명과

부자 같은 기사가 한 명 있었다. 두 필의 말이 질주하고 있었다. 기사들이 손에 쥐고 있는 저 채찍은 털 한 개만 있는 붓으로 그려진 것일까?

다바드는 테헤란에서 열리는 페스티벌에 내가 꼭 참석하면 좋겠다며 참석 여부를 물어왔다. 나는 상자를 포장한 종이에 그린 그림을 바라보고는 이 그림이 동화 세계와 관련이 있구나 하고 생각했다. 그림과 초청, 둘 다 동화의 세계와 관련이 있는 것 같았다.

양의 해인 1991년은 나에게 많은 변화가 있었다. 변화가 가벼운 것도 있고, 무거운 것도 있었다. 나는 그런 변화를 좋은 쪽으로 받아들이려고 노력했다. 그러나 그런 징조는 보이지 않았다. 테헤란으로의 초청에 대해 지난겨울 뒤로 아무 소식이 없었다. 그런데 페스티벌이 개최된 주간인 그때, 나는 테헤란행 항공표가 베오그라드 주재 이란대사관에 와 있다는 연락을 받았다. 전화 속의 다바드 목소리가 너무 작아, 연락을 받아도 어떻게 답을 해야 할지 몰라, 설명을 길게 해 줄 용기가 나지 않았다.

그때 우리나라 유고슬라비아가 공화국들 사이에 미움이 커져, 적대 전쟁을 시작했다고, 크로아티아가 주권 국가로 독립을 선포해 유고슬라비아 연방에서 분리되었다고, 베오그라드 측에서는 유고슬라비아의 멸망을 받아들이지 않고 있다고, "세르보-크로아티아어" 라는 표현은 이제 "세르비아-크로아티아 전쟁" 이라는 표현을 만들어 냈다고 하는 그런 이야기들을 해 줄 용기가 나지 않았다.

베오그라드와 자그레브 사이의 갈등에 불이 붙었다. 전쟁은 공식 선전포고 없이 시작되었다. 자그레브에는 이제 민간인들이 사용하는 비행장은 없다. 이제까지 이용해 오던 공항은 군대에서 접수해 버렸기 때문이었다.
자그레브에서는 어디로든 날아갈 수 없다. 베오그라드행 열차도 탈 수 없다. 베오그라드와 자그레브를 연결하는 철도는 곳곳에 폭발이 있었다. 버스 기사들도 전쟁터를 지나가면서 요리조리 샛길을 이용하여 베오그라드로 가는 방법을 찾는 일도 포기했다. 어지러운 나라에서는 믿을만한 정보를 얻기란 쉽지 않았다. 그렇지만 나는 슬로베니아로 가서, 류블랴나로 가, 그곳에서 비행기로 베오그라드로 간다면 베오그라드로 도착할 수 있을 것 같았다. 그 비행기 표는 아주 비쌌다. 그 가격에는 전쟁 보험료가 추가되어 있었기 때문이다.

우선 나는 슬로베니아행 버스에 올랐다. 여름은 이제 끝나고 있었다. 들판은 아직 초록이 남아 있지만, 황색과 갈색이 초록의 가장자리를 벌써 잠식하고 있었다.

베오그라드에 사는 이모부가 공항에서 나를 기다리고 계셨다. 이때만 해도 자그레브와 베오그라드 간에 전화 통화는 아직 가능했고, 테헤란으로 가는 중간에 베오그라드를 들른다고 친지들에게 알려 줄 수 있었다. 베오그라드에 있는 친지들과 만남이 그토록 가슴이 찡한 만남이 된 적은 한 번도 없었다. 어제, 그 친지들의 집 창문 아래의 도로에는 탱크들이 크로아티아로 향하며 달리고 있었다. 또 그 친지의 다른 방에 놓인 텔레비전 화면에는 총을 잘 쏜 군인과 인터뷰를 방영하고 있었다.

　　　……

한편 자그레브 쪽 텔레비전에서는 전몰 희생자 가족과 인터뷰를 하고 있었다. 양쪽 모두 조국을 지키자는 위대한 말을 수없이 하고 있었다.

피와 고통.

친지들은 세르비아 특산물로 대접하여 주었고, 베오그라드를 방문할 기회를 준 테헤란 사람들에게 진심의 따뜻한 고마움을 표시했다.

"승객 여러분, 저희 비행기는 몇 분 뒤 테헤란에 도착하게 됩니다."

그 말에 나는 깨어났다. 벌써? 너무 갑작스럽게도 느껴졌다. 도시의 불빛이 비행기 아래 반짝거리고 있었다. 나는 손가방에서 머릿수건을 꺼내, 머리를 감쌌다. 말을 듣지 않는 머리카락들이 벌써 호기심에서인지 밖으로 삐져나왔다. 무슨 일이 있는가? 비행기 밖은 섭씨 29도 정도로 더운 날씨였다.

사막과 질식.

나는 비옷 안에 들어있는 거울에 내 모습을, 이슬람교 공화국을 처음 만나게 되는 머릿수건을 한 번 보려는 충동이 강하게 생겼다. 기내의 좁은 창을 통해서는 내 옷의 아주 작은 부문만 비쳤기 때문이었다. 비행기에서 내리자마자, 나는 나의 양손이 옷 밖에 나와 있음을 알아차리고는 마음을 졸였다. 나와는 대조적으로 내 주위의 다른 여인들은 자기들의 몸을 아주 잘 숨긴 채 감싸고 있었다. 모든 통로마다 긴 줄이 만들어졌다. 다른 나라에서는 한 번이면 끝나는 절차를 이곳에서는 여러 번 줄을 서서 기다려야 했다.

이제 내 차례가 되자, 나는 이란 문화부 초청장을 내보였다. 시각은 새벽 4시를 가리키고 있었다. 나를 기다리는 사람은 아무도 없었다. 벽에는 정치가들의 사진 두 장이 마치 쌍둥이처럼 붙어있고, 내 여권을 검사하는 곳곳에도 붙어있다. 세관 공무원은 마지막 검사대에서 한동안 자신의 목록을 뒤적거렸다. 땀이 벌써 내 등에 흘러 내렸다. 나의 외투가 무척 더워 보였다. 공무원은 나더러 들어가도 좋다고 손짓했다. 그리고….

나는 드디어 테헤란에 도착했다. 그러나 내게 작은 문제가 생겼다. 페스티벌 참가자 숙소가 어딘지에 대해서는 나는 아는 것이 없었다. 자신을 택시 운전자라고 소개하는 어떤 남자가 나를 안내해 주겠다고 제안했다.

"어느 호텔로 갑니까?"

"잘 모르겠어요. 문화부로부터 초청을 받은 사람입니다."

두 사람 모두 서툰 영어였지만, 놀랍게도 의사소통은 되었다. 그는 "인터콘티넨탈" 호텔을 제안했다. 나는 그렇게라도 했으면 좋겠다고 생각했고, 다른 선택의 여지도 없었다. 그러나

요금으로 미화 20달러를 내라고 요구했다. 나는 고개를 끄떡이고, 용기를 내어 택시를 타기로 했다. 그러나 그 택시에는 택시라는 표시는 한 곳도 없었다. 나는 테헤란에 대해 잘 팔리는 책을 기억해 볼 권리도 없었다.

'여긴 테헤란이야.' 우울한 마음으로 차 안에서 위용을 자랑하는 건물이 서 있는 아자디 광장 옆을 지나가면서 나는 기분전환을 하려고 했다. 그러나 나는 배 속에 무슨 무거운 돌이 들어있는 것 같아, 여행은 즐겁지 못한 것 같았다. 택시가 멈춘 곳의 호텔은 "랄레(Laleh)" 라는 이름을 갖고 있었다. 나중에야 나는 그 호텔이 "인터콘티넨탈" 호텔이고, 혁명 후에 서양식 이름을 내던지고, 핏빛 같은 튤립이라는 이름으로 바꾸었다는 것을 알았다. 옛 이름은 호텔 안의 접시와 잔에 새겨져 있었다.

택시기사가 나를 이곳으로 안내해 준 선의의 의도에 고마워했다. 바로 그 호텔에 나의 방이 나를 기다리고 있었다. 호텔 종업원이 나의 가방을 받아 들고, 우리는 5층으로 향했다. 종업원은 긴 호텔 복도에서 객실 문을 열어준 손에는 뭔가 둥근 철사 같은 것이 들려 있었다. -그리고 우리는 들어섰다. 줄무늬가 있는 잠옷 속에 다리 두 개가 삐져나와 있었다. 그 방에서 내가 본 첫 광경이었다. 우리는 황급히 그 방에서 나왔다. 그 방은 벌써 누군가 투숙하고 있었다. 우리는 다시 복도를 따라 행진을 계속했다. 종업원은 내 가방을 들고, 나는 땀을 흘리며. 그의 금속도구는 다른 객실문의 자물쇠 구멍으로 들어갔고, 우리도 방으로 들어섰다.

그 방은 비어 있었다……. 그러나 완전히는 아니었다. 객실 손님은 화장실에 있었다. 물 흐르는 소리가 들려 왔다. 우리는 손님이 놀라지 않도록 재빨리 그 방에서 뛰어나왔다. 다행히 셋째 방은 비어 있었다. 넓은 침대가 나를 부르고 있었다. 즐겁게 날고 있는 새들이 새겨져 있는 두꺼운 커튼 뒤로 테헤란의 아침 소리를 들을 수 있었다.

"자비롭고, 관용을 베푸시는 알라신의 이름으로!"

내가 호텔 방에 제대로 도착했다는 것과 내가 둘러쓴 머릿수건과 외투를 벗어 던질 수 있게 되어 한결 마음이 가볍게 되자, 나는 2배의 즐거움을 누릴 수 있었다.

내가 깨어났을 때는 1370년이었다.

나는 나체주의자 해수욕장을 떠나 뭔가 사회에 적응해야 하는 나체주의자처럼 내 호텔 방을 나섰다.

나는 외투를 걸치고 머릿수건을 휘감기 전에 길게 한숨을 쉬었다. 그리고 나는 호텔 로비로 내려왔다.

호텔 안의 차도르 복장의 여인들은 검은 삼각형 꼴처럼 보였다. 차토르는 여인의 머리에서부터 발목까지 감싸는, 바깥에 입는 천이다. 여인들은 차도르가 열리지 않도록, 또 몸에서 미끄러지지 않도록 턱 아래서 한 손으로 차도르를 꼭 쥐고 있다. 차도르를 착용하지 않은 여인들도 있었다. 어떤 여인들은 긴 소매의 "만투" 라 불리는 겉옷을 입고 있었다. 이 옷은 발끝까지 내려와 있다. 이 옷차림은 어떤 경우에도 여인들이 허리가 있음을 보여주지 않는 복장이다. 그런 겉옷들의 치장은, 굳이 말한다면, 여인들이 이상적으로 분산해 놓은,

마치 군복의 견장 같은 커다란 단추들이었다. 나는 이란 여인들의 외투 말고 다른 옷에서 그렇게 흥미를 불러일으키는 단추들을 본 경우가 없었다. 겉옷과 함께 입는 머릿수건은 실제로 모자처럼 쓸 수 있도록 함께 재봉이 된 경우도 종종 있었다. 그러나 여기서 선호하는 색상은 검정이었다. 간혹 관심을 불러일으키는 회색이나 갈색의 겉옷도 보였다.

그렇게 온몸을 휘감아 버리면 얼굴이 관심의 초점이다. 첫눈에 들어오는 것은 두 눈이다. 모든 것은 얼굴에 다 집중되어 있다. 나는 이 세상에서 이란에서만큼 여인의 얼굴 모습이 신비스럽게 보이는 곳을 본 적이 없었다. 이란의 여인들은 얼굴만 가질 수 있는 권리를 누리고 있다. 모든 다른 것은 숨겨 놓아야 한다. 여대생들의 겉옷 안에는 운동화와 블루진 청바지가 보였다. 겉옷과 머릿수건은 공공 목적으로만 외모를 감싸는 옷차림이었다. 가정에서는 자연스럽게 생활하고 있었다.

테헤란에서 첫 아침을 맞아, 우선 식당에서 인형극 관계자들을 찾아, 그네들과 합류하려고 했다. 나는 먼저 자그레브페스티벌에서 알게 된 폴란드 사람들을 -폴란드 인형극단의 회원들을- 만났다. 그 연극단 이사는 폴란드 비아위스토크에서 공부를 한 바 있다. 인형극 관계자들로서도 비아위스토크는 중요한 도시다. 그곳에는 유명 인형극 아카데미가 있다. 여러 동료와 함께 비아위스토크에서 온 그 이사는 내가 에스페란토 페스티벌에서 왔다는 것을 듣고는, 슬라브어 같은 영어로 내게 확신하듯 설명하기 시작했다. "애석하게도 에스페란토는 이 세상에서 성공하지 못했습니다. 이유는 영어가……."

마침 그때, 콧수염 난 젊은 남자가 나타났다. 그의 어투로 보아 문화부에서 나온 관계자라는 것을 곧 알 수 있었다. 나와 이야기를 나누던 사람들은 자리에서 일어나, 그에게 인사를 나누면서 악수도 했다. 나도 그에게 악수하려고 똑같이 손을 내밀었다. 그러나 내 손은 분명 하나만 허공에 남아 있었다.

이 손을 맞잡으러 다른 손이 나서지 않았다. 나는 이곳에서는 여인들은 악수하지 않는구나 하고 느끼면서, 하는 수 없이 손을 다시 제 자리로 갖다 놓았다. 나는 이곳은 정말 남자들을 위한 사회라는 것을 느꼈다. 나는 여자구나. 여기서는 여자가 2등급으로만 취급되는 존재다. 내 블라우스에서 땀이 났다. 외투는 무거웠고, 턱 아래의 수건 매듭은 끓고 있는 차처럼 뜨거웠다.
테헤란의 1370년[43]은 더웠다.

나의 안내인 조레 아베디 양과 통역자 압디 사파와 알게 된 것은 즐거웠다. 연사들과 진행자들을 위한 도우미들이 많았

---

43) *역주:1370년경, 몽골 제국의 일 칸국을 꺾고 현 이란의 영토에는 티무르 제국이 세워진다.

다. 세르빈, 하미드, 아말, 마리암, 라시예.

조례 양은 테헤란에서 연극을 전공하고, 학생 기숙사에서 다른 두 명의 여자친구와 생활하고 있었다. 그녀의 가족은 케르만샤 시에 살고 있다. 압디는 미국에서 치의학을 전공하고, 잠시 친지를 방문하러 왔다가, 이곳의 군대에서 2년간 복무해야 하는 사실을 알았다. 나는 프로그램을 살펴보다가 나의 강연 제목이 바뀌었음을 발견했다. 그걸 나에게 알려 주는 것을 잊었다니. 알려주었더라면 좀 더 적합한 자료를 챙겨올 수 있었을 텐데.

나의 안내인은 영어로 말했다. 나는 에스페란토로 강연하게 되어 있었다. 내 강연은 시린 아마드니아(Sirin Abmadnia) 여사가 통역해 주셨다. 내가 1986년 베이징에서 개최된 세계 에스페란토대회 때 민족의상을 늘 입고 있어, 그때 나는 그분과 서로 인사를 나누었다. 내가 그분을 만났을 때, 내 등의 외투가 한결 가벼워진 느낌을 받았다. 베이징 대회 이후 그분은 에스페란토를 위엄있게 쓰려고 애쓰는 사에브-자마니 교수에게서 에스페란토를 배운 대표적인 제자로 내겐 비쳤다.

인형극 페스티벌의 나날은 하루하루 바삐 지나갔다.

연극과 강연.

이 극장에서 저 극장으로의 옮겨 다님, 물방울을 반짝이며 물이 솟아오르는 소리. 비둘기들이 구구-소리를 내는 분수대가 있던 공원들에 대한 감탄……

사막에서 물보다 더 감탄을 자아내게 하는 곳이 어디 있을까? 꽃이 자라지 않는 곳보다 더욱 꽃을 아끼고 사랑하는 곳이 어디 있을까?

그 때문에 이란의 카펫 제작자는 카펫마다 꽃을 장식하고 있다. 카펫은 방에서 키우는 정원이다.

페르시아어에서 간혹 나는 우리 문화와 비슷한 점이 있는 낱말들이 귀에 들려 왔다.

펜제르(pen ger), 베렌치(berenc), 데프(def), 다이레(daire), 체스마(cesma)라는 낱말들은 나에게, 마치 그런 낱말들은 다양한 정복자들과 여행자들이 창문, 쌀, 템브린, 분수대……와 같은 의미로 발칸반도에 자리를 잡기 위해 서쪽으로 왔을 때, 말에 함께 실려 온 것 같은 생각이 나의 마음에 닿았다.

카펫 박물관과 민속박물관은 그런 세계에 대한 것을 많이 알려 주었다. 근처의 골레스탄 궁은 당시 다시 지어진 지 얼마 되지 않았다. 궁전 앞에서 나는 세계의 잔인한 것들을 모아 놓은 역사를 들을 수 있었다.

집에서 나는 그것을 다시 읽을 수 있었다.

　"코로산(*Korosan*)시에 카자르(*Kagar*)왕조를 건국한 아가오 무하메드 샤(*Agao Muhamed Sah*)가 페르시아의 가장 위대한 통치자 나디르샤(*Nadirsah*)의 유골을 발굴해냈다. 그 유골을 그는 자신의 궁전 입구에 묻어 두고는, 매일 그 유골을 밟고 지나가도록 했다."

용서와 관용은 이란의 역사에서 가장 강력한 요소는 못 되는 것 같았다.

나는 보스니아 작가 주코 주후르(Zuko Dzumhur)가 테헤란에 대해 쓴 글을 기억하고 있었다.

"테헤란에서부터 보산스키 브로드(Bosanski Brod)까지 언제나 똑같은 노래가, 똑같은 내용으로 불린다. 또 메하나(터키어: 여관), 정원, 라일락, 쟈스민과 백 개의 우리 낱말들이 되풀이해 들린다. 자주 그 노래 끝의 마침표 뒤에 칼이 서 있다."

만약 노르웨이가 유럽 지도에서 호랑이처럼 자리해 있다면, 이란은 고양이 모습이다. 나는 고양이의 두 귀를 잘 구분할 수 있다. 테헤란은 고양이 등의 반점이다.

15개 공연 프로그램이 끝나자, 내 안내자 조레는 나를 민속박물관으로 다시 안내해 주었다. 성실하게 그녀는 나에게 전시된 눈물 그릇을 설명해 주었다. 어떤 여인은 자신의 남편과 아들을 사별한 뒤, 흐르는 눈물을 저 눈물 그릇에 모았다고 했다. 우리는 결혼 때 신부가 시집가며 가져가는 물건들을 전시해 놓은 박물관 진열창 앞에 섰다. 물건 중에는 코란, 꿀, 꽃, 설탕, 거울과 과일 등이 있었다. 그림은 어떻게 신부가 말을 타고 가는가를 보여주고 있었다: 신랑이 다가섰다. 신랑은 신부가 말에서 내리자, 신부 얼굴을 가린 천을 들어주었다.

"모샤 케람, 조레. 설명은 고맙군요. 이란에서도 손님은 알라신의 친구라는 속담이 아직도 살아있는 걸 정말 보여주는군요." 나에게 남자를 강하게 만드는 스포츠인 "주르 후네(Zur hune)"보다도, 제3대 이슬람교 교황 후세인(Husein)의 서거 기념일과 이와 관련된 상처를 내는 관습인 "하슈라(hasura)" 이야기보다도 훨씬 중요한 것은 여인들의 삶에 대한 그런 그림들이다.

내가 조레를 쳐다보며, "레이스를 덮은 코끼리"를 이야기한 주코 줌후르가 생각났다.

"오늘날 상점이 폐쇄되어도, 왕궁은 사람들로 가득 차 있다. 산책하러 오는 이도 있고, 차 마시러 오는 이도 있고, 담뱃대에 담배를 피우러 오는 이도 있고, 대화를 나누러 오는 이도 있다. 궁전에는 아름다운 여인들이 많이 있다. 궁전이 그렇게 아름답지 않다고 하더라도, 여인들은 왕궁을 더 호화롭게 만든다. 이란 여인들은 코카서스 여인들과 마찬가지로 아주 아름답다. 그들은 키가 훤칠하고, 우아한 몸매에, 여왕과 같은 위엄이 있다. 아가씨들의 가장 아름다운 부분은 눈과 길고 검은 머리카락이다. 그런 여인들의 얼굴을 가렸던 베일을 집어 던지게 한, 지난날의 왕이었던, 고(故) 샤 레자 팔라비(Sah reza Pahlavi)에게 축복이 있기를. 그 때문에 온 나라는 더 많은 아름다움을 얻게 되었다."

안내자 조레는 마치 내 생각을 읽은 듯 웃음을 지었다. 그녀의 머리카락은 두껍고, 검은 수건 아래 있지만, 두 눈은 앞에 언급한 것을 증명하고 있었다.

우리는 "폴로(polo)" 라는 밥을 먹었다. 폴론은 안남미 같은 누런 쌀에 샤프란 향료를 쳐서 만든, 나에겐 낯선 "제레슈-과일" 의 마른 조각을 넣어 만든 밥이었다.

다음, 우리는 자동차들이 수없이 오가는 복잡한 거리를 지나 시장을 찾아가 보았다. 테헤란은 "앞으로!" 라는 말만 제외하고는 다른 규칙은 모르는 것 같았다. 거리도 시장터처럼 사람들로 가득했다.

특별허가증을 가진 사람만 도심지로 자동차 운행 권한이 있었다. 도심의 거주자들조차도 운행할 수 있는 자신의 자동차를 이곳에서는 이용할 수 없고, 도심지 외곽에만 주차할 수 있었다. 하지만, 덕분에 교통문제가 해결될 것으로 보지는 않는다. 모두 도심지로 운행할 권한을 가진다면, 어떤 모습일까? 장터에서 나는 아무것도 살 수 없었다. 그렇게 많은 물건에, 그런 북새통에서는.

테헤란 벼룩시장에 관한 이런 글을 나는 나중에 집에 돌아와, 읽게 되었다:

"알렉산더 마케도냐[44] 대왕 군대가 약탈과 방화를 위해 이곳으로 왔을 때, 그들을 감싸줄 이불을 그곳에서 발견할 수 있고, 그것에 대한 보상으로 그들은 자신의 헬레니즘과 그리

---

44) 주: Aleksandro Macedona: 기원전 356-323 년. 당시의 알려진 세계를 정복한 왕.

스의 물고기 속을 어떻게 요리하는지 그 요리 비법을 내놓았
다."

나는 기꺼이 시장의 카펫 상점을 구경해보자는 제안에 응했
다. 시라즈(Siraz), 타브리즈(Tabriz), 부카라(Buhara), 카스피아
(Kaspia) 호수. 이것들은 상인이 카펫들 근원을 설명해 주는
낱말들이었다. 카펫마다 모두 제 나름의 족보가 있는 것 같
았다. 기도용 카펫, 예물용 카펫...
상인은 열심히 우리 앞으로 직조된 수예품들을 내보였다. 제
품들의 아름다움에 정말 머리가 현란할 정도였다. 복제하기
도 어렵고, 독특한 양식에 나는 현기증을 느꼈다.
카펫의 특산지 지명들이 마치 물방울처럼 그 카펫 위에 떨어
지는 것처럼 내가 들을 수 있었을 때, 나는 유고슬라비아 노
벨상 수상자인 이보 안드리치(Ivo Andric)와 그의 작품 "존
재하지 않는 옐레나"가 떠올랐다. 그의 문학작품 "데쟈뷰
(deja vu)" 즉 "이미 본 것"은 -내가 그 장면을 벌써 알고
있다는 느낌이 내 척추에 느껴 왔다.

카펫 상인은 우리 일행을 위해 차를 내왔다. 나는 자리에 앉
아 카펫을 사지 않고는 이 자리를 벗어 날 수 없구나 하고
느꼈다. 난 그들이 파는 물품 중 가장 작은 것을 사서 가야
지. 기도용 카펫이다. 비대칭의 장식이 있는 거로. 상인은 그
것을 포장해 주었고, 그 제품 색상을 포장지로 가리자, 세상
은 회색으로 되었다. 나는 그것을 집에서 다시 풀어보면서
즐거워했다. 만약 내가 출장 갈 나라마다 이걸 지니고 다닐

수만 있다면.

"그리고 누구도 이 카펫이 있는 방은 폭격하지 않았으면?"
난 무거운 마음에 이런 바람을 덧붙였다.

페스티벌 폐막식 때. 나는 코란의 장중한 독경 소리를 들을
수 있었다. 벽에 걸린 두 정치지도자의 사진은 반사경 불빛
속에서 우리와 함께 자리했다. 주요 인사들이 식장 무대로
올라가려고 일어섰을 때, 그들 주위의 남자들은 존경 어린
표정으로 자리에서 일어났다.

작품 10개의 공연과 박물관 방문이 끝난 뒤, 오늘 밤에 이스
파한으로 같이 여행해 보지 않겠느냐고 누군가 물어왔다. 새
벽 2시 30분에. 버스로. 사막을 통과하는 데 다섯 시간이 걸
린다고 했다. 당일에 돌아온다고 했다. 숙소로 돌아오는 길에
이슬람교 교황 호메이니의 묘소도 방문한다고 했다. "그 때
문에 차도르는 반드시 착용해야 합니다." 나는 그 모험에 참
여해보고 싶은 힘이 생기지 않았다. 그날 밤은 참가하지 않
았다.

그러나 이스파한은 정말 세계의 절반이었다.
나는 이스파한으로 가볼 용기를 내야만 했다.

다른 날, 나도 같이 가보려고 호텔 강당에 들어섰을 때는 새
벽 2시가 조금 넘었다. 우리 버스 기사는 트럭들로 가득 찬
사막의 차도를 휑하니 달릴 줄 아는 베테랑이었다. 그는 시

멘트, 석재, 수천 가지의 이상한 물건들을 싣고 다니는 대형 차들을 잘도 빠져나갔다. 그는 5시간을 운행하면서 오른쪽, 왼쪽으로 자기 나름의 교통법규로 달려갔다. 우리 버스 주변에는 말라버린 관목이나 풀밭으로 간혹 추측되는 것만 보이는 사막뿐이었다.

우리가 테헤란에서 출발한 직후, 우리 왼편에는 "아라비안 나이트"에 나오는 것처럼 3개의 동화 같은 탑이 불이 켜진 채 반짝이고 있었다. 금빛 기둥들은 이슬람교 교황 호메이니의 무덤이었다. 호텔로 돌아가는 길에 우리는 시장마저 이곳으로 옮길 것이라는 테헤란의 새 도심지 같은 그 무덤을 들어가 보았다. 왜냐하면, 시장이 서는 곳이 바로 삶의 현장이기 때문이다. 별들은 우리 위에서 크고 무겁게 보였다. 그렇다. 벌써 오래전에 사라진 제국의 동전들처럼.

아침에 맨 먼저 일어나는 사람만이 사막에서 맨 먼저 해가 떠오르는 광경을 체험할 수 있다. 나와 동행한 어떤 프랑스 여행자는 그 광경을 사진 찍어 보려고 했다. 나는 그렇게 해보고 싶지 않았다. 나는 지난번 멜리타(Melita) 여행 때 고장나, 낭패를 본 사진기를 갖고 있기 때문이었다.
요란하게 달리는 트럭들 사이로 5시간을 꼬박 달렸을 때, 간혹 지평선에서는 유전이 보였고, 다른 곳에서는 이상하게 여겨지는 성벽이 보이기도 했다. 신비감이 우리 침묵 위에 앉았다. 우리를 안내해 주는 샤브린은 방금 문을 연 것 같은 어느 현대식 식당을 여럿 들어가, 아침을 먹을 수 있는지 물어보았다. 그러나 들르는 곳마다 이곳엔 그런 곳이 없으니, 더 가라는 대답만 들려 왔다.

"왜 안돼요?"

"저곳은 당신들이 싫어할 곳이 분명해요."

"하지만 저 음식점에서 파는 것은 뭡니까?"

"전통적인 이란 아침 식사죠. 구운 양고기인데, 양의 볼과 눈과 혀라고요."

프랑스 사람들은 계속 가보자는데 동의했다.

나는 "당신을 뚫어지게 보는 그 음식을 먹는 게 얼마나 곤혹스러운가?" 라는 어떤 논평이 떠올렸다.

바로 그때 갑자기 사막은 정원으로 바뀌었다. 초록이 마치 바람에 날려 이곳에 온 것처럼 우리 눈을 놀라게 했다. 도로 양옆 줄줄이 파인 운하에는 맑은 물이 환하게 보였다. 마치 어린아이의 맑은 눈처럼 반짝였다. 수면 위에는 꽃잎이 여럿 떠다녔다. 어린아이들이 그것을 가지고 놀고 있었다.

땅 색깔과 거의 구분이 되지 않는 작은 집들만 스쳐 지나온 여행 뒤에, 자신의 성장을 좀 더 길게 하려고 한 동이 물이라도 더 기다리다가 비참하고 노랗게 변해버린 어린나무들을 지나온 뒤에, 먹음직한 풀 한 덤불을 잡아 보려고 애쓰면서 작은 집 주변을 배회하는 양들을 스쳐 지나온 긴 여행 뒤에 -이제 낙원에 닿은 것 같았다.

이 세계의 또 다른 절반인 이스파한이었다. 곧 우리는 "세계의 얼굴"인 광장에 도착했다.

"이스파한에는 콘스탄티노플을 능가할 만하고, 또한 아름다움에 있어 기독교 세계가 보여주는 모든 것을 능가하는 두 곳이 있다. 나그세 자한 (Nagse Gahan)광장45)과 차하르 바그 (Cahar Bag)이다."

그렇게 나보다 4세기 먼저 이 나그셰 자한을 만난 로마 탐험가인 피에트로 데 라 발레(Pietro de la Vale)는 숨을 멈출 정도로 경탄을 불러일으켰다고 적고 있었다.

먼저 무엇부터 볼까?
길이가 500m, 너비가 150m인 나그셰 자한 광장은 여행안내원이 메마른 목소리로 설명한 바에 따르면, 이 세계에서 가장 아름다운 곳이다. 만약 그것이 자신의 편에서 그런 건축물이 하나뿐이라 해도, 그 장소는 그런 찬사를 받을 만했을 것이다. 그러나, 광장의 모든 면에서 바로 앞에 비친 것보다 더 아름다운 그런 건물이 하나씩 있었다.

우리는 알리가푸(Ali-gapu)46)라는 건물 앞에서 입을 딱 벌리고 섰다. 마스 셰흐바아(Mas sejh-baha) 이슬람교 사원이 우리 앞에 서 있었다. 우리는 건축물에서 눈을 뗄 수 없을 정도로 색상과 모습에 있어 "여성적인" 독특함을 볼 수 있었다. 오른편에는 기막힐 정도로 놀라운, 푸른색 둥근 천정 아

---

45) *역주: 왕의 광장
46) *역주: 왕의 관람석

래 샤(Sah) 이슬람교 사원이 찬란하게 서 있었다.

"알라신께서 자신의 영광을 기리기 위해 건축하여, 그분도 이 안에 매일 계시진 않고, 특별한 행사가 있을 때만 머물렀을 만큼, 귀중하게 여기고 아름다운 곳이다."
그렇게 주코는 쓰고 있다.

나의 시선은 붓과 디자인들이 만들어 놓은 미궁을 따라 포도나무 줄기처럼 올라갔다. 우리는 아무도 말을 꺼내지 않았다. 침묵이 유일한 반응이었다.
이 왕궁은 유명한 말렉샤흐(Maleksah)가 천 년 전에 건축했고, 그로부터 7백 년이 지난 뒤, 샤흐 아바스 대왕이 그 왕궁을 현재와 같은 모습으로 만들어, 세계적인 경이로움을 이룩해 놓았다. 이슬람교 사원 벽에 붓으로 그린 것처럼 조각된 왕의 칙령에 대해 주목했다.

"대왕은 미용사, 정원지기, 거울을 만들어 파는 사람들, 마사지사, 공중목욕탕에 종사하는 사람들에게 세금을 거두지 말 것을 지시했다. 왜냐하면, 그들이 제국의 친애하는 국민의 위생과 아름다움과 청결과 건강을 위해서 일하기 때문이다."

사막여행에서 땅만 보아온 눈의 피로가 갑자기 터키옥과 샤프란의 뉴앙스에, 둥근 천정의 곡선미의 따뜻함에, 그 건물을 지은 건축가의 능력과 인내심으로 보상을 받은 것 같았다.

그가 똑같은 광장에 마스 셰이바아 라는 놀라운 이슬람교 사원이 아주 왜소하게 느껴지는 것을 알아차린 뒤에는 샤흐-이슬람교 사원을 건축하게 되었다. 작은 사원에 미묘하게 디자인한 타일을 올려놓은 것은 천천히 진행하도록 했다. 왜냐하면, 이 사원을 장식할 때는 일반 타일이 아니라, "하프트-랑 (haft-rang)"이라 불리는 디자인 기법을 이용하도록 특별한 명령을 내렸기 때문이었다. 나는 여자 이슬람교 사원으로 들어가 카펫에 앉았다. 머리 위로 뭔가 저 멀리 위로, 터키옥 같은 꽃으로 장식된 태양 빛깔의 둥근 천정이 부풀려져 있었다. 나는 여전히 침묵이 나의 주위를 휘감고 있음을 느꼈다.

같은 광장에서 그 여자 이슬람교 사원과 마주 보고 있는 곳은 한때 샤흐 아바스(Sah Abas) 대왕이 머물던 곳인 알리-가푸 광장이었다. 집무실의 가장 높은 층에는 대왕이 음악을 들었던 음악실이 있다. 그곳 벽은, 여러 그릇, 화병, 술잔들로 가득히 예술적으로 조각되어 있었다. -이 모든 것은 특별한 음향효과를 가져다주었다.

안내원은 우리에게 그 대왕이 춤 공연을 관람하기를 좋아했지만, 그의 궁중의 여무용수들을 그 대왕을 제외하고는 다른 사람이 보지 못하게 하고, 궁정 악사들도 못 보게 했다고 했다. 그래서 먼저 악사들이 곡을 연주하고, 음악실을 나가면, 그 뒤에 여무용수들이 들어와, '벽의 화병에서 흘러나오는' 음악에 따라 춤을 추었다고 설명해 주었다. 나는 화병에서 물처럼 흘러나오고 있던 음악을 상상해 보았다. 그리고 믿기지 않는 이야기를 믿었다. 왜냐하면, 그 이야기는 이스파한 그 자체만큼 믿기지 않았다. 그것은 자신의 메나르-존반(Menar-gonban)- 이슬람교 첨탑이 다른 첨탑에 진동을 전해 줄 수 있는 흔들리는 첨탑들- 을 가지고 있는 도시이다. 이 도시에서는 어느 목욕탕에서는 촛불 하나로 목욕물을 덥힌다는 이야기도 입에 회자한다.

왜 아닌가? 이스파한은 기적들로 이루어진 서울이다. 적어도 40가지의 기적이 있는 도시였다. 이란에서는 40이라는 숫자는 큰 숫자를 의미한다. 그러나 이스파한에는 40개의 기둥이 있는 궁전도 있다. 실제로 그 기둥들은 모두 20개밖에 되진 않는다. 그러나 그 뒤에 비친 거울에 비친 정면과 함께 보면 잔잔한 물의 표면에 반사되어 그 숫자가 2배로 된다. 궁전은 가장 아름다운 페르시아 풍물들을 지키고 있다. 그리고 그 위로 아바스(Abas) 대왕이 행진하고 있다. 마치 궁전에 대해 다음과 같이 언급하는 포르투갈인 경건자가 그를 바라보듯이!

"그 금요일, 오전 8시경, 내가 본 왕궁은 이렇게 장식되었다. 왕궁은 휘황찬란한 정원으로 향하는 큰 출입구 옆에 왕궁의 말 중 가장 아름다운 말이 스무 필 서 있었다. 말들에는 진주가 박힌 금비단이 덮여 있었고, 그 말들의 이마에는 에메랄드가 박힌 금 사과가 붙어있었다. 정말로 나는 이 세상에서 그런 말들보다 더 아름다운 말을 본 적이 없다. 말들과 난간 사이에는 큰 샘이 4개 있다. 다른 편에는 2개의 금환(金環)이 있었다. 그 2개의 환에는 싸움에 나갈 야생짐승들이 묶여 있었다. 황소들과 함께 두 마리의 사자, 두 마리의 호랑이, 표범 한 마리가 값비싼 카펫 위에 서 있었다. 그 카펫의 가장자리에는 그 아름다운 짐승들에게 주는 황금 밥그릇이 보였다. 다른 쪽에는 금으로 짜서 만든 것을 입힌 두 마리의 영양과 두 마리의 코끼리가 기다리고 있었다. 장중한 영빈관은 내가 이 세상에서 본 가장 아름다운 것이었다. 각국 대사들은 큰 영빈관의 정면에 앉아 있었다. 곡이 연주되었다. 이것은 동물대회의 시각을 알리는 것이었다. "

이스파한에 자얀데루드(Zayanderud) 강이 흐르듯이, 이야기도 흐른다. 이 강 스스로는 아주 큰 힘으로 넓게 이스파한을 지나가고, -사막으로 사라지기 전에- 수많은 곳에, 수많은 과목에 물을 준다. 나는 국왕 아바스(Abas) 2세가 건설해 놓은 카요우(Kajou) 다리에서 강물이 어떻게 흐르는가를 보았다. 석재와 벽돌로만 만든 23개의 아치 아래 1650년부터 벌써 자얀데루드 강은 급류를 내보내고 있었다. 그 다리만 그럴까? 그것은 삶의 무한성을 경배하기 위해 건축된 무대 같기도 했다. "대단한 세계관을 가진 아바스는 이곳에 호수와 관개시설과 다리를 만들었다…."

우리는 그 아름다운 꽃과 교량들에게 이스파한에 남겨둔 채, 돌아와야 했다.
테헤란에 거주하는 에스페란티스토들이 호텔에서 나를 기다리고 있었다. 페스티벌의 규정에 따라 참가자인 나는 그들의 집을 방문할 수 없지만, 그들은 반갑게도 나를 만나러 와 주었다.

우리 이야기는 자얀데루드 강의 강물처럼, 풍부하고도 진취적으로 흘러갔다. 학생들의 과제물에서 틀린 곳을 고치면서 밤을 지새우는 경우가 많은 질라 샤에브-자마니(Jila Saheb-Zamani)의 깊은 눈길은 그들을 한데 모아 주었다. 학생들도 많고, 과제물도 많았다. 이란의 사막을 비추는 별들에 감탄을 보낼 시간은 아직 남아 있을까?

나는 이란 여행을 마치고 집으로 돌아와, 선물들을 꺼내보았다. 낙타 뼈 위에는 페르시아 마구를 즐기는 기사들의 모습이 그려져 있다.

경보다. 공습의 위협.
이럴 때는 지니고 갈 가장 귀중한 것은 무엇일까?

나는 지하실 대피소로 피난해 그곳에서 앉아, 내 기억 속에 있는 이스파한47)을 폐허로부터 보호하려고 눈을 감았다.

---

47) *역주: 이란의 테헤란 남쪽 420㎞ 지점에 있는 이란 제일의 도시이다. 이곳은 16세기 말 페르시아 통일의 위업을 완수한 사파비 왕조의 샤아 아바스 대왕이 왕궁을 건축하여 번영의 절정을 이루었다. 사파비 왕조의 손으로 지은 궁전, 이슬람교 사원, 다리, 정원 등은 그 왕조가 망한 뒤에도 그대로 남아 있고, 귀중한 문화유산과 환상적인 분위기를 자아낸다.

부록 3. 크로아티아 약년표48)

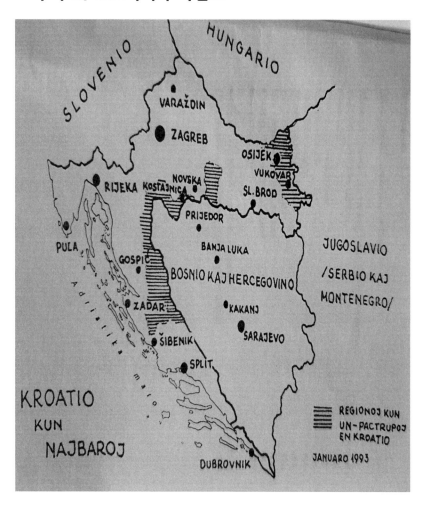

〈1993년 1월의 크로아티아와 주변국가 지도〉

---

48) *역주: 출전: [IKS(Internacia Kultura Servo)]1992년 자료. 『조종(弔鐘). 전화의 크로아티아에서』, 스포멘카 슈티메치 저,(모리신고 옮김) 해조사(海鳥社), 1993. 일본. 후꾸오까.

7세기 : 민족 대이동의 시대에 크로아티아인들은 당시 로마제국의 영역이었던 파노니아와 다르마티아의 영토에 살게 되었다.

925년 : 영주인 토미슬라브가 크로아티아인들을 통합하여 왕이 되다. 이렇게 승인을 받은 왕국은 2세기에 걸쳐 존속했다.

1102년 : 크로아티아는 헝가리와 합병했다. 그렇지만 국가로서의 주권은 완전하게 보증을 받았다.

다음 세기에는 크로아티아 일부를 당시의 강대국이 (예를 들면 베네치아 공화국이 다르마치아를 1410년부터 1797년까지 지배함)지배하였다.

동시에, 터키 침략에 대항하여 전쟁이 여러 번 있었다.

1526년: 크로아티아는 강력한 함부르크 왕조에 합세 되었지만 부분적으로 주권을 가지고 있었다.

1835년: 민족 회복 운동이 시작되고, 크로아티아어의 재확립, 봉건제 소멸, 의회제도의 재확립이 시작되었다.

1918년: 제1차 세계 대전후 세르비아, 크로아티아, 슬로베니아 왕국이 세워지다. 나중에 유고슬라비아(남슬라브인의 나라)로 불리워졌다.

1929년: 세르비아 출신 알렉산더 왕은 유고슬라비아 의회를 해산하고, 독재 정치를 시작했다.

크로아티아는 처음으로 국가로서의 왕권을 잃었다.

1941-1945년: 제2차 세계대전으로 유고슬라비아는 분열되었다. 공산주의 그룹의 지도 아래 반파시즘 활동과 전투를 통해서 6개의 공화국이 형성되었다. 이 여섯 개의 공화국(슬로베니아, 크로아티아, 세르비아, 보스니아-

헤르체코비나, 몬테네그로, 마케도니아)은 유고슬라비아라는 공산당 일당 지배하의 연방을 형성했다.

1929년: "크로아티아의 봄" – 이 봄은 강권 통치로 잠잠해졌지만, 새 인권. 자유와 민족독립을 목표로 한 청년들의 정치활동이 시작되었다.

1948년: 소비에트 연방에서 탈퇴했다.

1980년: 요시프 브로즈 티토 사망

1981-89년: 국내에 경제, 정치뿐만 아니라 민족 간의 전반적인 위기가 급격히 고조.

1990년: 크로아티아에 있어 제2차 대전 이후 처음으로 민주 선거가 실시되어, 공산당이 패배했다.

1991년: 크로아티아 국민은 국민투표로 95% 이상의 찬성을 얻어 독립을 결정했다.

세르비아와 유고슬라비아군은 크로아티아에 대해 전쟁 개시.

부록 4. 다시 태어난 나라 크로아티아[49]

크로아티아는 유럽(지중해와 중유럽)에 위치한 국가다.

공식명칭   HRVATSKA

면적   56.538 평방Km

인구   4,760,344인(명) (1991년 통계)

민족구성   크로아티아인 77.9%, 세르비아인 12.2%
남슬라브인 2.2%, 이슬람인 1.0%, 기타(헝가리인, 슬로베니아인, 이탈리아인, 체코인) 1% 이하

정치형태   의회제 민주주의

수도   자그레브(인구 930,500명)

주요도시   스브리토, 리에카, 오시에크, 자다르, 도그로비니크, 바라지진, 푸라

아드리아해   해안 약 1,800km, 약 4,000km의 해안선을 가진 1,000개 이상의 섬이 있다.

언어   크로아티아어

해외거주 크로아티아인 약 2,000,000명

크로아티아에는 15,000건 이상의 문화재가 있다.(고고학적인 견학지, 건물, 역사적으로 귀중한 유적, 게다가 미술적으로 독특한 작품 등)

그중 2점은 유네스코의 보호를 받고 있고, 세계적인 유적으로 차트에 올라 있다.

---

49) *역주: 출처:『조종(弔鐘). 전화 속의 크로아티아에서』(IKS(Internacia Kultura Servo)1992년 자료에서).

7곳의 독특한 자연과 아름다운 환경에, 훌륭한 지역이 정부의 특별 보호를 받고 있다. 세계적으로 평가높은 유적도 몇 군데 존재하고 있다.

도브로비니크　　13세기 이래의 도시
스플리트　　　　3세기 로마제국 이래의 궁전
플리트비츠카, 제제라 매력이 넘치는 호수와 폭포, 석회암지역에서 자연환경학의 모든 것을 볼 수 있다.

부록 5. 관련 상식50)

*1. 동구(東歐:Eastern Europe)란?

동유럽이라고 하는 말은 현재로서는 널리 쓰이고 있지만, 이것은 다분히 정치적인 구분이다. 동구란, 소련과 서구(西歐) 사이에 위치해 제2차 세계 대전 후 사회주의 체제를 채용한 국가들, 즉 소련의 위성국가로 일컬어지는 지역이다.

북부의 발트국가 중 리투아니아는 역사적으로 폴란드와 깊은 관련이 있지만, 동구에 포함하지는 않는다. 발칸 반도의 여러 나라는 중부유럽과는 문화적, 역사적으로 이질 지역이지만 그리스를 제외하고는 모두 동구에 넣고 있다.
민족과 언어에서 보면, 슬라브권에는 폴란드, 체코슬로바키아, 유고슬라비아, 불가리아가 속하고, 비슬라브권은 헝가리, 루마니아, 알바니아로 볼 수 있다.
유럽 근대사에서 동구란 엘베강을 기준으로 그 동쪽 유럽의 모든 지역(발칸을 제외한)이라고 규정한다.

16세기부터 서구 여러 나라는 근대화로의 도약을 시작했는데, 동구는 근대와는 등을 돌린 채, 중세로 역행하는 움직임이 나타났다. 그것은 겨우 자립을 시작한 농

---

50) 역주: 『朝日現代用語 知慧藏』(1992), 朝日新聞社, 東京, 日本 1992, pp190-197을 번역.

민이 또다시 봉건영주에 복속 당하여 서구를 위한 수출 농산물 생산을 위한 부역 노동에 속박당한 것이다.

이것을 경제사에서는 재판농노제(再版農奴制)라 부르고, 그 후 동유럽 경제의 후진성 원인이 되었다.

*2. 동유럽경제(東歐經濟)

동유럽은 중유럽과 발칸 반도 각국과 경제력에 있어 큰 차이가 있다. 지금까지는 원재료 공급국인 소련 영향권 아래 있음과 각국이 대외채무가 있음이 동구경제의 공통사항이었지만, 1989년 후반부터 '동유럽 혁명'에 따라, 자본주의 경제체제, 즉, 시장경제의 도입이 경제 재건의 결정적 방법으로 갑자기 부상하게 되었다.

소련과 일정한 거리를 유지하고 있던 유고슬라비아에서는, 새로운 사회주의 경제형태라고도 말할만한 노동자 자주관리(勞動者自主管理)가 도입된 지 오래되어, 많은 문제를 안고 있지만 정착되고 있다. 단지 상당히 철저한 지방분권과 밑에서 위로 쌓아 올라가는 협의경제(協議經濟)는 국내의 통일시장을 유명무실하게 만들었고, 80년대 대외채무의 증가, 만성적 인플레라고 하는 경제위기에, 국가가 효과적으로 대처할 수 없는 상황이 초래되었다. 그 때문에 1988년 헌법 개정에 따라 연방정부 권한을 강화하고 경제운영권을 각 공화국에서 중앙으로 이양하게 되었다. 이러한 결정에 슬로베니아, 크로아티아 등 선진지역이 반발하고 있다. 이 같은 시책으로 한때 1년에 100%를 넘은 인플레도 현재에는 진정되었으나, 이 나라는 정치적 마무리를 소홀히 하여 경제에서의 앞선 움직임도 낙관할 수 없다.

일반적으로 동유럽 각국은 1970년부터 공업근대화를 위해 서방으로부터 상당한 자금을 도입하여 설비투자를 했지만, 그 결과로 생산된 동유럽의 공업제품이 오일쇼크 영향을 받았고, 이로 인해 서방에 충분한 판로를 개척하지 못한 채, 채무만 남는 결과가 되었다. 그 도입된 자금에 대한 이자 지불 문제 때문에 새로운 채무를 지지 않을 수 없는, 말하자면, 국가 경제 규모로서의, 이자 지옥에 빠진 셈이다.
대외채무를 안은, 거의 대부분의 동유럽 여러 나라 중에서 루마니아는 국민 경제생활에 막대한 희생을 강요하여 그 채무를 거의 갚아 나갔지만, 그것이 차우체스쿠 정권붕괴의 원인이 된 것은 기억에 새롭다.

경제개혁은 소련보다 동유럽이 앞장서 가고 있다. 아울러, 고르바초프의 페레스트로이카 정책 중, 경제에 관한 대부분은 이미 동유럽 여러 나라에서 실시되고 있었지만, 그것이 현재 목표로 하는 경제재건까지는 연결되지 않았던 점에 문제가 있다.
우선 1980년대에 들어서서 동유럽 각국에 인플레가 눈에 띄기 시작했지만, 그 인플레는 정책적으로 극히 낮은 가격으로 유지해 왔던 기초식료품의 가격과 공공요금을 수정하고, 대외채무의 압력으로 통화(通貨)를 평가

절하는 것이 피할 수 없는 일이 되었다. 그 결과 국민생활은 피폐해지고, 그 불만이 1989년 후반의 각국 정권교체의 방아쇠가 되었다. 즉 어중간한 경제개혁은, 간단히 봐도 강력하다고 할 수 없는 동유럽 공산당정권에 있어 오히려 치명타가 된 셈이다.

따라서 진행 중인 경제재건 정책이나 서방측의 원조도 본래부터 국민지지를 얻는 강력한 정권이 존재해야 한다는 전제가 된 셈이다.

사회주의 계획경제체제에서 자본주의적 경제체제로의 이행은 결코, 자연스럽게 나아가는 것은 아니다.

가장 중요한 과제로서 국영기업 민영화와 시장경제라는 메커니즘 도입에는, 지금까지 운용해 오던 원리를 180도 전환하는 것이고, 민영화 정착을 위한 자본조달에는, 통화 안정과 상업은행의 확충 이외에도 주주의 육성도 필요하다. 또 가격통제를 하지 않는 국내시장을 만드는 것도 단시일에는 매우 곤란하다. 그래서 외국으로부터의 투자도입을 촉진하게 되지만, 이때 외자도입을 위한 관련 법규 및 지금까지의 등한히 해온 인프라 스트럭춰(infra-structure 기간산업)의 정비와, 환경 보호 대책이 전제가 된다. 이러한 일에는 거액의 자금이 필요하고, 서방측의 각 나라가 동구 각국의 시장경제로의 이행을 조건으로 상당한 융자를 해 줄 예정이고 이미 유럽부흥개발은행(EBRD)도 발족했다. 서방측의 자금이 들어오고, 투자가 빈번하게 이루어져 경제재건이 시작되면, 국내에서는 인플레가 가속화되어, 기업도산, 실업 증가, 복지 후퇴라고 하는 사회 문제의 심각성은 일시적이나마 피할 수 없게 될 것이다.

1990년 후반, 동구 각국은 "동유럽판 오일쇼크"에 혼들렸다. 코메콘(comecon: 경제상호원조회의)에 속했던 각 나라에 대해 루블화 방식으로 원유를 공급해 온 소련은 1990년에 공급할당량을 삭감했다. 게다가 1991년에는 결제방식도 하드 커런시(hard currency:경화硬貨)에 의한 방식으로 바뀌었다. 종래, 동유럽의 각 나라는 원유 부족량을 이라크에서 공급받아 보충했다. 이란-이라크 전쟁 때에 무기 등을 이라크에 수출한 폴란드, 헝가리, 루마니아 등의 동구제국은, 그 대금으로 원유를 받고 있었다. 그러나 이라크의 쿠웨이트 침공에 대한 경제제재 때문에, 그마저도 중단되었다. 그 때문에 가솔린 부족도 심각해지고, 원유 할당으로 인해 귀중한 외화를 사용하지 않을 수 없고, 국민 생활뿐만 아니라, 경제재건에도 악영향을 미치고 있다.

한편, 동유럽 각국은 농업집단화 현황은 나라에 따라 꽤 다르다. 폴란드같이 개인 농가가 대부분을 차지하는 나라와, 헝가리처럼 거의 집단으로 운영되는 나라가 있다. 대부분, 각국은 모두 집단농업을 개선해 보려고 진행하고 있다. 예를 들면, 헝가리에서는 국유농지의 5할 이상을 농민에게 파는 정책을 결정했다. 그러나 개인 농업이 집단농업보다 생산성이 높다고는 잘라 말할 수 없다. 서구로 수출하는 농산물을 생산에 있어 어느 정도의 경영 규모가 필요하므로, 이에 따른 개인 농업의 창설을 둘러싼 문제도 많다.

*3. 발칸(Balkan)

지리상 발칸 반도는 도나우강과 사바강 이남을 말하지만, 이 경우 터키의 유럽 부분은 포함되지만, 루마니아의 대부분, 세르비아의 보이보지나 자치주, 크로아티아와 슬로베니아 일부가 포함되지 않게 된다.
그러나 역사적, 문화적으로 루마니아와 유고슬라비아 전 국토는 발칸으로 인식된다. 발칸 대부분은 근대에 있어, 오스만제국의 영토, 또는 보호국의 지위에 놓여 티말 제도라고 불리는 터키 봉건제가 성립되어 있기에, 서구의 근대화와는 등을 돌리고 있었다. 동시에 발칸은 유럽의 화약고라고 불리고 있다.

발칸반도에는 오스만제국의 지배하에 슬라브인, 그리스인, 루마니아인, 알마니아인 등이 섞여 들어와 거주하고 있어, 각 민족이 19세기에 민족해방운동으로 독립을 꾀하자, 영토 획정을 둘러싸고 수습이 되지 않았다.
그것이 열강의 간섭을 초래하고, 금세기 초에 두 차례에 걸쳐 발칸전쟁이 일어났고, 게다가 제1차 세계대전의 방아쇠가 된 셈이다. 그리스를 제외한 발칸의 여러 나라는 모두 사회주의국가가 된 제2차 대전 후에도 나라마다 소속된 소수민족을 둘러싸고, 인접 국가에 대해 불화와 반목이 끊이지 않았다.

그리스, 불가리아, 유고슬라비아의 분쟁 씨앗이 된 마케도니아 문제는, 현재로서는 유고슬라비아에 마케도니아 공화국이 창설되었기 때문에 일단 진정되긴 했지만, 잔재는 아직 남아있다. 현재 미해결된 주된 민족분쟁은, 루마니아의 트란실바니아 지방의 헝가리인과, 유고슬라비아 내 코소보 자치주의 알바니아인을 둘러싼 문제이다.

전자는 약 200만이라는 헝가리계 주민의 전통문화가 차우체스쿠 정권시대의 '농공업복합체' 건설계획으로 계속 파괴되는 문제로, 헝가리는 이것을 소수민족의 압박으로 인식하고 유엔에 호소했다. 바르샤바 조약 가맹국간의 전쟁이 유엔에 제출된 것은 이번이 처음이다. 다만, 차우체스쿠 정권의 붕괴와 함께 '농공업복합체' 건설계획은 중지되고 1990년 5월의 총선거에서 헝가리 주민의 이해를 대표하는 민주헝가리당은 제2당의 지위를 확보했다. 그러나 민족분쟁의 잔재는 남아 있고, 현재는 헝가리로 난민유출이 계속되고 있다.

후자는 세르비아 공화국 내의 코소보 자치주의 알바니아계 주민이 자치권의 확대와 자치주의 공화국 승격을 요구하고 있다. 이 자치주의 중에서는 소수파인 세르비아인이 위기감을 조장하여 양 민족의 대립이 심각해지고 있다.

*4. 유고슬라비아 민족분쟁

'남슬라브인의 나라'를 의미하는 유고슬라비아는 제1차 세계대전 뒤에 성립한 세르비아, 크로아티아, 슬로베니아 왕국을 1929년에 개칭한 것이다.

중세에 세르비아와 크로아티아는 강력한 국가를 만들었지만, 그 후 세르비아는 오스만 왕국에, 크로아티아는 헝가리에, 슬로베니아는 신성로마제국에 지배하에 들어갔다. 제2차 세계대전 중에는 독일의 침략을 받았지만, 뿌리 깊은 레지스탕스가 활동하여 다른 동구제국과는 달리, 유고는 소련의 손을 빌리지 않고 스스로 해방을 실현했다.

1945년에는 공화국이 되었다가 다음 해에는 연방공화국이 되어 레지스탕스의 영웅 티토가 대통령이 되었다. 슬로베니아, 세르비아, 크로아티아, 몬테네그로, 보스니아-헤르체고비나, 마케도니아의 여섯 개의 공화국으로 되고, 게다가 세르비아 공화국 내 코소보, 보이보지나라는 두 자치주가 있다. 티토의 구상은 세르비아의 강대화를 막고, 대등한 주권을 가지는 각 공화국의 발전을 도모하는데 있었다. 주요 언어는 세르보-크로아티아어, 슬로베니아어, 마케도니아어이고 모두 남슬라브어계에 속한다.

종교는 카톨릭, 동방정교회, 이슬람교로 다양하다.

유고슬라비아는 통합된 수많은(약 200만) 이슬람교도를 가지고 있는 유럽 유일의 나라로 이슬람교도는 역사적으로 세르비아인이나 크로아티아인에 속해 있지만, 원래 민족구성원으로 보면 무슬림 인에 들어있다.

티토는 스탈린이 동구에 강요한 정책을 받아들이지 않았기 때문에, 1948년에 코민포럼에서 추방당했다. 그러나 티토는 비동맹외교를 추진하고, 서방측과의 관계를 긴밀히 하여 크로아티아의 분리 독립운동을 엄하게 탄압하는 등, 국내의 유기적 통일을 위해 강한 자세로 대처했다.

경제면에서는 노동자 자주관리, 경제활동의 지방 분산화 라는 새로운 형태가 시도되어 어느 정도 성과를 올렸다. 그렇지만 국내의 남북격차는 좀처럼 줄어들지 않았다. 종신 대통령이었던 티토는 1980년 5월 사망했다. 그 후, 집단 대통령제로 불리는 연방간부회가 국가 운영을 담당했다. 연방간부회란 각 공화국과 자치주 의회에서 선출된 대표와, 공산주의자동맹 대표로 구성되어, 국가 원수의 역할을 하는 기관이다.

그러나 티토라는 강력한 지도력을 잃었기 때문에, 각 공화국의 이해가 표면화되었다. 코소보 자치주의 인구 75% 이상을 차지하는 알바니아인은 자치권 확대, 더 나아가 자치주를 공화국으로 승격을 요구해 데모를 반복하여, 같은 자치주 중에서 소수파가 되어 위기감을 더하는 세르비아인 주민과의 대립이 심각해지고 있다.

이에 대해 세르비아 공화국은 1989년 3월 공화국 헌법을 개정하여, 오히려 자치주 권한을 축소했다. 세르비아측이 강력한 태도를 가진 배경에는, 동시에 티토가 억

누른 대(大) 세르비아주의라고 불리는 민족의식이 있고, 코소보 지역이 세르비아 민족의 요람으로 인식해, 알바니아인에게 양보할 수 없다는 것이 있었다.

코소보 자치주 문제는 가난한 후진지역의 민족 요구이지만, 슬로베니아와 크로아티아의 민족주의는 풍부한 선진지역의 분리경향이고, 유고슬라비아의 존립이 걸린 중대 문제다.

슬로베니아인은 과거에 민족국가를 형성한 일은 없지만, 경제적으로는 가장 앞서 있으면서도 후진지역을 위해 희생했다는 인식이 있고, 그것이 민족 감정에 편승하여 89년에는 연방으로부터 분리권한을 넣은 공화국 헌법의 개정안을 가결했다. 물론 이 개정 헌법은 다른 공화국에서 인정하지 않아, 특히 세르비아 공화국과의 관계가 악화 되었다. 더욱이 슬로베니아 공산당은 90년 2월 민주개혁당으로 개칭하고 사회민주주의 노선을 취했다. 이 같은 움직임은 유고슬라비아 각 공화국에 파급했다. 4월 슬로베니아 공화국 의회선거에서 야당 연합이 과반수를 차지하고, 민주개혁당은 패배를 당했다. 가톨릭을 믿는 크로아티아인은 동방정교회의 세르비아인과는 옛날부터 반목하고 있고, 특히 제2차 세계대전 전에는 크로아티아의 파시스트 조직인 우스타샤가 세르비아인 암살을 계속해 왔다는 기억이 남아있다.

1970년대의 크로아티아 분리 독립운동은 티토에 의해

심하게 탄압받았지만, 근년에 들어 그것이 부활했다. 크로아티아는 1990년 5월 민족주의를 대표하는 우파의 크로아티아 민주동맹이 공화국 의회선거에서 압승했다. 츠지만이 이끄는 이 단체는 연방제를 재고하자고 할 뿐만 아니라, 대크로아티아주의를 주창하며 보스니아-헤르체코비나의 영유권을 시사했기 때문에, 다른 공화국의 경계를 불러왔다.

한편, 크로아티아 공화국 내에서 소수파에 속하는 세르비아인은, 자치권 확대를 요구하여 8월 말 독자 주민투표를 시행했다. 그리고 이것을 저지하려고 크로아티아 관리들과의 사이에 긴장이 고조되었다.

1991년에 들어, 공화국 사이에 대립은 한층 심화되었다.

크로아티아와 슬로베니아 양국은 같은 해 6월 말, 일방적으로 독립을 선언(크로아티아, 슬로베니아가 독립을 선언함)하자, 이러한 선언에 대해 연방군이 개입하여, 슬로베니아 국경관리를 둘러싼 무력충돌이 일어났다.
유럽 외무장관 회의가 중재하여, 전투 중지와 관련 공화국의 독립선언을 6월 말부터 3개월간의 유보하기로 결정했다. 또 60만의 세르비아인이 거주하고 있는 크로아티아공화국에서는 크로아티아공화국방위대와 연방군 간에 국지적 무력충돌이 반복되었다. 9월 중순에는 세르비아에서 다수의 연방군부대가 기지 탈환을 목적으로 크로아티아를 침공, 본격적 내전으로 전개되었다.

한편, 마케도니아는 국민투표를 시행해 그 투표결과 95%가 연방에서의 분리 독립을 지지하여, 이에 따라 9월 18일에는 공화국 의회가 독립선언을 채택, 인접한 국가인 불가리아, 그리스와의 긴장이 고조되었다.

부록 6. [부산일보 접속! 지구촌 e-메일 인터뷰]

'크로아티아 전쟁…' 쓴 스포멘카 슈티메치

죽음·폐허 참상 딛고 피어난 '물망초'[51]

글/백현충기자(부산일보)

어제까지 형제였다.
하지만 전쟁은 모든 것을 바꿔놓았다.
도시 경계선은 국경이 됐고
그 경계선 위로 시외버스 대신 탱크가 넘나들었다.
참혹한 전쟁의 '시작'이었다.

전쟁은 1991년부터 1995년까지 지속했다. 언론은 이를 '유고 내전'으로 불렀다. 그러다 크로아티아 승전 이후 '크로아티아 전쟁'으로 수정했다.

전쟁은 그쳤지만, 내전은 끝나지 않았다. 오히려 도화선에 불을 붙인 꼴이었다. 보스니아 전쟁(1992~95년)과 코소보 내전(1998~99년), 마케도니아 전쟁(2000년) 등이 잇따라 발발했다. 유고연방은 결국 6개로 조각났고 지도에서조차 퇴출당했다.

---

51) *역주: 부산일보(2007.2.24.)
http://www.busan.com/view/busan/view.php?code=20070224000175.

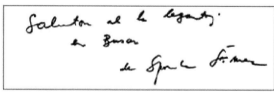

스포멘카 슈티메치가 '부산 독자들에게 인사드립니
다' 라는 글과 서명을 보내왔다.

전쟁 발화점이었던 크로아티아로 e-메일을 보냈다. 수신자는 스포멘카 슈티메치(58·Spomenka Stimec)였다. 그녀는 전쟁 와중에 '크로아티아 전쟁체험 일기'(왼쪽 사진)를 펴냈다. 책은 에스페란토 판으로 출판됐다. "전쟁의 참상을 알리는 데 에스페란토만큼 유용한 언어는 없었죠." 동호인들이 스스로 번역에 나섰고 책은 급속도로 독일어와 불어, 일본어 등으로 출간됐다.

전쟁에 대한 기억부터 물었다. "수평선 너머의 쓰나미 같았죠." 곧 닥쳐올 재앙에도 불구하고 사람들은 전쟁을 받아들이지 못했다고 했다. "신문과 라디오에서, 사람들의 대화에서, 창가의 비상용 모래주머니에서 흉흉한 냄새가 진동했는데도 말이죠."

그녀도 해외 출장을 나갔다가 귀국하는 길에 전쟁을 맞았다. 그때 귀국한 베오그라드(당시 유고 수도) 공항은 더는 자국 땅이 아니었다. 적국의 수도였다. "베오그라드에 이모가 살았지만, 급히 자그레브로 돌아와야 했습니다." 자그레브는 지금의 크로아티아 수도다.

하지만 교통편이 없었다. 두 도시를 잇는 항공기는 폭격기뿐이었다. "결국, 이웃한 헝가리를 에둘러 자그레브에 도착했죠." 그때부터 집과 방공호를 오가는 일상이 시작됐다. 장장 5년 동안이었다. 그때의 일부 기억을 책으로 펴냈다.

그녀는 책에서 "극우 세르비아인들이 크로아티아인들을 죽이고, 극우 크로아티아인들은 세르비아 시민들을 학살했다"라고 썼다. 상생은 없었고 오직 전쟁만이 존재했다. 어제까지 웃고 즐기던 이웃도 '민족이 다르고 어족이 다르다'라는 이유로 서로 죽였다.

아름다운 유적도시인 사라예보도, 다뉴브강 유역의 부코바르도 예외가 아니었다. "며칠 동안 계속된 포탄 세례로 도시는 폐허가 됐죠. 부코바르의 마지막 맥박이 뛰던 장소는 아이러니하게도 병원이었습니다." 전쟁은 대상을 가리지 않았다. 죄다 파괴했다.

적군과 아군 구분에는 언론도 다르지 않았다. 오히려 더 심각했다. 크로아티아 신문은 "부코바르가 함락됐다"라고 슬퍼했고, 세르비아 신문은 "부코바르의 해방"을 기뻐했다. 그런 와중에 수많은 사람이 또 죽었다.

그녀도 가장 절친한 친구 2명을 빼앗겼다. 한 사람은 시인이었고, 또 한 사람은 5명의 자녀를 둔 의사였다. "왜 죽어야 했는지 지금도 이해하지 못합니다." 그녀는 분개했다. 하지만 예전처럼 화를 내지는 않는다고 했다. 대신 유족의 행복을 빌었다. "다행히 유족들은 꿋꿋하게 잘 살아가고 있습니다. 수많은 주검 뒤에 삶을 다시 추슬러내는 힘이 대단하죠."

지금 상황을 물었다. "조금씩 평화를 되찾고 있습니

다.” 최근에는 여섯 갈래로 나눠진 나라끼리 '무비자 방문'을 허용했다고 그녀는 전했다.

그러다 대뜸 시골집 얘기를 꺼냈다. 아무래도 전쟁보다 지금의 일상을 얘기하고 싶었던 모양이었다. “19세기에 건축된 허름한 전통가옥을 몇 년 전에 샀죠.” 그녀는 그곳에서 종종 시낭송회나 음악회를 가진다고 했다. “지난해에는 친구와 문인들을 포함해 120여 명이나 다녀갔습니다.” 그녀는 이런 생활이 좋다고 했다. 사람이 살아가는 데 아주 특별하고 많은 것이 필요하지는 않다는 말을 하고 싶어하는 듯했다.

그녀는 지금 크로아티아 에스페란토연맹과 에스페란토작가협회의 사무국장을 겸하고 있다. “꽤 오래전부터 하던 일이죠.” 덕분에 세계의 여러 나라를 여행할 기회를 얻었다. 한국도 그중의 하나였다. 지난 1987년 봄 서울에서 한 학기를 머물렀다.

“대학에서 에스페란토를 강의했습니다.“ 그때의 추억을 '내 기억의 지도'(1992년 출간)에 담았다. 그녀는 생각보다 한국을 잘 기억했다. 한국전쟁과 일제 강점기 그리고 한글과 온돌문화를 얘기했다. 당시 격렬했던 한국의 시위문화도 거론했다.

일본과 중국도 갔다고 그녀는 말했다. “일본에서는 강연과 강의를 했고, 중국에서는 2권의 에스페란토 책자를 중국어로 출간하는 작업에 동참했죠.“ 하지만 이웃한 세 나라를 비교해달라는 주문에 대해서는 답변을 회피했다. 대신 여행을 권했다.

“두브로브니크의 낭만과 아름다움에 젖어보세요.” 두브로브니크는 아드리아해의 크로아티아 해변에 있다고 그녀는 주석을 달았다. 전쟁과 낭만의 묘한 대비를 느끼게 했다.

“세상은 지금도 우호적인 분위기가 아닙니다. 공항에 가면 쉽게 알 수 있죠.” 테러 위협이 그대로 있는 현실을 지적함이었다. 하긴 여객기 탑승에서 아기 우유병 속의 물조차 휴대하지 못하는 세상보다 더 두려울 것이 어디 있을까 싶다.

그녀는 묻지도 않은 이름 풀이로 끝을 맺었다. 그녀의 이름인 ’스포멘카’가 물망초를 뜻한다고 했다. 하지만 그것은 ’잊지 않는다’라는 부정의 뜻이 아니라 ’기억한다’라는 긍정의 뜻이라고 주장했다. 도대체 무엇을 기억해달라는 것일까.

백현충기자 choong@busanilbo.com

역자 후기

정형에게!

잘 지내고 있어요?

지난번, 제가 정형이 근무하는 병원을 방문한 지 두어 달이 지났군요. 병원에서 환자들에게 열심히 의술을 시행하는 모습은 못 보아도, 정형의 얼굴에서 열심히 의료인으로 봉직하는 모습을 본 것이 기쁨이었어요. 누가 아프면 그 병원에 있는 지인을 찾는 게 급한 사람의 행동인가 봅니다. 여러모로 주위 사람들에게 친절하게 대해 주어 고마웠고요.

이렇게 오늘 몇 자 적게 된 것은 그동안 제가 번역해 온 작품 가운데 하나인 『크로아티아 전쟁체험기』(프로에스페란토, 비인, 1993년판)를 책으로 출간할 기회가 되어 그 기쁨을 함께 나누기 위함입니다. 왜 정형께 이 소식을 전하는가는 그 이유를 잘 알리라 봅니다.

정형과 나는 지난 1980년 1월에 부산시 동구 초량의 기독교청년회(YMCA)에서 에스페란토라는 국제어를 같이 배우게 되었지요. 에스페란토는 우리 두 사람의 우정을 연결해 준 다리가 된 셈입니다. 그 강습 뒤로 우리는 학창 생활 틈틈이 에스페란토로 대화를 나누면서, 학생으로, 젊은이로, 한국인으로, 국제인으로서 어떻게 살아가야 하는지를 토론하고 했었지요.

그땐 이형, 조형, 채형도 있었지요. 그들도 이젠 자식

들이 하나둘 있는, 어엿한 중년 가장이 되었지요. 요즈음은 그때처럼 열심히 또 자주 만나진 못하지만,

정형, 그로부터 강산이 네 번이나 바뀌는 세월이 지났지요. 각자 직장인으로 살다 보니 서로 만날 기회가 적은 것이 안타까운 일이지만, 우리가 누리던 젊은 마음은 아직도 우리 마음속에 남아 있으리라 봅니다.

그런데 우연히 나는 이 책을 손에 들게 되었어요. 이 책은 우리나라 사람들의 관심 밖에 있는 한 나라의 전쟁에 얽힌 이야기입니다. 전쟁의 아픔은 이미 우리 민족에게도 지난 세기에 들어 수차례 닥쳐와 그 한가운데를 살아야 했던 사람들에겐 고통과 악몽과 같은 세월이었고, 그 전쟁에서 살아남은 사람들은 아직도 그 상처를 안고 살고 있습니다.

그런 의미에서 우리는 남의 나라 전쟁에서 고통당하는 사람들에 관해서도 조금은 관심 가져야 하지 않을는지, 그게 국제인으로서 최소한의 조건이 아닌가 생각해 봅니다.

제 생각은 에스페란토를 배움은 국제 사회에서 최소한 국제인으로 살아가는 기본 도구가 아닌가 생각되거든요. 다만 그 에스페란토를 배우고 가르치는 기회가 적어 이 도구를 잘 활용하지 못하는 점이 좀 안타까운 것이기도 하지요. 그러니, 이 책은 그저 정형이 서가에 두

고 잠시 시간이 날 때 한 번 읽어 주오.
그게 친구로서의 바람이 아닐까 해요.

정형!
그런데 이 번역에는 나의 노력 외에도, 정형을 비롯한 여러분의 격려와 지원이 없었더라면 오늘 출판의 기쁨도 느끼지 못했으리라 생각되어 여기 적는 걸 이해하오. 우선 1987년 한국 부산대학교 에스페란토 행사장에서 만나게 된 저자 스포멘카 스티메치 작가의 격려와 함께 한국어 저작권을 허락해 주심에 감사드려야 합니다. 또 저자의 책을 내게 보내준 일본인 모리 신고(Mori Singo) 씨, 이 번역 책자 속 부록 중 일부를 일본어에서 국어로 번역해준 여동생 인자, 또 『외래어 표기 용례집(동유럽지명. 인명)』를 보내 줘 용어, 지명 인명의 통일성을 기할 수 있게 해 준 국립국어원, 또 1990년대 초반 에스페란토 번역의 일이라면 늘 자신의 공간을 제공해 준 동서대학교 박연수 박사, 비뚤게 쓴 번역 원고를 컴퓨터에 입력해준 정향숙, 최선영 양, 또한 이 번역에 코멘트를 해주신 정상섭(Verda)님, 부산일보 인터뷰 기사를 이 책에 싣도록 허락해 주신 백현충기자님, 또한 이 번역작품을 책으로 발간해 주신 진달래 출판사 오태영(Mateno) 대표님을 비롯한 편집부 여러분에게도 그 수고에 감사를 드립니다. 역자의 학업에 장학금으로 후원해 주신 대화육영회 서진상 선생님께도 사회인으로 보답하는 계기가 된 것 같아 한결 마음이 가볍습니다.

아울러, 오늘날까지 아들의 에스페란토 활동을 물심양면으로 지원하고 격려해 주신 부모님을 비롯한 가족에게 이 번역은 그 고마움을 조금이라도 보답하는 기회가 아닌가 봅니다.

'베오그라드에서의 이별'을 번역하는 순간, 울컥했던 기억이 생각납니다. '부코바르에 사는 레네'의 실종 상황을 읽으면서 실종된 아들이 돌아오기를 기다리는 어머니의 기도를 번역할 때도, 그 마음을 숨길 수 없었습니다. '다섯 아이의 아빠'의 장례식을 보면서 평화의 중요성을 다시 한 번 되새기게 됩니다.

본문의 '한국으로 향하는 작은 창', '이스파한- 지구의 절반', '1991년 가을'의 장들은 저자의 다른 책『내 기억의 지리Geografio de miaj memoroj)』(1992년 빈, Pro Esperanto)에서 번역했음을 밝혀 둡니다.

생명의 존귀함을 누구보다도 절실히 느낄 정형!
여기 이 책도 그러한 생명 존중의 정신과 인류의 상호 이해를 추구하는 정신으로 쓰인 것이라는 것을 감히 말하면서 정형께 일독을 권합니다.

지난 1994년 우리나라에서 제79차 세계에스페란토대회가 서울서 열렸습니다. 2003년에는 한국이 이라크에 파병한다는 소식을 들었어요. 전쟁은 전쟁을 낳는데, 이 전쟁을 막을 평화의 보를 굳건히 쌓아야겠다는 생각을 해봅니다. 2017년 서울에서 다시 세계에스페란토대회가 성황리에 마쳤습니다. 평소 편지로 만나던 해외 친구와 지인을 만나는 행복한 시간이었습니다.

2020년 2월 업무차 말레이시아 쿠알라룸푸르의 열대 과일 열매를 보고 돌아온 이후, 우리는 '코로나 19'로 인한 전염병으로 온 세계가 위험에 빠뜨려져 있음을 체험하고 있습니다.

질병과 전쟁과 기아, 지진이나 재난으로 인한 공포로부터 우리 인류가 걱정하지 않아도 될 날은 언제가 될까요? 우리 개인은 뭘 생각하며 행동해야 할까요?

국제간의 경계 없는 소통과 보건 위생적이고 안전한 교류를 위해 우리는 뭘 하면 될까요?

다시 자유로운 국제 여행이 가능한 시점은 언제가 될까요?

저는 여전히 번역을 화두로 생활하고 있습니다.

생명을 다루는 고된 일에도 정형 스스로의 건강도 챙기고, 앞으로도 에스페란토로 서로 편지를 주고받읍시다.

2021년 10월 7일
역자

역자 소개

옮긴이 **장정렬** (JANG Jeong-Ryeol(Ombro))

1961년 창원에서 태어나 부산대학교 공과대학 기계공학과를 졸업하고, 1988년 한국외국어대학교 경영대학원 통상학과를 졸업했다. 현재 국제어 에스페란토 전문번역가와 강사로 활동하며, 한국에스페란토협회 교육 이사를 역임하고, 에스페란토어 작가협회 회원으로 초대된 바 있다. 1980년 에스페란토를 학습하기 시작했으며, 에스페란토 잡지 La Espero el Koreujo, TERanO, TERanidO 편집위원, 한국에스페란토청년회 회장을 역임했다. 거제대학교 초빙교수, 동부산대학교 외래 교수로 일했다. 현재 한국에스페란토협회 부산지부 회보 'TERanidO'의 편집장이다. 세계에스페란토협회 아동문학 '올해의 책' 선정 위원이기도 하다.

역자의 번역 작품 목록

-한국어로 번역한 도서

『초급에스페란토』 (티보르 세켈리 등 공저, 한국에스페란토청년회, 도서출판 지평),

『가을 속의 봄』 (율리오 바기 지음, 갈무리출판사),

『봄 속의 가을』 (바진 지음, 갈무리출판사),

『산촌』 (예퀀젠 지음, 갈무리출판사),

『초록의 마음』 (율리오 바기 지음, 갈무리출판사),

『정글의 아들 쿠메와와』 (티보르 세켈리 지음, 실천문학사)

『세계민족시집』 (티보르 세켈리 등 공저, 실천문학사),

『꼬마 구두장이 흘라피치』 (이봐나 브를리치 마주라니치 지음, 산지니출판사)

『마르타』 (엘리자 오제슈코바 지음, 산지니출판사)

『국제어 에스페란토』 (D-ro Esperanto 지음, 이영구 /장정렬 옮김, 진달래 출판사)

『사랑이 흐르는 곳, 그곳이 나의 조국』 (정사섭 지음, 문민)(공역)

『바벨탑에 도전한 사나이』 (르네 쌍타씨, 앙리 마쏭 공저, 한국 외국어대학교 출판부) (공역)

『에로센코 전집(1-3)』 (부산에스페란토문화원 발간)

『에스페란토고전 단편소설선(1-2)』 (부산에스페란토문화원 발간)

−에스페란토로 번역한 도서

『비밀의 화원』 (고은주 지음, 한국에스페란토협회 기관지)

『벌판 위의 빈집』 (신경숙 지음, 한국에스페란토협회)

『님의 침묵』 (한용운 지음, 한국에스페란토협회 기관지)

『하늘과 바람과 별과 시』 (윤동주 지음, 도서출판 삼아)

『언니의 폐경』 (김훈 지음, 한국에스페란토협회)

『미래를 여는 역사』 (한중일 공동 역사교과서, 한중일 에스페란토 협회 공동발간) (공역)

www.lernu.net의 한국어 번역

www.cursodeesperanto.com.br의 한국어 번역

Pasporto al la Tuta Mondo(학습교재 CD 번역)

https://youtu.be/rOfbbEax5cA (25편의 세계에스페란토고전 단편소설 소개 강연:2021.09.29. 한국에스페란토협회 초청 특강)

－진달래 출판사 간행 역자 번역 목록－

『파드마, 갠지스 강가의 어린 무용수』(Tibor Sekelj 지음, 장정렬 옮김, 진달래 출판사, 2021)

『테무친 대초원의 아들』(Tibor Sekelj 지음, 장정렬 옮김, 진달래 출판사, 2021)

<세계에스페란토협회 선정 '올해의 아동도서'> 작품 『욤보르와 미키의 모험』(Julian Modest 지음, 장정렬 옮김, 진달래 출판사, 2021년)

아동 도서 『대통령의 방문』(예지 자비에이스키 지음, 장정렬 옮김, 진달래 출판사, 2021년)

『국제어 에스페란토』(D-ro Esperanto 지음, 이영구 /장정렬 옮김, 진달래 출판사, 2021년)

『크로아티아 전쟁체험기』(Spomenka Stimec 지음, 장정렬 옮김, 진달래 출판사, 2021년)

『헝가리 동화 황금화살』(Spomenka Stimec 지음, 장정렬 옮김, 진달래 출판사, 2021년)

『미술 작가 호들러의 삶을 뒤쫓아』(Spomenka Stimec 지음, 장정렬 옮김, 진달래 출판사, 2021년)